CARINA MUELLER

HOPE & DESPAIR

Hoffnungs-nacht

im. pre ss

Hope & Despair, Band 2: Hoffnungsnacht

Im.press
Ein Imprint der CARLSEN Verlag GmbH
August 2016
© der Originalausgabe by CARLSEN Verlag GmbH, Hamburg 2016
Text © Carina Mueller, 2016
Lektorat: Konstanze Bergner
Umschlagbild: shutterstock.com / © AS Inc / © Meyer George
Umschlaggestaltung: formlabor
Schrift: Alegreya, gestaltet von Juan Pablo del Peral, Great Vibes / TypeSETit
Satz und Umsetzung: readbox publishing, Dortmund
Druck und Bindung: BoD, Hamburg
ISBN 978-3-551-30061-4
Printed in Germany
www.carlsen.de/impress

Alle Bücher im Internet: www.carlsen.de

Für alle,
die Hoffnung gefunden haben,
finden
und finden werden.
Selbst auf den aussichtslosesten Wegen solltet ihr versuchen sie festzuhalten. Ihr schafft das! <3

1. Kapitel

Despair

»Treason? TREASON? – Verdammt! Ich wusste es!« Mit einem Satz sprang ich von der Couch, auf der ich geschlafen hatte. Dieser Arsch hatte sich also tatsächlich aus dem Staub gemacht.

Ich hastete hinüber zu dem Bett, welches ich Treason für die Nacht überlassen hatte, und fühlte, ob die Liegefläche noch warm war.

Kalt. *Fuck!*

Er war demnach schon länger weg.

Warum zum Teufel hatte ich das nicht mitbekommen? Ich hörte doch sonst jede Stecknadel fallen, selbst wenn ich schlief! Offensichtlich waren meine ausleibenden Albträume nicht das einzige, was sich an meinem Schlafverhalten geändert hatte.

Ein kleines Lächeln stahl sich auf meine Lippen, als ich an den vermeintlichen Grund dafür dachte: Hope. Ich wusste nicht, wie das Ganze mit ihr zusammenhing. Ich wusste nur, dass meine jahrelangen Albträume seit unserem ersten Kuss wie weggeblasen waren.

Schnell schob ich diesen Gedanken beiseite, warf mich in meine Klamotten und hetzte hinüber zum Nachbarappartement, wo Hope und ihre Schwestern die Nacht verbracht hatten.

»HOPE?«, rief ich lautstark und hämmerte gegen die Eingangstür. »Mach sofort auf!«

Voller Ungeduld wartete ich, doch den Geräuschen nach zu urteilen schälten sich die Mädels gerade erst aus ihren Betten.

Ich begann unruhig mit dem Fuß zu wippen. Teufel noch mal! Wie konnte man nur so langsam sein?

Auch wenn vermutlich erst zwei oder drei Minuten vergangen waren, polterte ich erneut gegen die Tür: »Wir müssen weg! Sofort! Treason ist –«

Da wurde die Tür geöffnet. Hope schaute mich aus müden Augen heraus an und fuhr sich verschlafen durch ihre hellblonden Haare. »Was ist denn los?«, fragte sie und konnte dabei ein Gähnen nicht unterdrücken.

Ich lächelte. Bei ihrem Anblick wurde mir direkt warm ums Herz – ein Gefühl, das ich bis vor Kurzem nicht kannte. Gern hätte ich sie umarmt. Gern hätte ich ihr einen Guten-Morgen-Kuss gegeben. Doch irgendwie traute ich mich nicht.

Hope wirkte reserviert. Es herrschte eine merkwürdige Spannung zwischen uns und ich konnte nicht einschätzen, woran es lag. Vielleicht bereute Hope, den Kuss gestern zugelassen zu haben? Vielleicht schämte sie sich jetzt dafür? Vielleicht war sie einfach nur von dem Gefühl, der Freiheit wieder so nah zu sein, überwältigt gewesen?

Mir blieb keine Zeit, weiter darüber nachzudenken. Treason war abgehauen und das bedeutete allerhöchste Alarmstufe. Alles andere musste warten ...

»Wir müssen sofort los. Treason ist getürmt und ich habe keine Ahnung, wie schnell er mit den anderen Improbas hier auftaucht«, erklärte ich so ruhig wie möglich.

Zuerst machte Hope große Augen. Dann schien sie zu begreifen, was ich soeben gesagt hatte, und wandte sich eilig an ihre Schwestern:

»Habt ihr das gehört? Wir müssen hier weg! Beeilung!«

»Ach, wer hat dich denn auf einmal zum Kommandeur erklärt?«, widersetze Modesty sich direkt, was Hope einen leisen Seufzer entlockte. Love hingegen blieb einfach nur stumm auf ihrem Sessel sitzen. Die Einzigen, die den Ernst der Lage zu realisieren schienen, waren Mercy und Honesty. Fast zeitgleich rannten sie ins Badezimmer und schubsten sich gegenseitig vom Spiegel weg. Frauen!

»Bist du schon fertig?«, fragte ich vorsichtig, nachdem Hope keinerlei Anstalten machte, sich an diesem Gerangel zu beteiligen.

Sie nickte. »Um ehrlich zu sein, bin ich schon seit fünf Uhr auf«, antwortete sie matt.

»Besonders erholt siehst du wirklich nicht aus«, entgegnete ich, während ich sie so betrachtete.

Hope hatte leichte Augenringe und wirkte insgesamt ziemlich erschöpft. Dabei hätte sie schlummern müssen wie ein Baby. Immerhin hatte sie zum ersten Mal wieder die Nacht in einem richtigen Bett verbracht. Oder war die Sorge um ihre verschwundene Schwester Loyalty zu präsent gewesen?

Hope schüttelte den Kopf. »Ich habe ziemlich besch...eiden geschlafen.«

»Ich, ich, ich ... Kennst du eigentlich noch ein anderes Thema?«, platzte Modesty dazwischen.

Hope machte eine fast unmerkliche Kopfbewegung in Richtung ihrer Schwester.

Ich verstand sofort. Modesty war also der Grund ihrer ruhelosen Nacht.

»Weshalb konnte Treason überhaupt abhauen? Wie konnte dir das entgehen, du Möchtegern-Genie?«, zeterte Modesty weiter.

Ich zog pikiert die Augenbrauen hoch. Zuerst wollte ich ihr verbal richtig eine verpassen, doch Hope sah mich ebenfalls fragend an, also antwortete ich schuldbewusst, an Hope gewandt: »Es tut mir leid!« Dabei würdigte ich Modesty keines Blickes, nicht, dass sie noch auf die abstruse Idee kam, ich würde mich auch bei ihr entschuldigen. Ich entschuldigte mich für gewöhnlich gar nicht. Bei niemandem! »Normalerweise werde ich nachts vom kleinsten Geräusch wach, doch irgendwie ... Ich hätte besser aufpassen müssen. Sorry ...«

»Scht«, machte Hope und legte behutsam ihre Hand um meinen Nacken. Zuerst versteifte ich mich, doch dann zog sie mich sanft zu sich herunter und gab mir einen zärtlichen Kuss, welchen ich nur allzu gern erwiderte.

Ich lächelte an ihren Lippen, erfreut darüber, dass wir uns offensichtlich doch noch auf dem gleichen Level wie gestern befanden.

»Gott, muss das sein?! Da wird einem ja schlecht!«, meckerte Modesty offenkundig angewidert.

Hope unterbrach den Kuss und senkte den Blick. Zu gern hätte ich gewusst, was gerade durch ihr hübsches Köpfchen ging, doch sie sah nicht so aus, als würde sie dazu etwas sagen wollen. Sie wirkte einfach nur ... *enttäuscht*. Nicht genervt, nicht böse oder wütend. Nein: enttäuscht.

Ich warf Modesty einen zornigen Blick zu. Die Alte war so ätzend!

Für mich war es absolut nicht nachvollziehbar, warum Hope ihre Schwestern hatte unbedingt retten wollen. Gut, wenn ich an Greed und an die augenscheinlichen Folgen seiner »Umschulung« bei Modesty dachte, war es mir auch lieber, dass sie nicht mehr in den Fängen meiner Brüder waren und alle Impros am Ende noch mit doppelter Stärke auf die Menschheit einwirken könnten. Aber wegen der Mädchen selbst? – Nein. Bis jetzt hatte sich in meinen Augen noch keine als würdig erwiesen, das Risiko, welches Hope für sie eingegangen war, wert gewesen zu sein. Gerade Modesty war schier unerträglich! Und das nicht erst, seit Greed sie in den Fingern hatte, wie ich zu behaupten wagte. Natürlich hatte seine »Behandlung« die Sache nicht verbessert, aber die alleinige Schuld trug auch er nicht. Dazu war Greed viel zu … *schwach*. Ich hatte von Anfang an gemerkt, dass Modesty nicht hundertprozentig hinter ihrem Pro stand. Sonst wäre ich gar nicht erst auf die Idee gekommen, ihr das Angebot »Verrate Hopes Aufenthaltsort gegen Freiheit« zu machen. Ob es ein Fehler war, sie hier zu haben, würde sich noch zeigen. Ich für meinen Teil war davon überzeugt …

Honesty und Mercy kamen derweil wieder zurück aus dem Badezimmer. Ich betrachtete sie nachdenklich, konnte ich sie doch nur sehr schwer einschätzen. Sie schienen irgendwie *neutral*. Weder Proba noch Improba. Bei ihnen standen somit die Chancen, wieder vollends zu sich selbst zu finden, nicht schlecht. Cruel und Lie waren zum Glück ja auch keine Hates.

Das größte Sorgenkind von allen war meiner Meinung nach Love. Sie saß völlig apathisch auf einem Sessel und starrte vor sich hin. Es war aber nicht einfach nur ein Blick ins Leere, den man schon mal aufsetzte, wenn man am Grübeln war. Nein: Er hatte etwas Krankes, etwas Psychotisches. Und ich hoffte inständig, dass Hopes Liebe zu ihr uns nicht allen das Genick brechen würde. Aber gut: Was vermochte ich schon dazu zu sagen? Ich kannte keine von ihnen wirklich und sollte mir eine Vorverurteilung auch nicht anmaßen.

»Seid ihr jetzt soweit? Es wird Zeit«, erinnerte ich mit einem Blick auf die Uhr. Mittlerweile waren schon fast zehn Minuten vergangen und da ich keine Ahnung hatte, wann Treason unser Domizil verlassen hatte, konnte es genauso gut sein, dass er jeden Augenblick wiederkam.

»Ja, wir sind startklar«, antwortete Hope.

Ich drehte mich um, wollte gerade das Appartement vor den Mädchen verlassen, als Treasons Jeep vorgefahren kam. Ich hielt kurz die Luft an. Dieser Schweinehund hatte wirklich ein Gespür fürs richtige Timing.

»Ich wusste es!«, fluchte ich leise, während Hope wie versteinert neben mir stand und sich an meinem Arm festklammerte. Gerne hätte ich ihr etwas Tröstendes gesagt, sie schützend in meine Arme genommen, doch für das, was uns erwartete, gab es keine Hilfe.

Wieder fühlte ich mich wie in der Zeit zurückversetzt. Nur, dass Hope Hate war; Hate, wie er morgens mit tränenüberströmtem Gesicht aus den Räumlichkeiten des Obersts geführt und mit einem Fußtritt wieder in seinen Käfig befördert wurde. Er hatte mir schrecklich leidgetan. Damals. Ich war noch zu klein gewesen, zu hilflos, und konnte nichts für ihn tun. Doch nun waren wir älter. Und verdammt: Ich war eins der tödlichsten Geschöpfe auf diesem Planeten!

Eigentlich hatte ich den Willen, anderen zu helfen, schon lange aufgegeben. Ich war es leid gewesen, immer nur der Geber zu sein, doppelte Strafen zu kassieren und nie etwas dafür zurückzubekommen. Doch bei Hope war das nicht so. Sie hatte mir geholfen. Ja, sie hatte mir sogar mein Leben gerettet! Ich würde nicht zulassen, dass ihr etwas Ähnliches oder am Ende gar das Gleiche wie uns passierte.

Ich spürte, wie eine unbekannte Kraft mich durchfloss und meinen Willen wieder zum Leben erweckte. Ich bekam Gänsehaut. War sie das? Die Hoffnung?

Blitzschnell begann ich unsere Möglichkeiten abzuwägen: Vor uns Treason – und wer sonst noch alles in dem Wagen saß –, hinter uns ein Appartement, dessen Mauern zu fragil waren, um uns verschanzen zu können.

»Hat er uns tatsächlich verraten?«, fragte Hope leise. Ihre Stimme klang betroffen.

»Sieht ganz so aus«, stellte ich bitter – wenn auch im Gegensatz zu ihr weniger überrascht – fest.

Hope schluckte laut.

»Versucht unauffällig, aus einem der hinteren Fenster zu fliehen. Eine nach der anderen. Seid dabei so leise wie nur möglich. Ich versuche, Treason abzulenken«, flüsterte ich ihr zu.

Sie nickte leicht.

»Wenn ihr einen schwarzen Dodge mit goldenen Felgen seht, lauft so schnell ihr könnt. Das ist unser Oberst.«

Wieder nickte sie.

»Dann los.«

Sie drückte noch einmal kurz meinen Arm. Meine Muskeln spannten sich ungewollt an. Das Gefühl, alles schaffen zu können, war auf einmal so stark wie ich es niemals zuvor gespürt hatte. Hoffnung …

Langsam bewegte sich Hope zurück, während ich mich so in der Tür positionierte, dass der Blick in das Appartement erschwert wurde.

Treason stieg aus.

»Na, du Verräter?«, grüßte ich kühl.

Treason zog arrogant die Brauen nach oben. Diese Geste war so typisch für ihn. »Ich hab dich auch vermisst«, entgegnete er hochmütig.

»Du hast echt keine Zeit verstreichen lassen.«

»In Bezug auf was?«

»Jetzt stell dich nicht so dumm! Du weißt genau, wovon ich spreche!« Meine Stimme klang aggressiv. Zu Recht.

»Nein, das weiß ich nicht«, antwortete Treason gelassen.

»Wo ist er?«, fragte ich barsch.

»Wer?«

Ich knirschte mit den Zähnen. »Unser Oberst.«

»Zum Glück weit weg von hier«, erwiderte Treason.

Argwöhnisch sah ich ihn an. »Und wo warst du dann, wenn nicht im Quartier?«

»Frühstück holen?«, entgegnete er, auf einmal ebenso ungehalten.

»Na klar. Und wo ist es?«

»Du bist echt lästig, Despair!« Genervt schlug er die Fahrertür zu und ging um das Auto herum zum Beifahrersitz.

»Für wie blöd hältst du mich?« Ich stürmte auf ihn zu, wollte ihn von dem abhalten, was auch immer er vorhatte, doch da öffnete er auch schon die Tür – und holte eine Bäckertüte sowie ein Tablett voll mit Kaffeebechern hervor.

Verdutzt blieb ich stehen.

Mit dem Fuß schlug er die Tür zu und trat mir entgegen.

Hinter mir kam Hope zum Vorschein und beäugte Treason neugierig.

»Solltest du nicht schon längst über alle Berge sein?«, zischte ich ihr zu.

»Ich wollte erst mal abwarten, ob das wirklich nötig ist«, erklärte sie reumütig.

Ich seufzte genervt. Dann ging ich an Treason vorbei zu seinem Fahrzeug und warf einen Blick in den Innenraum. Nicht, dass wir gemütlich frühstückten und klammheimlich ungebetene Gäste aus dem Auto stiegen. Hate – oder am Ende noch der Oberst persönlich.

»Kofferraum?«, rief ich Treason zu, welcher verständnislos mit dem Kopf schüttelte.

»Ist alles offen, du Zweifler!«

Zweifel? Pfft! Ich würde es eher *Erfahrung* nennen ...

Ich sah mir den Wagen genauer an. Er schien tatsächlich clean zu sein. Trotzdem glaubte ich Treason nicht. Er führte etwas im Schilde. Ich wusste nur noch nicht, was ...

Hope wartete vor dem Appartement auf mich.

»Sei doch froh«, sagte sie mit einem Lächeln, da sie meinen skeptischen Blick richtig gedeutet hatte, und nahm meine Hand.

Ich entzog sie ihr wieder. »Froh bin ich erst, wenn er weg ist. Und das solltest du auch sein.«

Sie nahm meine Hand erneut. Hielt sie diesmal fester.

»Ich denke, wir beide müssen noch viel lernen«, sagte sie und zog mich mit sich ins Appartement.

Überrascht sah ich sie an. Dann musste ich lächeln. Hope war wirklich ungewöhnlich. Im positiven Sinn.

Treason verteilte derweil Kaffee und Croissants, was begeisterten Anklang fand.

»So gut habe ich schon ewig nicht mehr gegessen«, schwärmte Mercy.

»Ich auch nicht. Vielen Dank, Treason«, fügte Honesty hinzu. Selbst Love und Modesty ließen es sich schmecken.

»Ach, da ist ja unser Verschwörungstheoretiker«, schnappte Modesty in meine Richtung, nachdem sie mich erblickt hatte.

Dummes. Weib.

»Willst du auch was?«, fragte Treason und hielt mir einen der Kaffeebecher hin.

»Nein«, antwortete ich. Nicht, weil ich ihn nicht mochte, sondern weil ich nach dem Vorfall heute Morgen schon wach genug war.

»Echt jetzt?! Hast du Schiss, dass Treason da was reingetan hat? Soll ich ihn für dich probieren?«, foppte Modesty mich. Honesty und Mercy kicherten.

Ich holte tief Luft. Schön ruhig bleiben, Despair. Schön ruhig bleiben.

Hope schien meine aufkeimende Wut zu spüren und drückte sanft meine Hand. Es wirkte.

»Ein Croissant würde ich aber nehmen«, lenkte ich ein. Auch wenn ich keinerlei Hunger verspürte, spielte ich mit. Dabei war mir egal, was diese dämliche Modesty, Honesty oder sonst wer von mir hielten. Ich hatte nur das Gefühl, dass es Hope wichtig war. Ein kleines Stück Normalität, ein bisschen Harmonie. Und das wollte ich ihr nicht verwehren.

Hope lächelte mich dankbar an.

»Bist du auch so ein Croissant-Fresser wie Hope?« Wieder Modesty. »Sollten *echte* Männer nicht eher Wurst essen? Oder bist du einfach nur kein Mann?«

Ich nahm das Croissant, welches Treason mir reichte, und biss herzhaft hinein. Ignorier sie einfach, Despair, sagte ich mir. Sie ist ein dummes, kleines Mädchen. Weiß vermutlich nicht einmal, was sie da redet.

»Gut. Es kann schon mal zu Verwirrungen kommen, wenn man nur mit einer Horde Männer aufwächst«, machte sie weiter.

Ich ballte so kraftvoll eine Faust, dass meine Fingerknöchel knackten. Was redete sie da nur für einen Müll?! Doch Modesty war nicht zu stoppen. Im Gegenteil. Meine Ignoranz schien sie sogar noch anzuspornen.

»Da ist sexuelle Verirrung und Frustration ja quasi vorprogrammiert.«

Honesty und Mercy hielten inne. Obwohl sie die ganze Zeit über am Kichern waren, schien ihnen das Lachen nun vergangen zu sein.

Hope drückte meine Hand fester, doch es nutzte nichts mehr: Die Luft war bis zum Zerreißen gespannt. Sollte Modesty noch einen Ton sagen – Nur einen einzigen! –, würde ich ihr das Maul gehörig stopfen! – Nein, ich schlug keine Frauen. Also, theoretisch. Die Sache mit Hope war eine furchtbare Ausnahme gewesen, also wahrlich keine Freude. Ganz im Gegenteil! Aber niemand hatte etwas davon gesagt, dass man eine verrückte Proba nicht rauswerfen oder in der Badewanne kalt abbrausen durfte.

»Es reicht jetzt, Modesty!«, ging Hope plötzlich harsch dazwischen. »Was gibst du nur für intolerante, sinnbefreite Sachen von dir?«

Erstaunt sah Modesty sie an. Dann fing sie an, regelrecht hysterisch zu lachen.

»Gott, Hope! Von sechs hübschen Männern hast du dir ausgerechnet das fehlgeleitete Exemplar ausgesucht! Du bist wohl doch nicht so toll, wie Barry immer dachte!«

Hope schluckte merklich, als Barrys Name fiel. Ihre Augen begannen verdächtig zu schimmern.

Doch. Ich würde dieser ätzenden Tussi sehr gern den Hals umdr...

»Jetzt komm«, platzte Modesty heraus. »So schlimm war es auch nicht, was ich gesagt habe. Heul hier nicht rum«, motzte sie genervt.

Ich machte gerade den Mund auf, um etwas »Passendes« zu erwidern, als Love sich erhob. Love, welche die ganze Zeit über keine Regung von sich gegeben hatte, ging zielstrebig auf Modesty zu und gab ihr eine schallende Ohrfeige.

Wenigstens war ich nicht der Einzige, der vollkommen fassungslos aus der Wäsche schaute:

»Ich ... Love ...«, begann Hope loszustammeln, doch die Angesprochene schaute nur abwertend in die Runde.

»Was? Tut nicht so, als wäre ich die Einzige, die sich dieses miese Gelaber nicht mehr anhören möchte!«

Ungläubig runzelte Hope die Stirn. Sie schien etwas sagen zu wollen, doch schwieg dann.

»Ja, ich weiß Hope. Das hätte man anders regeln können. Gewalt ist keine Lösung, niemand muss zu Schaden kommen, bla bla bla … Aber soll ich dir mal was sagen? Manchmal kommen Leute zu Schaden. So ist das eben. Und je eher du dich damit abfindest, desto besser.«

Da ließ Hope meine Hand los, erhob sich wie in Trance, vollkommen fassungslos, wie es schien. Sie bewegte sich keinen Zentimeter, sondern schaute mit leicht geöffnetem Mund auf Love.

Diese hatte sich mittlerweile wieder in ihren Sessel gesetzt und starrte vor sich hin, als wäre nichts geschehen.

Ich stand auf, wollte Hope die Hand auf die Schulter legen, da meldete sich Love doch noch einmal zu Wort:

»Übrigens: Ich hab das nicht für dich getan. Sondern für Despair. Nur, damit das klar ist.« Dann verfiel sie zurück in ihre Starre.

Modesty schien nicht minder erschrocken zu sein als der Rest von uns. Sie rollte zwar mit den Augen, als wenn sie das alles nicht tangieren würde, doch ihr unsteter Blick dazu und das schlagartige Schweigen sprachen eine andere Sprache.

»Will jemand noch Croissants?«, fragte Treason vorsichtig.

Ich unterdrückte ein Grinsen. Love hatte es doch tatsächlich geschafft, selbst Treason zu beeindrucken.

Ein betretendes Kopfschütteln ging durch die Runde.

»Okay. Bleibt mehr für mich!« Mit diesen Worten schob Treason sich ein weiteres Gebäckstück in den Mund, doch diese Geste wirkte eher gezwungen.

Hope räusperte sich. »Hat jemand von euch schon das Handy angehabt?«

Treason hielt ihr sofort seins hin. Ich fand, er war ein bisschen *zu* nett zu ihr.

»Nein, ich meinte die Mädels«, lehnte sie dankend ab.

Honesty war die einzige, die daraufhin nickte. »Loyalty hat sich noch nicht gemeldet«, antwortete sie niedergeschlagen.

Ich wandte mich an Hope, einem spontanen Impuls folgend. »Können wir mal kurz nach nebenan gehen?« Mir war klar, dass ich Treason so mit den anderen Mädchen alleinlassen würde. Aber sei's drum. Mir brannte etwas auf der Seele, was keinen weiteren Aufschub duldete.

Fragend blickte sie mich an.

»Ich würde gerne mal mit dir unter vier Augen reden«, erklärte ich.

Zögernd sah Hope zwischen den Mädels hin und her, die uns anglotzten, als hätte ich sie gerade um eine Organspende gebeten.

Ich schüttelte genervt den Kopf. »Nein, ich will ihr *nicht* an die Wäsche. Ich will nur mit ihr REDEN.«

Modesty schien etwas sagen zu wollen, blickte aber wie ertappt in Loves Richtung, welche sie grimmig anschaute, und verkniff sich dann jeglichen Kommentar. – Gut! So wie ich sie bis jetzt kennengelernt hatte, wäre da auch nichts Gescheites rausgekommen.

»Also?«, fragte ich Hope noch einmal und bot ihr meine Hand an.

»Ich ...«, begann sie, doch brach den Satz wieder ab.

»Ich will wirklich nur reden«, bekräftigte ich noch einmal.

Warum stellte sie sich so an? *Sie* hatte *mich* doch vorhin geküsst. Nicht umgekehrt.

»Das ist es nicht ...«

»Was dann?«

»Ich wäre gerne dabei, falls Loyalty sich in den nächsten Minuten meldet«, sagte sie kleinlaut. »Nur eine kleine Hoffnung, ich weiß. Aber ...«

Ich nickte verstehend. »Könnt ihr uns einfach Bescheid sagen, falls Loyalty sich meldet?«, fragte ich in die Runde.

Keines der Mädchen antwortete.

»Gibt ihr dann wenigstens jemand das Handy?«, murrte ich genervt.

Ausnahmslos alle schauten jetzt in eine andere Richtung.

»Was zur Hölle ist los mit euch?! Ihr tut immer so, als wärt ihr alle ach so gut miteinander befreundet und als würde sich jede für die andere aufopfern. Aber euer Scheißhandy wollt ihr eurer Schwester nicht einmal für zehn Minuten borgen?«, fuhr ich sie an.

Ich wusste, dass ich damit nicht gerade bei Hope punktete. Doch ich konnte mir das leider nicht verkneifen. Die Tussen wirkten gerade furchtbar heuchlerisch auf mich und das war etwas, was ich auf den Tod nicht ausstehen konnte.

»Ist schon gut«, sagte Hope und nahm meine Hand, damit wir gehen konnten. »Sie können ja auch nichts dafür, dass mein Handy irgendwo in der Pampa liegt.« Die Enttäuschung in ihrer Stimme war nicht zu überhören.

Ich empfand Mitleid für Hope – ein Gefühl, das ich in meinem Leben nur sehr selten gespürt hatte. Am liebsten hätte ich die Weiber hintereinander übers Knie gelegt. So behandelte man doch niemanden, der alles für einen riskiert hatte! So behandelte man keine Hope ...

Ich schaute ihre sogenannten »Schwestern« der Reihe nach an und legte so viel Verachtung in meinen Blick, wie ich nur konnte. Sollten sie ruhig spüren, was ich von ihnen hielt. Nur Love sparte ich aus. Es schien, als hätte sie genug eigene Dämonen, mit denen sie gerade zu kämpfen hatte ...

Dann zog ich Hope sanft an mich und geleitete sie zur Tür.

Plötzlich sprang Treason auf: »*Ich* werde dir Bescheid sagen, wenn Loys sich gemeldet hat, Hope.«

Hope blieb abrupt stehen. »*Loys*?«

Treason wich ihrem Blick aus.

»Wie hast du sie soeben genannt?«, hakte Hope noch einmal nach.

»Loys ... Ihr Spitzname«, antwortete er leise.

Hopes Augen begannen zu leuchten. Sie löste sich kurz von mir, ging zu ihm. »Danke, Treason. Das weiß ich sehr zu schätzen.« Sie nahm seine Hand und drückte sie kurz. Dazu schenkte sie ihm ein breites Lächeln.

»Ja, danke Treason«, murrte ich und schob Hope vor mir her ins Nachbarappartement, wo er und ich übernachtet hatten.

Nachdem ich die Tür hinter uns geschlossen hatte, setzten wir uns auf die Couch. Ich überlegte noch, wie ich am besten anfangen sollte, da übernahm Hope die Initiative:

»Treason hat einen Spitznamen für Loyalty«, sagte sie lächelnd. Sie sah zwar immer noch niedergeschlagen aus, doch das schien sie aufzuheitern.

Ich zog die Brauen nach oben. »Und?«

»Wie *und*? Weißt du nicht, was das bedeutet?« Sie lächelte immer noch. Schelmisch, wie ich nun fand.

»Nein?«, entgegnete ich.

»Ich wusste es. Er mag Loyalty.«

»Weil er einen Spitznamen für sie hat?« Ich blinzelte ungläubig.

Hope nickte verschmitzt.

»Du meinst also, dadurch zeichnen sich Gefühle aus?«, fragte ich beinahe anklagend.

Hope schaute nun etwas verunsichert.

»Ich habe keinen Spitznamen für dich«, fügte ich leise hinzu.

Da starrte sie mich an. Die plötzliche Stille legte sich über uns wie ein klobiges, dunkles Tuch.

Warum sagte sie nichts? Fühlte sie nicht, wie schwer mir das hier fiel?

Was hatte ich mir nur dabei gedacht? Warum hatte ich überhaupt reden wollen? Ich wollte nie reden! NIE! Schon gar nicht über Gefühle. Und jetzt? Was machte diese Frau nur mit mir?!

Ich schaute aus dem Fenster und wünschte mir, die Unterhaltung noch mal auf Anfang drehen zu können. Der Beginn unseres »Gesprächs« war bei weitem nicht so gelaufen, wie ich es mir vorgestellt hatte. Wobei ich nicht wirklich darüber nachgedacht hatte. Die Bitte um eine Unterhaltung war mehr eine Kurzschlussreaktion gewesen. – Nicht das Gespräch an sich, nein. Ich wollte schon mit ihr reden. Nur nicht unbedingt über Gefühle. Oder uns. Falls es sowas wie ein »Uns« überhaupt gab …

Ich wollte mit ihr über Treason sprechen. Und so, wie sich das Ganze entwickelte, schien das mehr als nötig.

Doch nun saß ich hier wie ein kleiner, dummer Schuljunge und ärgerte mich darüber, Hope etwas von meiner Gefühlswelt offenbart zu haben. Aber ich war auch selbst schuld. Normalerweise verbarg ich meine Gefühle vor allen; nichts anderes hatte ich gelernt. Nicht einmal mein eigenes Impro konnte ich ausleben wie die anderen. Hinter Wut und Aggressionen hatte ich es versteckt, um nicht den Verstand zu verlieren. Kein Wunder also, dass nun alles so gelaufen war.

Es war für mich verdammt hart, überhaupt über solche Themen zu reden. Früher schon. Doch was ich nicht wusste: Es wurde noch um ein Vielfaches schwieriger, wenn der Gesprächspartner einem nicht egal war ...

Da strich Hope mir auf einmal sanft über die Wange. Eine wohlige Wärme durchfuhr mich und meine ganzen negativen Gedanken, die mich gerade noch niedergerungen hatten, waren auf einmal wie weggeblasen.

Ich sah sie an. Sah ihr in ihre wunderschönen meerblauen Augen.

»Tue das nicht«, wisperte sie.

»Was?«, flüsterte ich ebenso leise zurück.

»Diese ganzen negativen Gedanken.«

»Du kannst Gedanken lesen?«, fragte ich. Meine Stimme klang entsetzter als sie sollte.

Da lächelte sie. »Nein. Ich spüre nur das Negative. Und das ist überhaupt nicht nötig.«

»Aber –«

»Scht«, machte sie wieder und legte mir ihren Zeigefinger auf den Mund. Mich so zum Schweigen bringen zu lassen, hätte ich früher niemals geduldet. Bei keinem! Bis ich Hope kennenlernte ... Sie hatte das jetzt schon zum dritten Mal bei mir gemacht, doch ich konnte mich nicht dagegen wehren. Ich wollte es auch gar nicht. Ihr Charme war einfach entwaffnend. Warum nur hatte ich das nicht früher bemerkt? Wie konnte ich ihr bloß eine Einheit zumuten?

Ich Vollidiot! Ich dämlicher, blöder Vollidiot!

»Du solltest doch aufhören«, wiederholte Hope.

Ich wandte den Kopf ab.

»Es tut mir leid«, sagte ich dann.

»Bitte?«

»Alles. Dass ich dich gefangen genommen habe, dass ich dich in einen Käfig gesperrt habe, dass ich dir eine Einheit verpasst habe –«

»Hör auf damit! Du hast nur Befehle ausgeführt«, unterbrach sie mich.

»Nein. Das wäre zu einfach, es so zu entschuldigen. Ich bin ein erwachsener Mann. Ich hätte selbstständig denken müssen. Aber stattdessen gehorchte ich wie irgendein Haustier und brachte die einzige Person in Gefahr, die jemals nett zu mir war.« Ich senkte reumütig den Blick.

»Nun ja ... theoretisch hast du mich ja sogar gerettet.«

Ungläubig sah ich sie an. »Ich soll was getan haben?! – Hope, wenn ich dich gerettet hätte, hätte ich dich weit weg von unserem Quartier, von allem hier gebracht. Und was tat ich? Ich habe dich quasi in die Höhle des Löwen höchstpersönlich geschleppt.«

»Aber genau das war es doch«, beharrte sie.

»Das war was?«

»Du hättest mich genauso gut in euer Quartier bringen können. Wie alle meine Schwestern auch. Aber das hast du nicht. Und du hast mir auch nicht die mehrmaligen täglichen Einheiten verpasst.«

»Woher weißt du dav...«, begann ich, doch sie schnitt mir das Wort ab: »Sag mir, warum du das nicht getan hast?«

Ich knurrte unwillig, begann dann aber doch zu antworten: »Ich könnte dir jetzt schön etwas vorlügen, könnte dir erzählen, dass ich von Anfang an von dir fasziniert war, dass du viel zu hübsch warst, um dir etwas anzutun. Aber das stimmt nicht. Ich habe dich gehasst, Hope. Wirklich abgrundtief gehasst. Selbst dein hübsches Äußeres hätte das nicht wettmachen können. Ich lege Wert auf Charakter und du warst das Sinnbild für all das Leid, das ich jahrelang ertragen musste.«

Hope schluckte hörbar. Mit so viel Offenheit hatte sie wohl nicht gerechnet. Und um ehrlich zu sein: Ich auch nicht ...

Doch ich konnte nichts dagegen tun. Es war, als wäre ein Knoten geplatzt und als könnte ich mir ein kleines Stückchen des Frusts von der Seele reden, der sich mein ganzes Leben lang aufgestaut hatte.

»Und warum hast du mich dann zu dir nach Hause gebracht?«, fragte sie schüchtern, hörte sich jedoch nicht so an, als ob sie das wirklich noch wissen wollte.

»Ganz ehrlich? Ich weiß es nicht. Nachdem ich dich gefangen hatte, rief unser Oberst an und wollte wissen, ob ich erfolgreich war. Ich log. Dann schmiedete ich den Plan, dich einfach allein umzuschulen, doch ich konnte nicht ...« Ich seufzte und fuhr mir mit den Händen über das Gesicht.

Da saß sie. Meine Lebensretterin. Ein Wesen, von Grund auf gut. Doch ich hatte es verderben wollen. Und außer einem plumpen »Es tut mir leid!« und der Tatsache, dass ich ihr nicht einmal erklären konnte, warum ich sie nicht direkt unserem Oberst zum Fraß vorgeworfen hatte, hatte ich nichts zu sagen.

»Ich weiß es aber«, sagte sie plötzlich und nahm meine beiden Hände.

Wieder durchfuhr mich diese wohlige Wärme.

»Ach ja?«, entgegnete ich demütig.

»Ja«, antwortete sie mit fester, klarer Stimme. »Du bist nicht im Geringsten so ein mieser Kerl, wie du denkst. Oder soll ich lieber sagen: Wie dein Oberst es dir über Jahre versucht hat einzutrichtern? Und du darfst nicht vergessen, dass du mich ja schon aus freien Stücken heraus freilassen wolltest. Mit dem entsprechenden Training wärst du sicher ein wundervoller Proba geworden.«

»Ich hatte aber kein *entsprechendes Training*. Und die Grundsatzregel kennst du sicher auch, oder? *Einmal belehrt, für alles andre gesperrt.*«

»*Ich* glaube, wenn man wirklich will, kann man alles sein, was man möchte.« Damit nahm sie mich in die Arme und ich drückte sie an mich.

»Ich habe Angst davor«, flüsterte ich.

»Das musst du nicht. Wir sind jetzt zu zweit.«

Ich drückte sie noch mal fester. Dann ließ ich sie wieder los.

»Und soll ich dir noch etwas sagen?«, meinte sie.

Aufmerksam sah ich Hope an.

»Ich mochte Spitznamen für mich noch nie.« Das Lächeln, dass sie mir daraufhin schenkte, strahlte so viel Wärme und Zuversicht aus, dass ich alles um mich herum vergaß. Für diesen Moment.

Ich umfasste ihr Gesicht, zog es näher an mich heran. Dann legte ich meine Lippen so zärtlich ich konnte auf ihre und begann sie sanft zu küssen.

Hope legte ihre Hände an meine Taille.

Kurzfristig versteifte ich mich. Berührungen waren für mich eigentlich immer nur mit Schmerz verbunden. Doch nachdem keiner folgte, entspannte ich mich wieder und fing an, diese Nähe zu genießen.

Hopes Küsse schmeckten süß, waren leicht und zart, wie die Berührung eines Schmetterlings. Sie wirkte in meinen Armen so zerbrechlich, so verwundbar. Und wieder fragte ich mich, wie ich jemals denken konnte, dass von ihr Gefahr ausging.

Teufel! Verliebte ich mich etwa in Hope?!

2. Kapitel

Despair küsste wirklich fantastisch.

Gefühlvoll.

Leidenschaftlich.

Zärtlich.

Stürmisch.

Feinfühlig.

Es war so, wie man es von ihm niemals erwarten würde.

Seine Berührungen waren kühl. Genau wie seine Küsse. Doch keineswegs auf eine unangenehme Weise. Eher wie in einem viel zu heißen Sommer – mit Despair als erfrischende Abkühlung, nach der sich jeder sehnte. Als wäre er genau das, worauf man die ganze Zeit gewartet hatte. Womöglich das ganze bisherige Leben.

Und umso länger wir uns küssten, desto mehr schien sich dieses Gefühl zu verstärken.

Ein einzelner Kuss von ihm beinhaltete schlichtweg alles. Er löste in mir so viele verschiedene Emotionen aus, dass es mir unmöglich war, ihn mit nur einem Wort zu beschreiben. – Außer »vollkommen« vielleicht.

Ich fühlte mich unfassbar wohl in seinen Armen. Eigentlich unglaublich, wenn man bedachte, dass er das komplette Gegenteil von mir war. Doch Despair schien perfekt zu mir zu passen.

Ich fuhr mit einer Hand durch seine dunklen Haare, als die Tür geöffnet wurde.

»Ich dachte, du willst ihr nicht an die Wäsche?!«, rief Treason entsetzt.

Despair und ich fuhren auseinander. Obwohl es für einen Außenstehenden nur ein ganz harmloser, unschuldiger Kuss gewesen sein musste, hatte ich das Gefühl, bei etwas Verbotenem ertappt worden zu sein.

Doch im Gegensatz zu mir hatte Despair blitzschnell sein altes Pokerface wieder aufgesetzt und ließ sich nicht im Geringsten von Treason in die Karten schauen.

Ein bisschen irritiert sah ich ihn an. Nicht, weil er jetzt abweisend zu mir war oder so tat, als wollte er nichts mit mir zu tun haben. Im Gegenteil. Er rutschte sogar ein Stückchen näher an mich heran. Doch ich war schon ziemlich überrascht darüber, wie ehrlich und offen er bei unserem Gespräch eben noch gewirkt hatte und wie verschlossen und kalt er jetzt wieder war. Als hätte man einen Schalter umgelegt.

»Was willst du?«, raunzte Despair den Störenfried unhöflich an.

»Hat Loyalty sich gemeldet?«, fragte ich fast zeitgleich und mir lief vor lauter Aufregung ein Schauer über den Rücken.

»Nein. Ich wollte nur –«

»Dann geh wieder«, fuhr Despair dazwischen.

»Krieg dich mal wieder ein, Mann. Ich will ja gar nicht an deinem Kuchen knabbern. Ich wollte lediglich sehen, ob alles in Ordnung ist, und fragen, wann ihr wiederkommt. Die Tussis dahinten sind echt nicht ganz dicht!«

Treason wollte witzig sein, doch jeder von uns wusste, dass er die Wahrheit sagte. Die *neue* Wahrheit. – Nachdem er und seine Brüder sich um meine Schwestern *gekümmert* hatten. Auch wenn ich sie noch nicht mal einen ganzen Tag wieder um mich hatte, war mir durchaus aufgefallen, dass sie sich verändert hatten. Und damit meinte ich nicht nur Modesty, sondern alle ...

»Und wessen Verdienst ist das wohl?«, gab ich patzig zurück. Eigentlich war es unfair, da Treason doch offenbar der Einzige war, der mich über Loyalty auf dem Laufenden halten wollte. Doch der Gedanke an den Grund ihrer Wesensänderungen schmerzte zu sehr.

Treason senkte betreten den Kopf. Sofort tat er mir leid.

»Sorry«, sagte ich nun wieder freundlicher. »Magst du dich noch ein bisschen um sie kümmern? Wir kommen gleich nach.«

Treason lächelte leicht und nickte. »Aber lasst mich nicht zu lange warten ...«

Despair schnaubte, doch bevor er noch etwas sagen konnte, hatte Treason die Tür bereits wieder von außen geschlossen.

»Du willst also noch ein bisschen mit mir *reden*?«, wandte Despair sich dann an mich. Seine aggressive Grundhaltung, die er Treason gegenüber an den Tag gelegt hatte, war wieder verschwunden. Stattdessen umspielte ein verschmitztes Grinsen seine Lippen.

Ich grinste frech zurück. Er sollte bloß nicht denken, dass er mich irgendwie einschüchtern konnte. – Obwohl er durchaus ein Typ war, vor dem man Angst haben könnte.

Alles an ihm wirkte düster. Und damit meinte ich nicht nur seine immer schwarze Kleidung oder seine für gewöhnlich finster dreinblickenden schwarzen Augen.

Seine ganze Aura, seine ganze Ausstrahlung ... Es war irgendwie schwer zu beschreiben, doch wenn ich ein Wort benennen müsste, welches ich mit ihm assoziierte, wäre es »Dunkelheit«. Gewesen.

Denn ich wusste mittlerweile, dass viel mehr hinter dieser eiskalt anmutenden Fassade steckte.

Ich schaute ihn an, blickte in seine schwarzen Augen, und alles, woran ich gerade denken konnte, war Licht. Reinheit. Oder die Farbe Weiß.

Despair war zwar nach wie vor voller Zweifel, doch ich bildete mir ein, dass diese Grundeinstellung nicht mehr einhundertprozentig Bestand hatte.

»Treason muss weg«, sagte Despair plötzlich.

Fragend sah ich ihn an.

»Das war der eigentliche Grund, warum ich mit dir reden wollte. Treason ist ein Verräter. Er kann nicht hierbleiben. Er ist eine Gefahr für uns alle. Wer weiß: Vielleicht sitzen wir schon wie eine Maus in der Falle und ein Himmelfahrtskommando ist auf dem Weg zu uns«, erklärte er.

»Treason hat mich gerettet«, antwortete ich betreten.

»Wäre Treason nicht mit Lie in meinem Haus aufgekreuzt, hättest du gar nicht zurück in den Käfig gemusst«, hielt Despair dagegen.

»Er wusste bestimmt nicht, dass du mich auch freilassen wolltest.«

Warum ich Treason in diesem Moment verteidigte, konnte ich nicht sagen. Eigentlich kannte ich ihn so gut wie gar nicht. Doch es schien mir nicht fair, ihn nach allem einfach so vor die Tür zu setzen.

»Nein. Natürlich wusste er das nicht. Treason ein Geheimnis anzuvertrauen ist mindestens genauso bescheuert, wie einen Blinden im Ferrari auf die Autobahn zu schicken«, murrte Despair.

»Ich kann deine Einstellung ihm gegenüber nachvollziehen«, antwortete ich ruhig. »Aber vielleicht solltest du nicht so hart mit ihm ins Gericht gehen? Jeder kann sich ändern. Du bist das beste Beispiel dafür.«

Despair stockte kurz. Doch er ließ sich nicht beirren.

»Nein. Treason ändert sich nicht. Niemals. Warum sollte er auch? Er ist besessen von seinem Impro. – So sehr, dass er es sogar zum Beruf gemacht hat und einen Haufen Kohle mit dem Erpressen und Verraten anderer Leute verdient. Und wie wir alle wissen: Man ist nur richtig gut in dem, was man wirklich liebt.«

»Ich glaube, du tust ihm Unrecht. Lass uns doch erst mal warten auf –«

»Auf was? Dass er uns ebenfalls verrät und wir alle hinterher beim Oberst höchstpersönlich in den Käfigen sitzen?«, unterbrach Despair mich unwirsch.

»Ich verstehe dein Misstrauen, Despair. Aber so wie ich ihn kennengelernt habe –«

Wieder wurde ich unterbrochen: »ICH kenne ihn schon mein ganzes Leben!« Dann wurde sein Blick wieder weicher. »Es ist nicht so, als würde ich dich nicht auch verstehen. Du denkst, du wurdest von ihm gerettet. Aus diesem Grund willst du nicht undankbar oder unhöflich sein. Im schlimmsten Fall fühlst du dich ihm gegenüber sogar verpflichtet. Aber bitte glaube mir, Hope: Das hier wird böse enden, wenn er nicht geht.«

Diese Inbrunst und diese Beharrlichkeit, mit der Despair darauf pochte, ließen mich kurzfristig zweifeln. Ich verstand wirklich, warum er sich so verhielt. Es war ganz klar erkennbar, dass Treason ihn schon mehrfach enttäuscht haben musste. Aber wenn Despair sich ändern konnte, warum sollte Treason es dann nicht auch können?

Ich stieß einen lauten Seufzer aus.

Despair beobachtete mich kritisch.

»Du hast Recht. Ich fühle mich ihm gegenüber verpflichtet. Immerhin hat er mich aus dem Käfig geholt und noch dazu dabei geholfen, meine Schwestern zu retten«, räumte ich ehrlich ein.

»Und was schlägst du vor?«, fragte er, bemüht möglichst neutral zu klingen, was ihm jedoch nicht so recht gelang.

»Geben wir ihm eine Chance, sich zu beweisen«, bat ich.

Despair schnaubte unwillig, zeigte sich dann aber zu meiner Überraschung recht schnell einverstanden. Zumindest halbwegs.

»Sobald er sich allerdings den kleinsten Fehltritt erlaubt, muss er gehen, okay?«, stellte er klar. Das hätte er nicht extra erwähnen müssen. Seine abfällig hochgezogene Augenbraue sprach Bände.

Damit stand Despair auf und wollte das Zimmer verlassen.

Ich hielt ihn jedoch am Arm zurück. »Ich hätte selbst noch eine Sache, über die ich gerne mit dir reden möchte.«

Neugierig sah Despair mich an. »Und die wäre?«

»Setzt du dich wieder?«, fragte ich. Erstens fand ich es ungemütlich, wenn einer stand und der andere saß, und zweitens wollte ich lieber auf Augenhöhe mit ihm reden.

Despair nahm kommentarlos neben mir Platz und sah mich erwartungsvoll an.

»Ich weiß gar nicht so richtig, wie ich anfangen soll ...«, begann ich.

Diesmal wurde ich nicht von ihm unterbrochen. Despair saß ganz ruhig neben mir und schaute mich einfach nur an, wartete ab. Er war offensichtlich nicht immer so autoritär wie gerade eben. Vielmehr schien sich sein herrisches Verhalten nur auf ein bestimmtes Thema – nennen wir es direkt Treason – zu beschränken. Allerdings gab mir das auch zu denken. – Komisch: Früher hätte ich so etwas keine Beachtung geschenkt.

»Ich mache mir Sorgen um Modesty. Sie ist so anders geworden und ich habe die Befürchtung, dass sie uns Ärger bereiten könnte«, fuhr ich schließlich fort. Ich kam mir furchtbar schlecht dabei vor, so über meine Schwester zu sprechen. Vor allem unter dem Gesichtspunkt, was sie hatte durchmachen müssen. Doch ich musste es mir einfach von der Seele reden. Ich vertraute Modesty nicht mehr und das war ein enormes Problem für mich – und für die ganze prekäre Situation, in der wir uns befanden.

Doch anstatt mich anzuklagen, wie ich so etwas über meine Schwester sagen konnte, oder Vergleiche zu Treason zu ziehen, nickte Despair lediglich verständnisvoll und sagte: »Da bin ich aber froh.«

»Worüber?«, fragte ich überrascht.

»Dass sie wohl nicht immer so eine Hexe war.« Despair rang sich ein Lächeln ab.

»Ich möchte sie nicht verstoßen. Sie kann ja gar nichts dafür, dass sie jetzt so ist. Aber ...« Ich brach ab.

Despair nahm meine Hand und drückte sie sanft. Eine sanfte Brise durchfuhr mich, ähnlich einem angenehmen Windhauch im Sommer.

Ich bekam eine leichte Gänsehaut, doch ich fühlte mich schlagartig besser. Ich hatte den Eindruck, die Dinge plötzlich aus einem objektiveren Blickwinkel heraus betrachten zu können, und auf einmal sah ich nichts Verwerfliches mehr daran, mit Despair darüber zu reden. Im Gegenteil. Es war ... vernünftig.

Und ich war davon überzeugt, dass diese klare Sicht, die ich nach seiner Berührung hatte, von seinem Impro herrührte. Wie konnten Barry oder auch dieser Oberst bloß annehmen, dass der jeweilige Gegenpart nicht gebraucht wurde?

Bevor ich weiter darüber nachdenken konnte, ergriff Despair das Wort:

»Modesty hat ein genauso hohes Gefahrenpotenzial wie Treason«, sagte er. Ich räusperte mich vernehmlich, erwiderte jedoch nichts.

»Lass es uns bei ihr wie bei Treason machen«, fuhr er fort. »Wenn die Sache zu heikel wird, wird sie geschasst. In Ordnung?«

Erleichterung überkam mich. Auch wenn ich für gewöhnlich absolut selbstständig war und trotz meiner Schwesternliebe normalerweise niemanden brauchte, der mir meine Entscheidungen abnahm, tat es in diesem Fall doch gut, mich an eine starke Schulter anlehnen zu können und Rückhalt zu haben.

»Danke«, flüsterte ich.

Despair lächelte leicht.

Ich beugte mich zu ihm und wollte ihm ein Küsschen auf die Lippen geben – als kleines Dankeschön sozusagen.

Da platzte Treason erneut ins Zimmer. »Mein Gott, bin ich froh, dass ihr noch angezogen seid«, scherzte er.

Despair knirschte mit den Zähnen und auch ich warf ihm einen bitterbösen Blick zu.

»Was denn? Wollt ihr gar nicht wissen, dass Loyalty sich gemeldet hat?«

»WAS?!«, riefen Despair und ich gleichzeitig.

Ich sprang auf. Mein Herz begann vor lauter Aufregung schneller zu schlagen. Vielleicht würde sich jetzt alles zum Guten wenden? Ich spürte, wie mein Pro sich in mir bemerkbar machte. Jedoch war es anders als sonst. Irgendwie ... *realistischer.*

»Wo ist sie? Wann kommt sie? Oder sollen wir sie holen?«, überschlug ich mich fast vor Fragen, doch Treason schüttelte den Kopf.

»Was heißt das?«, fragte ich atemlos.

»Sie hat bei Honesty angerufen, doch die Verbindung war wohl zu schlecht. Honesty hat nichts verstanden und –«

Ich ließ ihn gar nicht erst ausreden, sondern lief direkt hinüber ins Nachbarappartement.

»Honesty«, rief ich aufgeregt und eilte zu ihr hin. »Loyalty hat sich gemeldet? Hat sie –«

»Ja, sie hat angerufen. Doch ich konnte sie leider nicht verstehen. Es war nur ein merkwürdiges Kratzen im Handy«, erklärte Honesty.

Ich verzog enttäuscht das Gesicht.

Währenddessen traten auch Despair und Treason ins Zimmer. Die zwei stritten. Was für ein Wunder!

»Sie hat also rein zufällig angerufen, als du auf der Toilette warst ...«, sagte Despair skeptisch.

»Mein Gott, Despair! Darf man noch nicht mal mehr pissen gehen?«, erwiderte Treason genervt.

»Klar! *Pissen* klingt gut! VERpissen noch besser! Also?!«

Die beiden funkelten sich zornig an.

»Du bist so widerlich misstrauisch, Despair! Das ist nicht zum Aushalten«, fluchte Treason.

»Misstrauisch ... erfahren ... klug ... Nenn es, wie du willst!«, entgegnete Despair hochmütig.

Treason blickte zu mir. »Ich bin mal gespannt, wie lange das mit deiner Flamme hält, wenn du ständig so drauf bist.«

Despairs Gesichtszüge verdunkelten sich. Sein Ton wurde rauer. Angreifender. »Da ich sie nie verraten oder betrügen würde, hält es garantiert länger, als jemals eine ›Beziehung‹ bei dir!«, schoss er zurück. Dann erstarrte er plötzlich und blinzelte fast unmerklich in meine Richtung.

»Ach, so ist das! Du stellst Besitzansprüche, dabei ist die Ware noch gar nicht gekauft?!«, lachte Treason und zwinkerte mir zu.

Besonders witzig fand ich es allerdings nicht, wie er versuchte, Despair vor allen anderen lächerlich zu machen. Zwar gelang ihm das nicht besonders gut – sein Gegenüber wusste sich durchaus zur Wehr zu setzen –, doch ich hatte den Eindruck, dass Despair sich aus irgendeinem Grunde zurückhielt. Und wenn ich mal ganz vermessen sein durfte, glaubte ich, dass ich der Grund war. Deswegen war es absolut berechtigt, wenn ich mich einmischte. Außerdem war ich keine Ware!

»Meint ihr nicht, wir haben momentan Wichtigeres zu tun? Uns auf die Suche nach Loyalty zu begeben, beispielsweise?«, ging ich forsch dazwischen.

Despair sah mich einfach nur an. Sein Blick war wie immer sehr schwer zu deuten.

Bei Treason gelang mir das allerdings besser. Ein unausgesprochenes »Weib! Wie kannst du es wagen, dich hier einzumischen!« waberte förmlich durch die Luft.

»Sei nicht so chauvinistisch!«, mahnte ich ihn.

Kurz schien er perplex, dann grinste er frech und schüttelte demonstrativ den Kopf. »Ich wusste, es würde Probleme geben, da du mich nackt gesehen hast«, antwortete er lässig und schaute mich verschmitzt an.

Despair schnaubte erneut, doch das war nicht der einzige Ton des Entsetzens, den ich vernahm. Meine Schwestern ließen – soweit ich das ausmachen konnte – alle ein »Was?« oder »Nein!« los.

Ich drehte mich vorsichtig in deren Richtung und sah in eine Reihe vollkommen entgeisterter Gesichter. Nur Love starrte weiter vor sich hin.

»Ich hab ihn nicht nackt gesehen!«, verteidigte ich mich schnell und blickte dabei verstohlen zu Despair.

Treason schnalzte mit der Zunge, doch ich ließ mich nicht weiter von ihm in die Enge treiben.

»*Oberkörperfrei* wäre das korrekte Wort gewesen. Anstatt mit deiner unpassenden Ausdrucksweise unschuldige Leute zu verunglimpfen, solltest du dir vielleicht besser einen Duden zur Hand nehmen und das eine oder andere Wort noch einmal nachschlagen«, erwiderte ich trocken.

Treason blinzelte verdutzt, während Despair schadenfroh vor sich hin grinste. Irgendwie war das süß. Es wirkte in diesem Moment so unschuldig. So jungenhaft. Befreit von der ganzen schweren Last, die er zu tragen hatte.

»Touché«, antwortete Treason.

Ich war zwar sicher, dass er noch ein paar dumme Sprüche auf Lager gehabt hätte, doch er riss sich am Riemen.

Ich nickte ihm leicht zu.

»Das vorhin war allerdings mein Ernst gewesen«, begann ich erneut und sprach in die Runde. »Wir dürfen Loyalty doch nicht einfach sich selbst überlassen. Hat irgendjemand einen Vorschlag, wie wir sie finden könnten?«

»Frag doch deine Kerle. Die wissen doch, wie man uns auflauert«, schnappte Modesty. Sie wollte tough klingen, doch ich sah genau, dass sie aus dem Augenwinkel heraus erneut Love taxierte. Offensichtlich war sie mindestens genauso bestürzt über ihre heftige Reaktion gewesen wie ich. Klar, sie hatte ja auch die Backpfeife bekommen ... Aber wir sprachen hier von Love. *Love!* Der personifizierten Liebe! Diese stand nicht so einfach auf und schlug jemanden. Früher ...

Ich seufzte innerlich. Was hatten meine armen Schwestern nur durchmachen müssen ... Man sagte immer, Erfahrungen sammeln wäre gut. Sie machten einen klüger und stärker. Und ja, bis vor kurzem dachte ich das auch. Doch ohne gewisse Einschränkungen würde ich das in Zukunft nie mehr unterschreiben.

Erfahrungen veränderten einen. Immer. Und wie man sah, nicht zwangsläufig zum Guten.

Despair legte mir die Hand auf die Schulter. Ich zuckte kurz zusammen, da ich mit dieser Berührung nicht gerechnet hatte. Aber sie tat mir gut, zeigte sie mir doch, dass er bei mir war und mir helfen würde.

Dankbar legte ich meine Hand auf seine.

»Ihr seid alle so dumm, ey! Ruft Loyalty doch einfach zurück!«, ätzte Modesty indes.

»Als wenn ich da nicht selbst draufgekommen wäre«, erwiderte Honesty ungehalten. »Aber sie hat das Handy wieder ausgeschaltet. Vermutlich, weil sie Angst vor einer Ortung hat.« Dabei bedachte sie Treason und Despair mit einem strafenden Blick.

»Also können wir im Moment sowieso nichts machen?«, fasste Modesty zusammen. Leider hörten sich ihre Worte nicht im Geringsten traurig an.

Ich musste zugeben, dass mich das erschütterte. Natürlich wusste ich, dass Modesty viel hinter sich hatte. Sie jedoch auszustoßen – auch wenn sie aktuell noch so unerträglich war – käme mir trotzdem vollkommen falsch vor. Wir kannten uns seit Kindertagen. Wir alle. Und wir waren stets füreinander dagewesen. Doch wusste ich, dass sich Modesty schon vor der Gefangennahme verändert hatte. Ich fragte mich, woher das kam und wann genau der Einschnitt in ihrem Leben passiert sein musste, der sie die Richtung wechseln ließ. Ihr Gegenspieler Greed war vermutlich nur noch das Tüpfelchen auf dem i gewesen.

»Dann kann ich ja gehen«, holte mich Modesty prompt aus meinen Gedanken.

»Du willst gehen? Wohin?«, fragte ich überrascht.

»Nach Hause?«, stellte sie provokativ als Gegenfrage.

Ich schluckte. Dann wurde ich traurig. Gab es das überhaupt noch? Hatten wir noch so etwas? Ein *Zuhause*?

Modesty schien sich ihrer Sache sicher, denn sie stand auf und wollte an mir vorbeigehen.

Doch ich hielt sie fest. »Warte«, sagte ich.

Sie machte sich entschieden los.

»Bitte ...«, fügte ich hinzu.

»Was ist denn noch?«, fragte sie ungehalten.

Ich holte tief Luft. »Würdest du dich bitte wieder setzen?«

»Wozu?«

»Setz dich, bitte ...«

Modesty seufzte tief, warf sich jedoch tatsächlich zurück auf die Couch.

Ihre Art machte es mir nicht gerade leichter zu sagen, was ich zu sagen hatte. Oder ... zu beichten ...

Aufmerksam waren alle Augenpaare auf mich gerichtet. Die meiner Schwestern, aber auch die von Despair und Treason.

Ich fühlte mich unwohl. Dabei war ich Hope! Doch das Überbringen von schlechten Nachrichten war absolut nicht mein Ding! Trotzdem musste ich es tun. Ich konnte sie ja schlecht ins offene Messer laufen lassen. Dann lieber so ...

»Also«, begann ich und räusperte mich. Plötzlich hatte ich einen dicken Kloß im Hals. Meine Hände zitterten leicht vor Aufregung.

Despair schien es zu bemerken. Er stellte sich näher an mich, so dass unsere Arme sich berührten, fasste mich aber nicht direkt an. Ich nahm an, dass er das absichtlich nicht tat, um mich nicht abzulenken. Und ich war dankbar dafür, dass er so viel Feingefühl besaß.

»Ich weiß ehrlich gesagt gar nicht, wo ich am besten anfangen soll«, stammelte ich.

»Dann ist es wohl nicht so wichtig«, fuhr Modesty dazwischen und stand wieder auf.

»Wie wär's, wenn du einfach sitzenbleibst und den Rand hältst?«, sagte Despair in einem schneidenden Tonfall zu ihr. Seine Stimme klang so gebieterisch, dass Modesty zur Verwunderung aller kommentarlos Folge leistete.

»Ich fürchte ...« Wieder räusperte ich mich. »Wir ... wir haben kein Zuhause mehr.«

Betretenes Schweigen.

»Warum sollten wir keins mehr haben? Nur weil die Improbas uns dort kalt erwischt haben, bleibt es dennoch unser Zuhause, oder?«, fragte nun Mercy kleinlaut und sah mich mit kummervollen Augen an.

»Weil ...«, wollte ich weiter berichten, doch diesmal wurde ich von Love unterbrochen. Sie hatte die ganze Zeit über teilnahmslos auf ihrem Platz gesessen. Ich war mir gar nicht sicher gewesen, ob sie den Gesprächen überhaupt klaren Bewusstseins gefolgt war, doch jetzt war sie aufgesprungen.

»Weil diese Typen da alles kaputt gemacht haben!« Anklagend zeigte sie auf Despair und Treason. »Alles! Und jeden!« Loves zuvor noch kühle Maskerade löste sich in Luft auf. Tränen stiegen ihr in die Augen und sie bemühte sich sichtlich, diese zurückzuhalten. Sie schaffte es nicht.

»Oh, Love«, sagte ich und eilte zu ihr hin, um sie in die Arme zu nehmen, doch sie stieß mich beiseite.

»Hau ab! Wegen dir sitzen wir doch erst so tief in der Scheiße!« Damit verschwand sie im Badezimmer und schloss sich ein. Wenig später hörte man sie schluchzen.

Betrübt sah ich ihr nach.

»Ist mir egal. Ich geh trotzdem wieder nach Hause.« Modesty war anscheinend beratungsresistent.

»Du kannst nicht ...«

Meine Schwester platzte mir abermals ins Wort. »Was kann ich nicht? – Hope! Mal ehrlich: Was soll mir denn noch passieren?« Modesty warf den Kopf zurück und ging zur Tür.

Gerade, als sie die Klinke in die Hand genommen hatte, fasste ich mir ein Herz und sprach das laut aus, was ich schon die ganze Zeit versuchte zu sagen:

»Barry ist tot ...«

»Barry ist tot?!«, wiederholten meine Schwestern fassungslos im Chor. Es war wohl auch zu Love vorgedrungen, denn nun hörte man sie noch lauter weinen. Auch Honesty und Mercy kämpften eindeutig mit den Tränen. Und selbst Modesty schien schockiert und man merkte, dass ihr wenigstens *das* nicht egal war.

Honesty stand auf und trat zu mir.

»Darf ich?«, fragte sie.

Ich nickte und wiederholte meine Aussage noch einmal, während sie meine Hand hielt.

»Sie hat nicht gelogen«, stellte Honesty bitter fest.

Ich schüttelte betreten den Kopf. Natürlich hatte ich das nicht. Aber ich konnte verstehen, dass sie sich bei so einer Hiobsbotschaft Gewissheit verschaffen wollte.

»Wir haben wirklich kein Zuhause mehr«, konstatierte Mercy relativ nüchtern. Doch man merkte ihr an, dass das nur die äußere, mühsam aufrechterhaltene Fassade war und überhaupt nicht zu dem Gefühlschaos passte, welches sich gerade in ihrem Innern abzuspielen schien.

Ich schaute in die Runde. Alle meine Schwestern, wie ich sie einst kannte, waren nur noch ein Schatten ihrer selbst.

Honesty, die ihr Herz auf der Zunge trug. Die mit ihren schulterlangen blonden Locken und ihren himmelblauen Augen einst heller strahlte, als die Sonne selbst. Die eigentlich lustig und lebensfroh war. Sie saß jetzt da und blickte mich aus leeren Augen an. Die Fassungslosigkeit stand ihr ins Gesicht geschrieben.

Love, meine beste Freundin, saß im Badezimmer und weinte bitterlich. Nicht nur, dass sie von meinen Schwestern am meisten hatte durchmachen müssen … Nein, sie hatte zu Barry ebenfalls einen ganz besonderen Draht gehabt und sein Tod traf sie nun bestimmt wie ein Vorschlaghammer. Ich konnte mir nur schwer vorstellen, wie man als personifizierte Liebe mit dem Tod eines geliebten Menschen klarkommen sollte. Und wenn ich daran dachte, wie sehr mir dieses Ereignis selbst zugesetzt hatte, wollte ich das lieber gar nicht wissen. Immerhin war ich die Einzige von ihnen, die wenigstens ein Pro hatte, welches alles ins Positive verkehrte. Wenn *ich* jedoch die Tatsache schon kaum ertragen konnte, musste es meine Schwestern doppelt und dreifach hart treffen.

Selbst Modesty schienen ihre schnippischen Kommentare für den Moment vergangen zu sein. Sie hatte sich gegen die Appartementtür gelehnt und schaute gen Decke.

Mein größtes Sorgenkind war in diesem Fall jedoch Mercy, das fleischgewordene Mitleid. Wie um alles in der Welt sollte sie das verkraften? Sie saß neben Honesty auf der Couch, hatte ihr Gesicht in den Händen vergraben und ihre langen dunkelblonden Haare bildeten einen Vorgang um ihr Gesicht. Mercy trug für gewöhnlich immer einen Zopf. Aber mir war bei ihrer Befreiung schon aufgefallen, dass sie diesen nicht mehr hatte. Vermutlich, um genau das mit ihren Haaren zu machen. Das hatte sie als Kind schon immer getan, wenn sie bockig oder traurig war.

Ja, es zerriss mir fast das Herz, da ich sie alle so vor mir sitzen sah, die einst guten Gefühle der Menschheit, die die Welt stärken und positiv beeinflussen sollten. Und was war davon übrig?

Ich ging vor Honesty und Mercy in die Hocken und legte meine Arme um sie. Dann weinten wir gemeinsam.

Als ich einen flüchtigen Blick über die Schulter warf, sah ich Treason und Despair unschlüssig im Zimmer stehen. Offenbar konnte weder der eine noch der andere etwas mit dieser Situation anfangen.

Während Treason jedoch eher so aussah, als würde er das ganze eher nervig finden, schien Despair ernsthaft betroffen zu sein. – Ja, er hatte ein gutes Herz. Ich wusste, dass ich mich nicht ihm ihm getäuscht hatte.

»Und ... wie ist das passiert?«, fragte Modesty nach einer Weile.

Ich wischte mir die Tränen weg und blickte zu ihr auf. Plötzlich wirkte sie gar nicht mehr so biestig wie vorhin. Vielleicht hatte sie die Nachricht doch mehr getroffen, als ich angenommen hatte.

»Ich weiß es nicht«, flüsterte ich mit heiserer Stimme. Natürlich hätte ich ihr von dem Anruf erzählen können, aber weitergebracht hätte uns das nicht. Zudem wusste ich nicht, ob ich überhaupt fähig war, diese Geschichte im Moment zu erzählen.

Modestys Blick fiel auf Treason und Despair. »Habt ihr was mit Barrys Tod zu tun?« Sie machte eine kurze Pause. »Was frag ich eigentlich! Natürlich steckt ihr dahinter!«

Da war sie wieder. Die neue alte Modesty.

»Was habt ihr ihm angetan, ihr Schweine?«

»Ich habe Hope schon erklärt, dass ich von seinem Tod nichts weiß! Ich habe nichts damit zu tun! Ich mag Vieles sein und Vieles verkörpern, was rein gar nicht in euer Weltbild passt. Aber ich bin KEIN Mörder!«, verteidigte sich Despair. Er hatte sich förmlich in seine kurze Rede hineingesteigert und mehr mich als Modesty dabei angesehen. Doch das war nicht nötig. Ich glaubte ihm. Ich glaubte ihm wirklich. Es war genau, wie er es gesagt hatte: Despair mochte Vieles sein. Vor allem jedoch extrem tiefgründig, vielschichtig und undurchsichtig. Und ich hatte selbst noch nicht einmal ansatzweise alle Facetten seines Charakters erfasst. Doch das war genau das, was ihn so interessant machte. Und das Wichtigste: Er war nicht böse. Tief in seinem Inneren war er ein fairer, anständiger und ehrlicher Kerl und ich freute mich schon darauf, mehr von diesem Despair kennenzulernen.

Von Treason hingegen hätte ich mir ein bisschen mehr Mitgefühl gewünscht. »Ich kenn keinen Barry«, antwortete er beinahe gelangweilt und verdrehte die Augen.

»Hört auf zu lügen! Wer sonst sollte Barry umgebracht haben als ihr?« Modesty hatte sich wieder eingeschaltet und klang nun äußerst wütend. Sachlich und gelassen würde ich sie wohl nicht mehr so schnell erleben, fürchtete ich.

»Modesty, wenn sie sagen, sie haben nichts mit Barrys Tod zu tun, dann glaube ich ihnen das«, nahm ich die beiden Jungs in Schutz.

Abfällig sah sie mich an. »Klar, weil du mit deinem völlig verblendeten Pro und deinen neuartigen Hormonschwankungen das ja auch so gut beurteilen kannst.«

»Das ist nicht wahr!«, hielt ich dagegen. Es war ja bekannt, dass ich aufgrund meines Pros häufig Sachen aus einem anderen Blickwinkel heraus betrachtete. Barry hatte jedoch immer gesagt, ich sollte diese »Weitsicht«, wie er es nannte, als Geschenk ansehen. Es wäre nicht alltäglich, dass jemand die Fähigkeit hätte, allem auch etwas Gutes abzugewinnen. Wenn mehr Menschen diese Gabe hätten, gäbe es auch viel weniger Leid, so seine Worte.

Nichtsdestotrotz stimmte das so aber nicht mehr ganz. Ich hatte letztens schon bemerkt, dass ich nicht mehr alles durch die sprichwörtliche rosarote

Brille sah. Natürlich spürte ich mein Pro nach wie vor. Doch es war irgendwie ... – Es hatte sich verändert, denn anstatt mich blindlings immer das Gute annehmen zu lassen, ließ es mich realistischer denken. Realistisch, nicht negativ! Man konnte sagen, es machte mich im positiven Sinne stark. Vor allem geistig. Das war ein sehr gutes Gefühl und ich musste zugeben, dass mir diese neue Art meines Pros insgeheim sogar besser gefiel als die bisherige.

Ob das am Älterwerden lag? Oder an Despair? Ich wusste es nicht. Letzteres wäre durchaus möglich. Schließlich fühlte ich mich in seiner Gegenwart immer so ... *anders*.

»Lassen wir das doch einfach Honesty entscheiden. Wenn sie es nicht weiß, ob Treason und Despair lügen, wer dann?«, schlug Modesty vor.

Ich schaute zu den beiden Jungs, die gleichgültig mit den Schultern zuckten. Sie hatten also – genau wie ich vermutete- nichts zu verbergen. Sonst würden sie garantiert nicht mehr so gelassen wirken.

»Okay. Was meinst du, Honesty?«, fragte ich.

Sie zögerte. »Ich weiß nicht«, sagte sie schließlich unsicher. »Ich ... Mein Pro ist durch die ganzen Vorfälle schon etwas in Mitleidenschaft gezogen und ich weiß nicht, ob ich so eine wichtige Aussage treffen kann. Und möchte.«

»Mach ruhig, Honesty. Du schaffst das. Ich glaub an dich«, ermutigte Mercy ihre Schwester. Sie und Honesty waren sehr gut befreundet und auch ihr Pro ließ sie solche Aussagen treffen. Sie hatte vermutlich gerade Mitleid mit Honesty und meinte, sie stärken zu müssen. Ich fand das toll von ihr. Nicht nur, weil Modesty dann endlich Ruhe geben würde, sondern auch, weil es mir zeigte, dass Mercys Pro immer noch seine Kraft entfaltete.

Honesty schwieg und ihr Blick huschte quer durch die Runde.

»Wäre es denn nicht nur schwierig, wenn der Fall nicht ganz eindeutig ist?«, mischte Despair sich nun plötzlich ein.

Verwundert schaute ich ihn an. Dafür, dass er nichts mit den Pros zu tun hatte, war das ein durchaus intelligenter Einwand.

»Wenn der Fall nicht eindeutig wäre, wäre es natürlich extrem schwierig«, antwortete Honesty leise.

Mercy legte ihr die Hand auf die Schulter. »Du musst nicht, wenn du nicht willst. Das nimmt dir keiner übel. Du kannst ja nichts dafür. WIR können nichts dafür, dass unsere Pros nicht mehr so sind wie sie einmal waren«, sagte sie und schaute zu Despair und Treason.

Ich konnte meine Schwestern gut verstehen, konnte verstehen, warum sie sich Despair und Treason gegenüber so verhielten. Dennoch stand ich zwischen den Stühlen. Irgendwie.

»Ich kann eure Skepsis sehr gut nachvollziehen, aber ihr müsst auch bedenken, dass Despair und Treason jetzt hier sind. Mit uns. Sie haben für unsere Rettung Kopf und Kragen riskiert. Und das sollten wir nicht vergessen«, wandte ich an ihre Vernunft appellierend ein.

Honesty und Mercy nickten leicht, allerdings weit entfernt von »einverstanden«.

»Ich sehe das nicht so!«

Ich seufzte leise. Warum war mir klar, dass Modesty Ärger machen würde?

»Wenn das so eindeutig ist, dass die beiden nichts mit Barrys Tod zu tun haben, dürfte das für Honesty wohl nicht so schwierig werden«, fuhr sie fort. »Oder Honesty?«

»Ich bin mir wirklich nicht sicher, ob ich das –«

»Nun stell dich nicht so an. Bei Hope hast du vorhin auch nicht lange gefackelt. Außerdem bist du dein ganzes Leben darauf trainiert worden.«

Modesty starrte Honesty erwartungsvoll an, welche sich nach einer kurzen Bedenkzeit geschlagen gab.

»Darf ich?«, fragte sie und ging zu Despair und Treason. »Normal spüre ich das auch, ohne euch anzufassen. Aber ich will keinen Fehler machen«, entschuldigte sie sich.

Despair hielt ihr sofort die Hand hin.

Treason jedoch verschränkte seine Arme abwehrend vor der Brust.

Mit hochgezogenen Augenbrauen schaute ich ihn an. Was sollte das denn jetzt?!

»Verarscht«, lachte er dann und streckte ebenfalls seinen Arm aus. »Eigentlich bin ich ja derjenige, der den ersten Schritt macht, aber mir ist schon klar, dass du dich kaum bei mir zurückhalten kannst.« Wieder ein Lachen.

Ich rollte mit den Augen. Zuweilen war er ja ganz witzig, aber gerade in solch einer Situation wäre ein bisschen mehr Feinfühligkeit angebracht gewesen.

Auch Despair zeigte sich genervt von diesem Gehabe. »Können wir?«, fragte er ungeduldig.

Honesty nickte und umfasste jeweils einen Arm der beiden Jungs.

»Würdet ihr mir nun bitte sagen, dass ihr nicht schuld seid an Barrys Tod?«

Despair und Treason zeigten sich einverstanden und sagten unisono: »Ich habe nichts mit Barrys Tod zu tun.«

Da zuckte Honesty plötzlich zurück, als hätte sie an eine Hochspannungsleitung gefasst. »LÜGE!!!«, schrie sie, taumelte rückwärts und starrte die beiden mit weitaufgerissenen Augen an.

Im Raum herrschte Totenstille. Man hätte jede Stecknadel fallen hören.

Despair und Treason sahen ziemlich schockiert aus. Die Einzige, die sich schnell wieder gefangen hatte, war Modesty.

»Pah! Ich wusste es! Wer von beiden war es?«, verlangte sie zu wissen.

»Ich ... ich habe keine Ahnung. Die Erkenntnis kam so heftig ... Ich konnte es auf die Schnelle nicht zuordnen«, erwiderte Honesty.

»Also noch mal!«, kommandierte Modesty wie ein Feldwebel.

Ich hingegen stand einfach nur stumm daneben. So recht wollte mir nichts dazu einfallen, konnte ich mir doch beim besten Willen nicht vorstellen, dass Despair mich angelogen haben sollte. Er hatte mir gegenüber nie ein Blatt vor den Mund genommen, sondern mir stattdessen immer alle Wahrheiten und Empfindungen an den Kopf geknallt. Egal, ob sie schön waren oder nicht.

Als ich ihn das erste Mal nach Barry gefragt hatte, saß ich bei ihm im Käfig. Er hatte also keinerlei Grund gehabt, mich diesbezüglich anzulügen. Denn was hätte ich schon tun sollen?

Dazu kam ja noch das Gespräch, welches wir vorhin im Nebenappartement geführt hatten. – Nein, Honestys Verdächtigung musste ein Fehler sein.

Trotzdem sah ich unsicher zu Despair hinüber. Er wirkte erschrocken. Genauso wie Treason. Eigentlich konnte ich mir bei keinem von beiden eine Mordbeteiligung vorstellen. Aber war das auch eine möglichst objektive Sicht? Oder hatte sich mein Pro doch nicht so viel verändert, wie ich gedacht hatte, und ich wollte es nur einfach nicht wahrhaben?

Despair kam zögerlich auf mich zu. Offensichtlich hatte er Angst, dass ich zurücktrat. Doch das tat ich nicht.

Dann nahm er meine Hände und schaute mir in die Augen. Wieder durchfuhr mich dieses Gefühl.

»Hope, bitte. Ich habe wirklich nichts mit dem Tod dieses Barrys zu tun. Ich schwöre es dir.« Dabei legte er so viel Inbrunst in seine Worte, dass es unmöglich schien, ihm nicht zu glauben.

Modesty erging es da natürlich anders: »Du dämlicher Lügner. Etwas Besseres fällt dir nicht ein? – Was ist, Honesty? Versuch es diesmal einzeln«, herrschte sie ihre Schwester an.

»Ich möchte das eigentlich nicht noch einmal tun. Eine Lüge zu entlarven ist für mich nichts Schönes«, versuchte sich diese herauszuwinden, doch Modesty ließ nicht locker:

»Dann macht ihr den ersten Schritt«, wandte sie sich an Despair und Treason. »Oder habt ihr Schiss?«

»Natürlich nicht!« Despair drückte noch einmal kurz meine Finger und ging dann zielstrebig auf Honesty zu, die sich mittlerweile hinter die Couch gestellt hatte.

Despair hatte die Wahrheit gesagt. Ich war mir nach wie vor ganz sicher.

Entschlossen hielt er meiner Schwester die Hand hin. Zögerlich nahm Honesty sie und bat ihn, den Satz über Barrys Tod erneut zu wiederholen. Despair tat wie geheißen. Und ... nichts passierte.

Ich atmete tief aus. Ich wusste es! Despair hatte nicht gelogen.

Daraufhin richteten sich alle Augenpaare wie automatisch auf Treason.

»Nein, nein, nein, das könnt ihr vergessen! Ich lass mich doch hier nicht zum Sündenbock machen. Ihr tickt wohl alle nicht mehr ganz richtig!«

Treason hielt Honesty ebenfalls die Hand hin, welche in einer unsicheren Bewegung danach griff. Treason half nach, indem er ihre Hand einfach auf seinen Arm drückte und festhielt. Dann sagte er schnell den Satz – und Honesty sprang schreiend zurück.

Blitzschnell hatte Despair Treason gepackt und ihn bewegungsunfähig gemacht, indem er ihn in den Schwitzkasten nahm.

»Lass mich los, du Arsch!«, wetterte Treason, doch Despair rührte sich keinen Zentimeter.

»Träum weiter«, kommentierte er knapp.

Ich starrte Treason enttäuscht an. Das hätte ich nicht von ihm gedacht.

»Was soll jetzt mit ihm passieren?«, fragte Despair und wandte sich damit an mich.

»Ich …«, stammelte ich los, da ich absolut ahnungslos war. Doch bevor ich mir die eine Antwort ausdenken musste, ergriff Honesty das Wort:

»Du kannst ihn wieder loslassen«, sagte sie.

»Und dann?«, fragte Despair ungläubig.

»Nichts und dann …«

Verwirrt schaute er mich an. Sein Blick sollte mich eindeutig an unseren Deal erinnern. Wer unser Vertrauen missbrauchte, flog.

»Ich glaube, du musst gehen, Treason«, sagte ich ernüchtert.

»Nein, muss er nicht«, mischte sich Honesty erneut ein. »Ich war einfach nur erschrocken, weil ich einen Schlag nach dem Satz erwartet hatte. Ich meine, wenn Despair es nicht war, blieb ja nur noch Treason übrig. Aber ich fühlte nichts.«

Treason wand sich unter Despairs Griff, doch dieser ließ ihn noch immer nicht los.

»Wirklich«, bekräftige Honesty noch einmal.

»Nimmst du jetzt bitte mal deine Griffel weg? Ich stehe nicht so auf Männer!«, beschwerte sich Treason.

Unschlüssig stand Despair im Raum.

»Bist du ganz sicher, Honesty?«, fragte ich.

»Ja.«

»Und warum hast du dann beim ersten Mal geschrien, als hätte man dir ein Messer zwischen die Rippen gejagt?«, blaffte Modesty ungehalten. Sie schien mit diesem Ergebnis gar nicht zufrieden zu sein.

»Ich –«, begann Honesty.

»Wiederhol es«, befahl Modesty.

»Muss das sein?«, erwiderte Honesty regelrecht gequält. »Ich will –«

»Das ist mir egal! Wiederhol es!«, rief Modesty.

Despair reichte Honesty eine Hand. Mit dem anderen Arm hielt er Treason immer noch umschlungen, welcher sich sofort zu befreien versuchte, doch Despair hatte ihn fest gepackt.

Ich war leicht beeindruckt. Den Griff, den er anwandte, kannte ich auch. Doch ich war mir sicher, dass ich es nicht schaffen würde eine Person mit nur einem Arm zu bändigen. Nicht mal Mercy. Obwohl sie überaus zierlich und klein war.

»Du musst ihn schon loslassen«, sagte Honesty. »Nicht, dass das Ergebnis verfälscht wird.«

Despair sah zu mir. Ich nickte. Was sollte ich auch sonst tun? Honesty wusste am besten, wie sie ihr Pro benutzen musste.

Unwillig ließ Despair los und Treason begann sich direkt mit einer Hand den Nacken zu massieren.

»Du Tier!«, beschimpfte er Despair, doch in seiner Stimme schwang auch ein bisschen Anerkennung mit.

»Also noch mal«, verlangte Honesty.

Despair wiederholte abermals den Satz, mit demselben Ergebnis wie vorhin.

»Nein, ich fühle nichts. Weder, ob er die Wahrheit sagt, noch, ob er lügt«, entschuldigte sie sich.

»Jetzt du«, sagte Despair und verpasste Treason einen auffordernden Schlag gegen die Schulter.

»Ist ja gut«, murrte dieser und hielt Honesty wieder seine Hand hin. Das gleiche Prozedere folgte, dieses Mal jedoch ohne Schrecksekunde.

»Es tut mir leid«, antwortete Honesty geknickt. »Da ist nichts.«

»Gar nichts?«, hakte ich vorsichtig nach. Ich wollte Honesty nicht noch mehr quälen, doch ich fand das wichtig.

Sie schüttelte betrübt den Kopf.

»Im Zweifel für den Angeklagten«, tönte Treason und entriss Honesty seinen Arm.

Despair kniff die Augenbrauen zusammen. »Das glaube ich nicht«, erwiderte er.

Treason drehte sich zu ihm herum. »Was ist denn? Hast du gelogen und wurdest nicht erwischt? Freu dich doch!«

Despair knirschte mit den Zähnen.

»Hope? Treason hat Honesty angefasst. Woher wollen wir wissen, dass sein Impro nicht die geschwächte Proba beeinflusst hat und sie deswegen lügt?«, sagte Despair geradeheraus.

Perplex stand ich vor ihm. Von diesem Standpunkt aus hatte ich das noch gar nicht betrachtet.

»Weil ich TREASON bin! Und NICHT Lie!«, polterte Treason dazwischen. »Wann kapierst du das endlich?«

»Das ist keine Begründung. Eure Impros unterscheiden sich so gut wie nicht voneinander. Verrat beinhaltet Lüge und Lüge beinhaltet Verrat«, erwiderte Despair gelassen. Es gab auch keinen Grund zum Lautwerden. Es stimmte einfach.

Ich fuhr mir mit beiden Händen durch die Haare. Das war doch wirklich zum Mäusemelken! Despair hatte definitiv Recht mit dem, was er gesagt hatte. Aber Treason wirkte ebenfalls glaubwürdig. Auf mich. Konnte das sein?

Ich überlegte kurz, dann wandte ich mich an Despair: »Können wir kurz reden?«

»Oh nein! Meint ihr nicht, die jetzige Situation ist etwas unpassend für eure ›Gespräche‹?«, schnaubte Treason.

Despair sah mich an und ein kleines Lächeln huschte über sein Gesicht. »Ja, können wir«, beantwortete er meine Frage, ohne weiter auf Treason oder die anderen zu achten. Er bot mir seinen Arm an und wollte mich schon hinausbegleiten, da fuhr Modesty uns an:

»Habt ihr sie noch alle?! Ihr wollt uns wirklich hier mit einem potentiellen Mörder alleinlassen?!«

»Schon gut. Ich hatte eh keinen Bock, bei euch zu bleiben, wenn die beiden Turteltäubchen sich nebenan vergnügen«, schoss Treason zurück.

»Wo...«, begann ich, doch Treason antwortete schon:

»Ich warte im Auto. Das wird wohl noch erlaubt sein, oder?«

Ich zuckte mit den Schultern. Da ich sowieso keine bessere Alternative hatte, konnte ich auch keinen Gegenvorschlag machen.

Treason ging zur Tür, drückte auf die Funkfernbedienung seines Wagens und er öffnete sich. Dann warf er mir den Schlüssel zu. »Bevor ihr euch wieder in die Hose macht, ich würde türmen ...«, fügte er noch sarkastisch hinzu und ging zu seinem Jeep.

»Geht doch«, erwiderte Modesty und ließ sich auf den Sessel plumpsen, auf dem Love zuallererst gesessen hatte.

Diese war immer noch im Badezimmer, doch ihr Schluchzen war inzwischen verklungen.

Despair bemerkte, wie meine Augen zur Badtür hinwanderten. »Willst du erst zu ihr?«

Ich schüttelte den Kopf. Manchmal brauchte man etwas Zeit für sich allein und da ich sowieso nur für eine kurze Zeit wegbleiben wollte, würde ich mich nachher in Ruhe um sie kümmern.

***

Wir gingen erneut hinüber ins Nachbarapartement.

»Was gibt's denn so Wichtiges?«, fragte Despair.

»Treason«, entgegnete ich schlicht.

Despair runzelte die Stirn.

»Ich weiß, dass du ihm nicht traust und du ihn lieber jetzt als später loswerden möchtest. Aber hast du dir schon mal überlegt, dass Honesty ihr Pro vielleicht nicht mehr so beherrscht wie früher? Womöglich ist während der Umschulung doch mehr kaputtgegangen, als man auf Anhieb sieht?«

»Hm ...«, machte Despair.

Okay. Überzeugt schien er nicht zu sein ...

»Ich finde es halt nur komisch, dass sie anfangs einen regelrechten Schlag bekommen hat und bei den nächsten Berührungen nichts mehr fühlte. So funktioniert ihr Pro nicht. Sie konnte vorher auf mehrere Meter Entfernung bestimmen, ob jemand die Wahrheit sagt«, erklärte ich weiter. »Und dass sie Treason zuliebe lügt, kann ich mir auch nicht vorstellen. Warum sollte sie?«

»Vielleicht hat sie Angst vor ihm?«, warf Despair ein.

»Angst? Wir sind sechs gegen einen. Treason könnte rein gar nichts ausrichten, wenn er tatsächlich gelogen hätte und sie ihn verpfeifen würde«, argumentierte ich logisch.

Despair blickte zur Seite. Er dachte wohl nach.

»Ich will nur sagen: Bevor wir voreilige Schlüsse ziehen, sollten wir die Sache von zwei Seiten aus betrachten. Genauso gut, wie Honesty Treason fälschlicherweise entlasten könnte, könnte sie ihn auch zuerst zu Unrecht verdächtigt haben«, fuhr ich fort.

Despairs Miene war unergründlich. Ich wusste, dass er meine Sichtweise nicht teilte, doch bis jetzt hatte Treason nichts getan, was mich an ihm zweifeln ließ. Im Gegenteil, er hatte mich gerettet. Und was noch viel wichtiger war: Er hatte mir geholfen, meine Schwestern zu befreien. Warum sollte er all dies tun, wenn er doch irgendetwas im Schilde führte? Das machte keinen Sinn ...

»Ich möchte einfach verhindern, dass wir Treason zu Unrecht beschuldigen. Und je mehr wir sind, desto besser, oder?«, fügte ich noch hinzu.

Da sah mich Despair wieder an. Ein eindringlicher Blick, der mich regelrecht gefangen zu nehmen schien.

»Die Falschen auf seiner Seite zu haben, bringt einen aber auch nicht weiter«, gab er zu bedenken.

Ich nickte betrübt. Ich wusste schon, was er mir sagen wollte. Trotzdem konnte ich mir Treason nicht als Mörder vorstellen. Verräter – ja. Aber Mörder? – Nein. Ich glaubte, dafür musste man abgebrühter sein. Treason wirkte oft noch recht jungenhaft. Und diesmal sprach nicht das Pro aus mir, sondern mein Verstand.

Zusätzlich verunsicherten mich Honestys widersprüchliche Aussagen. Natürlich war es schon möglich, dass Treason sie beeinflusst hatte. Und ich konnte auch Despairs Einwand nachvollziehen. Gut sogar. Aber was, wenn Treason es nicht getan hatte? Und davon ging ich aus ... Sollten wir ihn aufgrund einer vagen Vermutung kicken? – Nein! Das kam mir auch nicht richtig vor.

»Eine letzte Chance? Für ihn?«, fragte ich Despair.

Er zog die Augenbrauen hoch. »Du spielst mit dem Feuer, Hope«, antwortete er. »Ich hoffe, das ist dir klar!«

Ich seufzte leise und nickte. Leider war mir das viel zu klar.

Als Despair nichts mehr darauf erwiderte, nahm ich das als stummes Einverständnis. Und ich war ihm sehr dankbar dafür!

Wir gingen wieder zurück zu den anderen. Vor der Tür winkte ich noch Treason zu uns heran. Er stieg aus dem Wagen aus und blickte mir hoffnungsvoll, wie ich mir einbildete, entgegen. Ich nickte ihm bestätigend zu.

»Da seid ihr ja wieder«, empfing uns Modesty kurz darauf ungeduldig. »Und? Zu welchem Entschluss seid ihr gekommen?«

»Treason bleibt«, antwortete ich mit fester Stimme.

»Nicht dein Ernst, oder?!«

»Da wir keine Beweise haben, ist es, wie Treason gesagt hat: Im Zweifel für den Angeklagten.«

Modesty schnaubte.

»Ich hätte schon eine Idee, wie wir die Wahrheit aus ihm herauskriegen«, sagte sie dann und ein fieses Grinsen huschte über ihr Gesicht.

»Ach ja?«, fragte ich skeptisch. So wie Modesty seit Neuestem agierte, war ich sofort alarmiert.

»Natürlich. Wir könnten mit ihm das machen, was sie mit uns gemacht haben. Irgendwann wird das Vögelchen schon singen – oder wie war das, Despair?«

Despair blickte gen Boden.

Ich warf ihm einen fragenden Blick zu.

»Ich wollte sie erpressen. Sie sollte mir deinen Standort verraten und ich habe ihr im Gegensatz die Freiheit angeboten«, antwortete er leise.

»Du gerissener Hund«, pfiff Treason anerkennend.

»Und ...« Ich schluckte.

»*Mir* hat sie es zumindest nicht verraten«, entgegnete Despair schnell.

Einerseits war ich erleichtert, andererseits jedoch auch etwas niederge-schlagen, denn das bedeutete, dass eine meiner anderen Schwestern mich verraten haben musste. Dennoch stand ich nach wie vor zu meinem Wort: *Bevor sie Schaden nahmen, sollten sie alles tun, um diesen abzuwenden. – Selbst wenn ich dafür dran glauben musste ...*

Insgeheim hätte ich allerdings besser damit umgehen können, wenn Modesty das »Vögelchen« gewesen wäre, das musste ich mir eingestehen. Ich wollte aber eigentlich auch gar nicht weiter darüber nachdenken. Bis auf Loyalty waren wir erst einmal alle aus den Fängen des Obersts befreit und das zählte. Was einmal war und was irgendeine getan haben mochte, um ihre eigene Haut zu retten, wollte ich keiner von ihnen vorwerfen.

»Also?«, frage Modesty und zückte ein Butterfly. Ich sah sofort, dass es sich um mein eigenes Messer handelte.

»Wie süß«, höhnte Treason, doch so wie Modesty aktuell drauf war, fand ich das gar nicht witzig.

»Wo hast du das her?«, fragte ich sie scharf.

»Aus deiner Tasche. Woher sonst?«

Ich schnaubte verärgert. »Leg es augenblicklich wieder zurück«, forderte ich sie auf. »Hier wird keiner gefoltert!«

»Warum nicht? Bei uns waren sie auch nicht so zimperlich ...«

»Ach, lass sie es ruhig versuchen«, erwiderte Treason angriffslustig.

Despair hingegen sah eher so aus, als würde er das alles für furchtbaren Kinderkram halten. Ich war ein bisschen stolz auf ihn, dass er sich nicht pro-vozieren ließ.

»Schluss jetzt, Modesty«, zischte ich mahnend. »Pack das Messer wieder weg und lass uns lieber etwas Sinnvolles tun.«

»Das *wäre* sinnvoll gewesen«, antwortete sie, warf mir dann aber das Mes-ser zu, welches ich mit einer Hand gekonnt auffing. Etwas überrascht war ich schon, dass sie es doch so einfach hergegeben hatte.

Da meldete sich Despair plötzlich zu Wort: »Wenigstens einer von uns sollte sich beim Oberst blicken lassen«, sagte er an Treason gewandt.

»Bist du irre, Mann?! Dir ist schon klar, dass gerade *ich* das nicht kann, oder?«

Despair nickte. »Dann fahr ich. Ich wollte sowieso noch ein bisschen trainieren.«

Erschrocken blickte ich ihn an. »Auf keinen Fall!«

»Ach nein?« Ein Lächeln umspielte seine Lippen. »Ich fürchte, wir haben keine andere Wahl.«

»Wie meinst du das?«

»Der Oberst ist bestimmt schon halb wahnsinnig, da ihr alle weg seid – und dazu noch zwei seiner Soldaten. Ich kann mich noch damit rausreden, dass ich nach Hope gesucht habe. Aber wenn ich gar nicht mehr hingehe, mache ich mich verdächtig. Und es wäre doch viel besser, zu wissen, wie er vorzugehen gedenkt, anstatt uns von ihm eiskalt erwischen zu lassen, oder?«

Da war etwas Wahres dran, das musste ich zugeben. Trotzdem passte mir das überhaupt nicht ...

»Das ist mutig! Aber auch unfassbar dumm, Despair«, erwiderte ich ehrlich.

»Hast du einen besseren Vorschlag?«

Ich überlegte kurz. Dann nickte ich. Mir war tatsächlich etwas eingefallen, womit ich ihn von dieser gefährlichen Tat abhalten konnte. Zumindest vorerst ...

»Dir ist schon klar, dass ich da sowieso nicht drumherum komme, oder? Und umso mehr Zeit verstreicht, desto eher laufen wir Gefahr, dass der Oberst *uns* findet. – Und nicht umgekehrt.« Despair wollte gefasst wirken, doch an seinen Augen konnte man erkennen, dass er sich seiner Sache selbst nicht so ganz sicher war.

Ich wusste leider, dass er Recht hatte. Es ging aber auch nicht darum, es sich hier gemütlich zu machen. Ich brauchte nur ein bisschen mehr Zeit, damit mir hoffentlich etwas Besseres einfiel, als Despair zurück zu diesem schrecklichen Oberst zu schicken.

»Machst du dir Sorgen?«, fragte Despair mitfühlend, als ich nichts antwortete.

»Ein bisschen schon«, gab ich zu.

»Aktuell dürften wir in Sicherheit sein. Der Oberst hat keine Ahnung, wo wir uns befinden. Unsere Handys sind ausgeschaltet, somit sind wir nicht ortbar, und das Motel liegt zu weit außerhalb, als dass man uns ausgerechnet direkt hier vermuten würde. Das heißt, der Oberst muss uns ganz klassisch suchen. Oder suchen lassen. Und da wir uns – wie bereits erwähnt – etliche Meilen außerhalb von Phoenix befinden, dürfte das ein paar Tage dauern. Und wenn ich den Oberst zuerst aufsuche, brauchst du dir sowieso keine Gedanken darüber zu machen.« Despair probierte sich tatsächlich an einem aufmunternden Lächeln.

»Das entscheiden wir dann«, antwortete ich knapp. »Du hattest eben von Training gesprochen?«, versuchte ich meine Ablenkungstaktik gleich in die Tat umzusetzen.

»Ja, und?«, fragte er interessiert.

Ich wusste es! Ein kleiner Hoffnungsschimmer durchfuhr mich.

»Ich habe vorhin gesehen, mit welcher Leichtigkeit du Treason festgehalten hast.«

»Pure Muskelkraft«, entgegnete Despair kurz.

Ungewollt musste ich schmunzeln – und er grinste ebenfalls leicht. Hatte er sich etwa gerade selbst auf die Schippe genommen? Despair? Der sonst immer so ernst und verschlossen war? Ich schmunzelte noch mehr.

»Jedenfalls bin ich der Meinung, wir sollten alle zusammen trainieren. Unsere Kräfte bündeln. Ich bin sicher, wir könnten gegenseitig noch einiges voneinander lernen.«

»Was sollten *wir* denn von *euch* lernen?!«, fragte Treason entrüstet.

Doch ich blieb cool, da ich mit einem solchen Einwand natürlich gerechnet hatte. »Fechten?«, erwiderte ich und warf Despair einen verstohlenen Blick zu, welchen er mit einem fast unmerklichen Nicken auffing.

Treason holte tief Luft. »Okay«, sagte er dann. »Versuchen wir's!«

Etwas ungläubig schaute ich ihn an. Das ging jetzt aber einfacher, als ich gedacht hatte. Ob ich mir darüber Gedanken machen sollte, dass Treason so schnell einverstanden war? Andererseits war es ja genau das, was ich wollte. Zeit schinden. Da konnte ich wohl schlecht wieder zurückrudern. Und so eine kleine Wiederauffrischung des Trainings würde meinen Schwestern sicher auch nicht schaden ...

»Wir sollen jetzt nicht wirklich mit diesen Typen da trainieren?!« Modestys Begeisterung war nicht zu überhören.

»Hast du etwa Angst?«, foppte Treason sie.

»Pfft«, machte Modesty nur und warf ihren Kopf eingebildet nach hinten. Auch so eine neue Angewohnheit. Das hatte sie früher nicht getan.

»Ich würde sagen, wir beginnen mit dem ganz normalen Zweikampf. Ohne Waffen. Fairness als oberstes Gebot. Das heißt, keine Griffe unterhalb der Gürtellinie oder an Stellen, die ... äh ... besonders wehtun«, schlug ich vor. »Was meint ihr?«

Honesty und Mercy kicherten, zeigten sich aber durch ein kurzes Nicken einverstanden. Despair und Treason stimmten ebenfalls zu.

»Wenn's denn sein muss«, willigte nun sogar Modesty ein. Sie gab sich wohl der Mehrheit geschlagen.

Ich lächelte. Mein Plan schien aufzugehen.

»Gut!« Ich klatschte in die Hände. »Könnt ihr vielleicht ein bisschen Platz schaffen? Ich werde in der Zwischenzeit mal Love fragen, ob sie auch mitmachen möchte.«

Nach einigen verwunderten Blicken, die mir wohl sagen sollten: *Wie?! Gleich jetzt und hier?*, begannen Despair und Treason tatsächlich damit, die Stühle, den Sessel, die Couch und auch das Bett an die Wände zu schieben, damit in der Mitte ein möglichst großer freier Raum entstand. Zusätzlich holte Despair die Matratze vom Bett und warf sie auf den Boden. Wie umsichtig von ihm. Ich wusste, dass er das extra für uns Mädels getan hatte, und dass er und Treason garantiert ohne »Fallschutz« trainierten. Es wäre jedoch gar nicht nötig gewesen. Zumal mir auch nicht ganz klar war, wie er das geplant hatte. Darauf üben konnte man nämlich nicht. Dazu war sie viel zu klein.

Ich besann mich und wollte gerade an die Badezimmertür klopfen, als Love auch schon herauskam. Ihre Augen sahen immer noch verheult aus, doch sie wirkte inzwischen ein wenig gefasster.

»Geht's wieder halbwegs?«, fragte ich mitfühlend und sie nickte.

»Ich würde gerne bei euerm Training mitmachen«, nahm sie mir meine Frage vorweg. Im Bad verstand man wohl wirklich jedes Wort, was hier draußen gesprochen wurde. »Ein bisschen Ablenkung kann sicher nicht schaden.«

»Natürlich, Love. Komm«, sagte ich, fasste sie am Arm und führte sie zurück zu der Gruppe. Als ich sie losließ, steuerte sie die Couch an, die jetzt unter einem Fenster stand, setzte sich, winkelte ihre Beine an und blickte zu uns herüber.

»Wer möchte anfangen?«, fragte ich.

»Despair«, antwortete Treason.

Despair rollte mit den Augen, willigte aber mit einem »Wenn du meinst ...« ein.

»Und wer möchte von uns?«, wandte ich mich dann an die Mädels. Keine reagierte. Nicht einmal Modesty. Dabei hätte ich gedacht, dass sie geradezu auf ein Kräftemessen brannte. – Na gut. Dann eben nicht.

Ich wollte mich schon selbst zur Wahl stellen, da meldete sich auf einmal Honesty. »Ich möchte. Wenn ich darf ...«

Überrascht sah ich sie an. »Na klar«, freute ich mich und machte ihr Platz.

Despair und Honesty standen sich gegenüber. Obwohl Honesty nicht gerade klein war, wirkte sie doch ein wenig verloren.

»Und jetzt?« Ihre Augen huschten zu mir.

»Fangt einfach an, wenn ihr bereit seid«, antwortete ich und trat wie die anderen noch einige Schritte zurück. Soweit es das kleine Appartement eben zuließ.

»Was ist das Ziel?«, fragte Despair. Seine militärische Ausbildung schien gerade wieder zum Vorschein zu kommen. Eigentlich mochte ich dieses Gelaber nicht wirklich, aber bei ihm klang es irgendwie ... *sexy*.

»Schick sie auf die Matte, was sonst«, antwortete Treason für mich und ich nickte ihm zu. Sollten wir gerade tatsächlich ein Miteinander anstelle eines

Gegeneinanders zu Stande bringen? Ich freute mich. Und ich freute mich noch mehr, dass es offenbar alle versuchen wollten.

Honesty bewegte sich auf Despair zu. Vorsichtig. Umsichtig. Wie man es von ihr gewohnt war.

Despair hingegen bewegte sich gar nicht. Er stand kerzengerade vor ihr und wartet ab. Er präsentierte sich quasi offen. Ein ähnlicher Fehler, den er schon beim Fechten begangen hatte.

Dann machte Honesty einen Satz auf ihn zu, doch blitzschnell hatte er sich zur Seite gedreht – und keine drei Sekunden später lag Honesty zielsicher auf der Matratze. – Ahhh ... so hatte er das geplant.

Despair stand daneben, als wäre nichts gewesen.

Wow! Wie hatte er das bloß angestellt?! Es ging so schnell, dass ich das mit bloßem Auge gar nicht richtig verfolgen konnte. Wirklich beeindruckend, wenn man bedachte, dass die Beiden vorher noch ein gutes Stück entfernt von der Matratze gestanden hatten.

»Danke«, flüsterte Honesty.

»Wofür?«

»Dass ich nicht auf dem Boden gelandet bin.« Sie schenkte ihm ein Lächeln.

Despair zog als Antwort kurz die Brauen nach oben und half ihr hoch.

Honesty rappelte sich verlegen auf. »Das war wohl nichts«, sagte sie etwas verschämt und wir alle – ja, auch Modesty – mussten grinsen.

»Ich will jetzt!«, rief Mercy, während Honesty sich zu Love auf die Couch gesellte.

»Bitte«, sagte ich glücklich und schaute zu Despair, welcher gleichgültig mit den Schultern zuckte.

Die beiden begaben sich in ihre jeweilige Ausgangsposition. Despair stand Mercy frontal gegenüber und Mercy, so wie Barry es uns beigebracht hatte, seitlich mit der Schulter auf ihren Kontrahenten zeigend.

»Bereit?«, fragte Mercy.

Despair nickte.

Blitzartig schoss Mercy auf Despair zu, der im ersten Moment tatsächlich überrascht wirkte. Ja, schnell und flink war unsere liebe Mercy. Doch leider half ihr das nicht weiter. Sie boxte ihn zwar mit aller Kraft in den Magen, doch nachdem Despair sich kurz sortiert hatte, packte er sie an den Schultern, drehte sie um und schubste sie in Richtung Matratze, auf der sie dann zum Liegen kam.

Man musste ihr zugutehalten, dass es ein mehr als ungleicher Kampf gewesen war. Mercy war wirklich ein sehr zierliches Mädchen. Kleidergröße Zero, wenn mich nicht alles täuschte. So einen Kampf ohne Waffe und nur mit bloßer Muskelkraft zu gewinnen, war für sie schier unmöglich. Zudem hatte sie sich – genau wie Honesty – auch nie wirklich gern an unserem Kampftraining beteiligt. Umso mehr hatte es mich daher gewundert, dass sie sich nun freiwillig gemeldet hatten. Die beiden waren von ihrem Naturell her einfach zu sanftmütig und hatten ihren Fokus lieber darauf gelegt, rechtzeitig zu flüchten, als sich jemandem in den Weg zu stellen. – Was aber kein Vorwurf sein sollte. Das musste jeder für sich selbst entscheiden.

Mir hingegen machte Kämpfen Spaß, aber das war vermutlich einfach Geschmackssache.

»Gott! Von was ernährst du dich? Beton?«, fragte Mercy und rieb sich wehleidig ihre Hand. Honesty kicherte, wohl etwas schadenfroh.

Auch Despair grinste vor sich hin. Verdenken konnte man es ihm nicht. Er fragte sich vermutlich gerade, was das Ganze hier eigentlich sollte. Ernst zu nehmende Gegner schienen wir für ihn nicht zu sein – und ich wusste nicht, ob ich das eher bewundernswert oder erschreckend finden sollte. In erster Linie war ich jedoch froh, dass er nicht mehr zu meinen Feinden zählte. Wo allerdings der von mir nebenbei erhoffte Lerneffekt bei dieser »Abfertigung« blieb, war fraglich. Andererseits: Was hatte ich denn erwartet? Dass meine Schwestern von jetzt auf gleich richtige Kämpferinnen wurden?

Doch auch, wenn das Training anders verlief als angenommen, hatte es dennoch einen wunderschönen Nebeneffekt: Wir arbeiteten *zusammen*.

Ich sah zu Modesty. Sie starrte zurück.

»Möchtest du jetzt?«, fragte ich.

»Ich lass dir gern den Vortritt«, antwortete sie mit einem leicht gehässigen Unterton.

Ich zuckte mit den Schultern und stellte mich Despair gegenüber. Er überragte mich um einen Kopf, aber unser Größenverhältnis war von allen das ausgeglichenste. Im Gegensatz zu meinen Schwestern hatte ich aber noch einen Vorteil: Ich hatte ihn schon trainieren sehen und soweit ich aus den wenigen Malen Rückschlüsse ziehen konnte, machte er immer die gleichen Fehler. Er war zu unvorsichtig. Zu direkt. Und er hatte keine ausreichende Deckung. Für sein Impro eigentlich ein sehr ungewöhnlicher Kampfstil. Aber das hatte sein Oberst ihm vermutlich so beigebracht.

»Fertig?«, fragte Despair.

Ich nickte.

Im Gegensatz zu meinen Schwestern wartete ich ab und ließ ihn zu mir kommen. Sollte er sich ruhig aus seiner Komfortzone herausbewegen. Deckung brauchte er ja offensichtlich keine. Außerdem schien es mir klüger, einfach direkt neben der Matratze stehenzubleiben.

Nach einigem Zögern – auch er hatte ja bisher erst einmal abgewartet – trat Despair zwei Schritte auf mich zu. Dann griff er nach meiner Schulter, doch ich duckte mich weg, machte eine Drehung und versuchte ihm den Arm auf den Rücken zu drehen. Eigentlich die perfekte Methode, um jemanden schnellstmöglich und ohne größere Verletzungen kampfunfähig zu kriegen. Doch obwohl ich mit beiden Händen fest zugepackt hatte, war es unmöglich. Er hatte seinen Arm angespannt und hielt einfach dagegen. Erschreckend unbeeindruckt.

Ich versuchte ihn nach vorne zu schubsen, doch es war, als würde man versuchen, einen fest verwurzelten Baum bewegen zu wollen. Daher trat ich ihn kurzerhand mit voller Wucht in die Kniekehlen.

Despair wankte nach vorne.

Ich trat noch einmal nach und er ging in die Knie – jedoch nicht, ohne mich mitzuziehen. Wir fielen beide hin.

Ich weiß nicht, wie Despair das hinbekommen hatte. Jedenfalls lag er mit dem Rücken auf der Matratze und ich war über ihm. Die Situation ähnelte der in Treasons Küche, doch ich verdrängte den Gedanken schnell wieder. Das hier war anders. Viel ... *schöner!* Und die Erinnerung daran sollte das hier nicht kaputtmachen. Ich fühlte mich wohl in Despairs Nähe. Und ein Kribbeln durchfuhr mich.

Obwohl die ganze Atmosphäre um uns herum mittlerweile eher ungezwungen war, schien die Spannung zwischen uns nahezu greifbar zu sein.

Honesty und Mercy fingen an zu klatschten und Treason stieß einen gellenden Pfiff aus. Sie schienen nicht zu bemerken, wie ich mich gerade fühlte. Bekamen nichts mit von diesem besonderen Moment. Zum Glück …

»Alter! Hat sie dich echt auf die Matte geschickt?«, grölte Treason erfreut.

Ich beugte mich ein Stück hinunter und flüsterte Despair vorwurfsvoll zu: »Du hast mich gewinnen lassen.«

Despair sah mir in die Augen. Er wirkte wieder so, wie vorhin bei unserem Gespräch. So ungezwungen. Wie ein ganz normaler junger Mann eben. Dann bildeten sich kleine Fältchen um seine Augen und er zwinkerte mich lässig an. Gleichzeitig huschte ein unverschämt freches Grinsen über sein Gesicht.

Zu gern hätte ich ihn jetzt geküsst! Doch ich riss mich zusammen. Nicht unter den gegebenen Umständen. Und nicht vor meinen Schwestern. Sie hätten es sicher mehr als unpassend gefunden, hatte ich ihnen doch kurz zuvor noch von Barrys Tod berichtet. Wie konnte ich mich da vor ihren Augen mit dem »Feind« vergnügen?

Doch gleichwohl sie um Barry trauerten, war es für sie, wie ich vermutete, ähnlich schlimm, aus ihrem vertrauten Alltagstrott herausgerissen worden zu sein. Bis auf Love und mich waren meine Schwestern nämlich durch und durch Sensianer. Sie hatten keine so starke emotionale Bindung zu einem Elternteil wie es bei Menschen üblich war, in diesem Falle zu Barry. Ich hatte das früher nie so wirklich verstehen können – auch nicht, warum es bei mir eben anders war. Zumal die Mädchen im Gegensatz zu mir ja bis zum Schluss noch bei Barry wohnten. Doch jetzt beneidete ich sie fast um diese Einstellung. Ich wünschte, es wäre mir auch … *gleichgültiger*.

»Verrat's keinem«, flüsterte Despair mir mit einem Lächeln zu, schob mich sanft von sich herunter und stand wieder auf.

»Dass ich das noch erleben durfte!«, freute sich Treason. »Du hast dich flachlegen lassen! Und dann auch noch von einer Tussi!« Treason schaute zur mir. »Nichts für ungut.«

Ich grinste vielsagend.

Despair tat möglichst unbeteiligt.

»Bis auf Hate hat das noch keiner geschafft«, klärte Treason mich sichtlich beindruckt auf.

Ich wollte ihm gerade sagen, dass Despair mich gewinnen lassen hatte, da schüttelte dieser unmerklich den Kopf.

Treason ging zu ihm und klopfte ihm auf die Schulter. »Ich fass es nicht, Alter! Du bist ja doch nicht so ein Killer, wie ich immer dachte ... O Mann!«

Doch Despair ging gar nicht darauf ein. Er schaute zu Boden und schüttelte nur lächelnd den Kopf. Kurz blickte er verstohlen zu mir herüber, sah dann aber gleich wieder weg.

»Hope hat das nur geschafft, weil ich ihn geschwächt habe«, sagte Mercy todernst – und plötzlich fingen wir alle an zu lachen.

Ich fühlte mich auf einmal unheimlich glücklich. Wo doch anfangs noch alles so grau und aussichtslos erschienen war, lichteten sich gerade die ersten dunklen Wolken.

Wer hätte gestern noch gedacht, dass wir alle hier stehen und zusammen lachen würden? Nicht einmal ich. Und das wollte schon was heißen! So erlaubte ich mir auch den Gedanken, der sich mir gerade förmlich aufzwang. Ich hörte Barry in meinem Herzen: Siehst du, alles wird gut!

Ich lächelte glückselig.

»Du schlägst wie ein Mädchen«, erwiderte Despair auf Mercys Kommentar und gab ihr mit einem leichten Kopfschütteln zu verstehen, dass ihr Schlag ihn nicht im Geringsten beeindruckt hatte. Dazu grinste er sie jedoch frech an.

»Lass mir doch den Spaß, wenn ich mich schon zum Kämpfen erbarmt habe«, antwortete Mercy geknickt, aber nicht ohne ein Schmunzeln.

»Kämpfen macht sowieso nur mit der richtigen Waffe Spaß. Du hast sie vielleicht einfach noch nicht gefunden«, sagte Despair und wandte sich dann an Treason. »Willst du jetzt mal?«

»Reicht dir eine Niederlage, ja?«, zog Treason ihn auf.

»Absolut«, erwiderte Despair ernst und rieb sich dazu seine Kniekehlen.

Ich runzelte besorgt die Stirn. Ich hatte in der Tat so fest zugetreten, wie ich konnte. Aber nur, weil er so unbesiegbar erschien. Und ich – zugegebenermaßen – wissen wollte, wie stark er wirklich war.

Despair lächelte aber wieder, schaute kurz in meine Richtung und schüttelte erneut leicht den Kopf, was wohl bedeuten sollte, dass ich mir keine Gedanken machen brauchte.

Ich atmete erleichtert aus.

»Alles klar! Wer will?« Treason schaute zwischen Love und Modesty hin und her.

Sofort sprang Modesty auf. Ach, daher wehte der Wind: Despair war nur der Falsche für sie gewesen.

»Ich will«, sagte sie mit fester Stimme und ging auf Treason zu.

»Komm mal ein Stück von der Matratze weg. Die scheint kein gutes Omen zu sein«, scherzte er.

Modesty zuckte gleichgültig mit den Schultern und stellte sich ihm direkt gegenüber. Mutig. Sehr mutig! Aber keineswegs clever ...

Ohne den Startschuss abzuwarten, schlug Modesty zu. Fest! Das war eindeutig zu hören. Doch Treason war ebenfalls kein Waschlappen. Er kassierte einen Schlag in die Rippengegend, schlug jedoch augenblicklich zurück, auf Modestys Solarplexus – die Stelle zwischen Brustkorb und Magengrube, welche auf Schläge überaus empfindlich reagierte. Man konnte jemanden auf diese Weise sogar bewusstlos schlagen.

Etwas entsetzt schaute ich ihn an. Das hatte Despair nicht gemacht. Er hatte seine Kämpfe im Vergleich zu ihm eher gentlemanlike gelöst.

Modesty taumelte nach hinten.

Treason gab ihr noch einen kurzen Schubs und schon lag sie auf der Matratze.

»Siehst du, Alter. So wird das gemacht«, rühmte er sich.

»Du hast ein Mädchen geschlagen«, erwiderte Despair unbeeindruckt. »Sei stolz auf dich.«

Treason schaute zuerst verdutzt. Dann konterte er: »*Sie* wollten doch trainieren«, verteidigte er sich, reichte dann aber Modesty die Hand, um ihr aufzuhelfen.

Modesty nahm sie jedoch – wie erwartet – nicht entgegen, sondern rappelte sich selbstständig auf.

Treason zuckte mit den Schultern.

»Nach Love krieg ich eine Revanche«, sagte sie und ihr Gegenüber nickte ungerührt.

»Falls sie denn überhaupt möchte?«, fragte er dann in Loves Richtung.

Als Antwort stand Love auf und ging zu Treason.

»Bist du soweit?«, fragte er.

Sie nickte.

Love und Treason standen sich gegenüber. Keiner von beiden bewegte sich, sie taxierten sich nur. Auch nach einigen Minuten hatte sich daran nichts geändert.

»Ihr müsst schon irgendetwas tun. Oder wollt ihr euch gegenseitig totstarren?«, fragte Modesty schließlich leicht genervt.

Treason schaute kurz zu ihr. In diesem Moment trat Love ihm mit voller Wucht seitlich gegen die Beine.

Gut gemacht, Love!

Treason fiel hin. Nicht auf die Matratze. Doch das schien ihm nichts auszumachen.

»Du Biest«, lachte er und griff gleichzeitig nach Loves Beinen.

Spring zurück!, dachte ich, doch es war schon zu spät, Love verlor das Gleichgewicht. Sie fiel nach hinten um, glücklicherweise nur auf ihren Hintern und nicht auf den Hinterkopf.

Treason rappelte sich auf, stürzte sich auf Love und versuchte, sie zu Boden zu drücken.

»Wenn deine Schultern drei Sekunden lang den Boden berühren, hast du verloren«, verkündete er siegessicher, doch Love war auf einmal nicht mehr wiederzuerkennen.

Treason hing über ihr und versuchte sein Bestes, sie zu fixieren, doch umso mehr er es probierte, desto wilder wurde Love. Sie biss nach seinen

Händen, schlug nach ihm und winkelte dann das Knie an. Treason jaulte auf, als sie gezielt seine Familienplanung traf.

»So war das nicht abgemacht«, beschwerte er sich und obwohl er Love gar nicht mehr nach unten drückte, sondern sich zur Seite gerollt hatte, um sich seine Kronjuwelen zu halten, hörte Love nicht auf.

Ihr Gesichtsausdruck hatte sich vollkommen verändert. Sie wirkte nicht mehr schutzbedürftig. Sie wirkte nicht mehr schwach. Sie drehte den Spieß um, rollte ihn auf den Rücken und schlug ihm ohne Rücksicht auf Verluste ins Gesicht.

Ich war so schockiert, dass ich im ersten Moment nichts machen konnte. Auch meine anderen Schwestern saßen mit weit aufgerissenen Augen da und starrten fassungslos auf Love.

Treason versuchte sich zwar noch zu wehren, doch Love war nicht mehr zu bremsen. Was für sie auch vollkommen untypisch war: Sie benutzte ihre Fäuste, nicht die Handflächen. Und sie schlug auch nicht mit Bedacht, sondern unkontrolliert drauflos. Sie war so im Wahn, dass Treasons Gegenwehr verebbte. Mochte sein, dass das an Loves gezieltem »K.o.-Tritt« lag, aber dennoch ... Er war ihr körperlich weit überlegen. Theoretisch hätte er sie leicht stoppen können. Es sei denn ... Es sei denn, Love war nicht mehr Love.

Sie fing an zu schreien und zu weinen. Und brüllte immer einen Namen: *Hate!*

Es lief mir kalt den Rücken hinunter. Hilfesuchend sah ich mich nach Despair um, doch der reagierte schon.

Er packte Love von hinten an beiden Armen und zerrte sie von Treason herunter.

Love schlug weiter um sich. Immer wieder schrie sie nach Hate. Trat, boxte, versuchte zu beißen, doch Despair hielt sie in größtmöglichem Abstand von sich weg.

»Hate! Ich töte dich!«, brüllte sie aus Leibeskräften, bis Despair ausholte und ihr eine schallende Ohrfeige gab.

Er hielt sie weiter auf Distanz, doch es schien gewirkt zu haben.

Love starrte ihn entsetzt an. Dann mich. Dann drehte sie sich nach den anderen um und zuletzt sah sie zu Treason.

Sie gab einen erschrockenen Laut von sich. »Ich ... War ich ...«, stammelte sie, während sie sich ihre Wange hielt.

Treason raffte sich auf. Sein Gesicht war rot angeschwollen und ich war mir sicher, dass er nicht nur *ein* Veilchen davontragen würde. Von seinem Nasenbluten und seiner aufgeplatzten Lippe ganz zu schweigen ...

Er starrte Love genauso schockiert an wie wir alle.

»Ich ... ich kann ...«, begann Love – um dann bitterlich zu weinen.

Despair warf mir einen Blick zu, der besagte, dass ich SOFORT anzutanzen und mich um sie zu kümmern hatte. Allerdings nicht aus Mitgefühl, wie ich den Eindruck hatte. Er wollte sie wohl schnellstmöglich loswerden.

Ich ging zu Love und nahm sie in die Arme. »Scht ...«, machte ich und streichelte ihr über das Haar. »Es ist okay«, flüsterte ich – was Treason mit einem abfälligen Schnauben kommentierte.

Natürlich war es *nicht* okay! Das wusste ich selbst. Doch was hätte ich sagen sollen? Es tat mir leid, aber für diese Art von »Sondersituation« fehlten mir eindeutig jegliche Erfahrungswerte. Schließlich hatte ich hier gerade Love im Arm. Love! Die Liebe! Die sich jedoch gerade aufgeführt und zuschlagen hatte, wie der letzte Berserker. Dabei war das noch nicht einmal das, was mir solch einen Schock verpasst hatte. Natürlich spielte das auch mit hinein, aber schlimmer fand ich, wie sie ständig wahnhaft Hates Namen geschrien hat – kombiniert mit sämtlichen Morddrohungen, die ihr in den Sinn gekommen waren. Dazu Wörter, die sie früher nie benutzt hätte.

Was war nur mit ihr geschehen? Was hatte dieser Hate, dieses kranke Schwein, mit ihr gemacht? Und vor allem: Wie konnte ich ihr nun helfen?

Love weinte noch immer, doch sie schien sich langsam ein wenig zu beruhigen.

Ich geleitete sie zurück zur Couch. Mercy und Honesty, die sich inzwischen beide darauf niedergelassen hatten, machten direkt freiwillig Platz, obwohl ich das auch nicht gut fand. Es wirkte eher so, als würden sie Love meiden wollen.

»Möchtest du darüber reden?«, fragte ich Love.

Sie blickte zu mir auf. Ihre rotverheulten Augen sahen so leer aus. In ihnen hing so viel Trauer, dass ich wirklich kräftig schlucken musste, um nicht mitzuweinen.

Wieder strich ich ihr sanft übers Haar. Das war eine Geste, die sie immer gemocht hatte, wenn sie einmal traurig war.

Ich hoffte, dass diese Berührung ihr etwas geben konnte, was Worte eventuell nicht vermochten.

»Ich weiß nicht, was da eben passiert ist«, entschuldigte sie sich und blickte reuevoll zu Treason.

»Ich weiß das schon«, entgegnete er leicht angesäuert.

Ich versuchte ihn mit einem leichten Kopfschütteln darauf hinzuweisen, dass Vorwürfe jetzt wohl nicht die beste Taktik waren, doch Treason ignorierte mich.

»Du hast mir voll auf die Fresse gehauen! Und du hast mir – entgegen der vereinbarten Regeln – echt derbe in die Nüsse getreten. Das war echt assi!«, beschwerte er sich.

»Es tut mir leid«, sagte Love kleinlaut und senkte den Blick. »Ich wollte das nicht. Ich –«

Treason unterbrach sie. »Das will ich auch schwer hoffen!«

Sie sah wieder zu ihm. »Ich hab irgendwie nur noch Hate vor mir gesehen und da kam alles hoch, was er mit mir gemacht hat, und ...« Sie verstummte.

Treason knurrte missmutig. »Als würde ich aussehen, wie der hässliche Affenarsch Hate. Das gibt's doch nicht! Erst krieg ich aufs Maul und dann werde ich auch noch beleidigt!«

Ich schämte mich, aber ich musste doch über seine Aussage schmunzeln. Ich war froh, dass er das Ganze etwas ins Lächerliche zog, anstatt weiter auf Love herumzuhacken.

Despair stellte sich neben ihn. »Hättest du dein Maul vorhin mal besser nicht so vollgenommen, was?«, foppte er ihn und Treason verzog empört das Gesicht.

»Es tut mir wirklich leid!«, beharrte Love und blickte entschuldigend in die Runde.

»Vielleicht war das auch alles noch ein bisschen zu früh für dich«, versuchte ich sie zu beschwichtigen und ihr damit ein wenig von ihren negativen Gefühlen zu nehmen, die gerade förmlich auf mich herniederprasselten.

»Zu früh! Pfft! Deswegen muss man bei einer Trainingseinheit nicht losprügeln wie eine Wahnsinnige und –«

»Geh du lieber mal ins Bad und kühl dein Gesicht«, würgte Despair Treason ab. »Sonst erzähl ich später überall herum, dass du die Blessuren von einem Mädchen hast.«

»*Blessuren*? WAS?!« Treason rannte sofort ins Badezimmer und kurz darauf war ein extrem unmännlicher Laut zu hören.

Despair kicherte und ich lächelte ihn dankbar an.

»Vielleicht sollten wir die Trainingseinheiten doch noch ein wenig nach hinten verschieben. Ich hielt es für eine gute Idee, aber unter den gegebenen Umständen ...«, sagte ich laut und alle – selbst Modesty – pflichteten mir bei.

»Ich wollte das alles nicht«, fing Love erneut an und senkte den Blick.

»Mach dir keine Sorgen«, versuchte ich sie zu beruhigen. »Wir kriegen das wieder hin. Okay?« Daraufhin nahm ich sie noch einmal in die Arme und drückte sie fest an mich. Ich hoffte, dass sie aus dieser innigen Berührung Kraft schöpfte. *Hoffnung* schöpfte! Dabei hatten *wir alle* beides dringend nötig. Die ganze verfahrene Situation musste sich einfach wieder zum Guten wenden. *Musste!*

Mir war klar, dass es kein einfacher Weg werden würde.

Ich sah hinüber zu Despair. Er neigte seinen Kopf leicht zur Seite.

Seit ich ihm nähergekommen war, spürte ich seinen Einfluss. Den Einfluss seinen Impros. Doch entgegen, was Barry immer berichtet hatte, zog es mich nicht hinunter. Ganz im Gegenteil! Ich hatte eher das Gefühl, es stärkte mich. Es ergänzte mich. *Er* ergänzte mich. Und er schenkte mir eine Sichtweise auf verschiedene Dinge, die ich allein mit meinem Pro vermutlich nie erlangt hätte.

Seit ich ihn kennengelernt hatte, fragte ich mich immer öfter, ob es Hoffnung überhaupt ohne Verzweiflung geben konnte. Oder ob wir nicht zwangsläufig miteinander verbunden waren?

O Gott! Verliebte ich mich etwa in Despair?

3. Kapitel

Despair

»Ich mach mich dann mal auf den Weg. Es ist höchste Zeit«, verabschiedete ich mich und wandte mich zum Gehen.

»Wohin?« Hopes leicht schockierter Ausruf ließ mich lächeln. Wieder einmal. Früher hatte ich das nur selten getan.

»Ich meine, musst du wirklich dahin?«, ergänzte Hope vorsichtig. Sie saß noch immer neben Love. Wirkte erschöpft. Und ziemlich fertig.

Gern hätte ich sie in den Arm genommen, ihr Trost gespendet, wie sie es soeben bei Love getan hatte, und gesagt, dass alles gut werden würde. Doch das konnte ich nicht.

Wir hatten unseren Oberst hintergangen und das würde er nie im Leben ungestraft auf sich sitzen lassen. Meine einzige Hoffnung war, dass ich aus irgendeinem verrückten Grund nicht unter Verratsverdacht stand und so etwas über seine weitere Vorgehensweise herausfinden konnte.

Ein lange nicht mehr gespürtes Gefühl machte sich in mir breit. Und ich brauchte gar nicht zu überlegen, woher es kam: Hope. Ja, ich hatte Hoffnung. Und das war allein ihr Verdienst.

Hope hingegen sah mich mit bedrückter Miene an. Sie schien alles andere als begeistert von dem Gedanken, mich ziehen zu lassen.

»Ich finde das nicht gut«, sprach sie laut aus, was ich ihr bereits angesehen hatte.

»Ich weiß«, antwortete ich knapp.

Ihr vorwurfsvoller Blick, der hinterfragte, warum ich das unkalkulierbare Risiko dennoch auf mich nahm, verursachte mir ein Gefühl des Unbehagens.

Ich ging zu ihr und legte meine Hand auf ihre zarte Schulter. Erneut überkam mich eine gewisse Sicherheit hinsichtlich meines Plans.

»Hope, ich glaube, wir können es uns keineswegs erlauben, in dieser Sache wählerisch zu sein«, erklärte ich. »Du und deine Schwestern, ihr habt keine Vorstellung davon, wozu unser Oberst fähig ist.«

»Können wir nicht einfach alle das Land verlassen? Oder im besten Falle den Kontinent, so wie Treason es schon einmal vorgeschlagen hatte?«

»Soso ... das hat Treason also vorgeschlagen.« Ich räusperte mich und blickte zu meinem Bruder hinüber, der inzwischen aus dem Badezimmer zurückgekehrt war.

Dort saß er. Vermeintlich unschuldig. Immer noch mit seinem geschundenen Gesicht beschäftigt. Doch ich kannte ihn besser. Treason zu trauen war nicht klug. Überhaupt nicht klug. Schon gar nicht, wenn es um solche wichtigen Entscheidungen ging. Er wiegte die anderen immer in trügerischer Sicherheit. Erschlich sich durch sein vorgegaukeltes freundschaftliches Verhalten das Vertrauen – um dann hinterrücks und unvermittelt zuzustoßen.

So war es immer.

Und so würde es auch immer bleiben.

Ich wüsste nicht, was passieren müsste, um mich vom Gegenteil zu überzeugen. Daher hielt ich mich aktuell lieber an meine Erfahrungswerte. Hatte ich doch Treasons Masche immer und immer wieder beobachten können, mitansehen müssen, wie er seine Illoyalität mit vermeintlichen »Freuden« zur Schau stellte und sich über die Geschädigten im Nachhinein lustig machte.

Ich blickte wieder zu Hope. Es ärgerte mich etwas, dass sie das nicht zu sehen schien – oder zumindest in Erwägung zog.

»Ich würde sagen, wir machen *gar nichts*, was Treason vorgeschlagen hat«, antwortete ich mit klarer, fester Stimme. Wenn mein Kopf später auf dem Präsentierteller des Obersts landen würde, dann gewiss nicht, weil ich Treason vertraut hatte.

Treason stieß ein empörtes Schnauben aus. Aber das war mir egal. Sollte er ruhig einen auf beleidigte Leberwurst machen. In diesem Fall waren mir unser aller Kopf und Kragen wichtiger, als Rücksicht auf die falschen Gefühle eines Verräters zu nehmen.

»Bist du dir wirklich sicher, dass du das tun möchtest?«, hakte Hope noch einmal nach. Sie klang nicht so, als würde sie tatsächlich erwarten, dass ich meine Meinung geändert hatte. Aber sie schien es zu hoffen.

Hope. *Die Hoffnung.*

Ich strich ihr sachte über die Wange, welche sie sogleich zaghaft gegen meine Finger schmiegte. Eine Geste, die so viel mehr aussagte, als Worte es je könnten. Sie sorgte sich, aber sie vertraute mir. Und das machte mich stark.

»Ich für meinen Teil sehe der Schlange lieber ins Auge, wenn ich ihr den Kopf abschlage, bevor ich von hinten überrascht und gebissen werde«, begründete ich meine Entscheidung und zog meine Hand wieder weg.

Hope blickte mich an. Der Ausdruck ihrer Augen war unergründlich.

»Und wenn dir etwas passiert?«, fragte sie dann leise.

»Sorgst du dafür, dass ich Hoffnung haben werde.« Ich lächelte wieder und versuchte dabei einen aufmunternden Eindruck zu machen, doch so ganz konnte ich diesen nicht erwecken.

Ich gab Hope einen zärtlichen Kuss auf die Stirn und ging in Richtung Tür, vorbei an Treason.

»Wenn ihr irgendetwas während meiner Abwesenheit geschehen sollte, finde ich dich«, drohte ich und rempelte ihn zur Bekräftigung meiner Worte an der Schulter an.

Mir passte es nicht wirklich Hope bei Treason zu lassen. Andererseits wusste ich, dass Hope sich durchaus wehren konnte. Und wenn ich entscheiden müsste, welcher Gefahr ich Hope eher aussetzen wollte – Treason oder dem Oberst –, fiele die Wahl eindeutig auf Treason.

»Gott! Alter! Als Depriwurst hast du mir deutlich besser gefallen! Dieses neumodische liebestolle Junghengstgehabe nervt!«

»Also ich finde es süß«, meldete sich Love plötzlich kaum hörbar zu Wort und schenkte mir ein freundliches Lächeln.

Doch das war gar nicht meine Absicht gewesen. Ich wollte weder gut dastehen, noch für irgendjemanden hier eine Show veranstalten. Ich wollte nur nicht, dass Hope etwas passierte. Das war alles.

»Okay«, sagte Hope und stand auf. »Wenn das so ist, komme ich besser mit.«

»*Was?!*«, fuhr ich herum und schaute sie verständnislos an.

Auch ihre Schwestern, die sich alle außer Love bisher nicht an dem Gespräch beteiligt hatten, waren nun in heller Aufruhr.

»Hope! Das kannst du nicht machen!«, riefen Honesty und Mercy entsetzt und auch Love brachte mit einem »Niemals!« ihr Unverständnis zum Ausdruck. Lediglich Modesty tanzte mal wieder aus der Reihe:

»Lasst sie doch, wenn sie so doof ist«, sagte sie leichthin und schaute gleichmütig aus dem Fenster.

»Hope, ich will dir ja nicht zu nahetreten, aber glaubst du nicht, Despairs eventuelle Immunität würde auffliegen, wenn er dich im Schlepptau hat? Ungefesselt?« Treason runzelte die Stirn.

Hope antwortete nicht, sondern band sich ihre Sneakers fester. Das war wohl auch eine Antwort.

»Bleib hier, Hope«, bat Treason. »In unser aller Interesse.«

Ich sah zwischen Hope und Treason hin und her. Dann stieß ich einen schweren Seufzer aus. »Hör auf Treason«, sagte ich widerwillig.

»WAS???«, japste dieser und die versammelte Mannschaft riss ungläubig die Augen auf.

Ich hätte selbst niemals gedacht, dass ich mir so etwas je über die Lippen kommen könnte, doch in diesem Fall hatte er Recht. Was auch immer Hope vorhatte: Es konnte nur schiefgehen. Gleichzeitig beschlich mich jedoch ein weiterer Gedanke. Warum war Treason plötzlich so viel daran gelegen, dass Hope bei ihm blieb?

Nachdem sie daraufhin kommentarlos den Kopf schüttelte, versuchte ich es noch einmal auf die vernünftige Tour:

»Ich kann dich nicht mitnehmen, Hope. Das muss dir doch klar sein, oder?«

Hope schaute mich an und zog spöttisch die Brauen nach oben. »Leute, für wie blöd haltet ihr mich eigentlich?«, erwiderte sie leicht verärgert.

Modesty gab ein belustigtes Schnauben von sich, während die anderen Mädchen beschämt gen Boden schauten. Treasons Miene hingegen war vollkommen emotionslos.

»Ich möchte natürlich nicht mit zum Oberst. Aber ich dachte, Despair könnte mich vielleicht mit in die Stadt nehmen, damit ich von zu Hause ein paar Sachen holen kann?« Sie blinzelte fragend in meine Richtung.

»Ich halte das für keine gute Idee. Der Oberst kennt deinen Wohnort und es wäre gut möglich, dass er dort auf dich wartet«, antwortete Treason für mich.

Ich knurrte leise. Ich war durchaus in der Lage für mich selbst zu sprechen. Dafür brauchte ich niemanden. Und schon gar nicht Treason.

Dieser warf mir einen abschätzigen Blick zu. »Es wäre wirklich besser, wenn sie hierbleibt«, sagte er zu mir.

Ich überlegte einen Moment. Dann entschied ich.

»Du kommst mit«, sagte ich kurzerhand und blickte zu Hope, die mich freudestrahlend ansah.

»Du machst einen gewaltigen Fehler, Alter«, erwiderte Treason selbstgefällig.

»Warum? Weißt du etwa mehr als ich?«, fragte ich provokativ, doch Treason ignorierte meinen Kommentar.

Ich wusste selbst nicht, was hier die klügste Entscheidung gewesen wäre. Mir war durchaus bewusst, welche Gefahr es barg, Hope mit in die Stadt zu nehmen. Andererseits hielt ich es angesichts Treasons auffälligen Interesses nun für mindestens genauso gefährlich sie bei ihm zu lassen. Treason, dem personifizierten Verrat, dessen ganzer Lebensinhalt aus nichts anderem bestand, als Leute zu betrügen. Und sein plötzliches Bestreben, Hope unbedingt bei sich behalten zu wollen, schürte mein Misstrauen noch einmal zusätzlich.

Bis jetzt hatte ich bei Treason noch nie falsch gelegen ...

»Können wir?«, riss Hope mich aus meinen Gedanken.

Ich nickte.

»Und du passt gut auf meine Schwestern auf, ja?«, fragte Hope Treason.

Treason schnaubte unwillig – genau wie Modesty –, erklärte sich dann aber mit einem langgezogenen »Ooookaaay« einverstanden.

Hope verabschiedete sich noch von den Mädchen, dann folgte sie mir zu meinem Wagen.

***

»Danke«, sagte Hope leise, während ich den Motor startete und losfuhr.

»Ich weiß immer noch nicht, ob es klug war, dich mitzunehmen«, dachte ich laut nach.

Hope blickte mich mit unergründlicher Miene an. Dann seufzte sie leise. »Ich auch nicht«, flüsterte sie.

Ich schaute zu ihr herüber. »Ich bin aber gleichzeitig auch froh, dich nicht bei Treason lassen zu müssen«, fügte ich hinzu. Vorsichtig legte ich meine rechte Hand auf ihre und strich leicht darüber. Ihre Haut fühlte sich weich an. So weich, wie sie bei so einem zarten Geschöpf sein musste. Fast widerwillig nahm ich meine Hand schließlich wieder ans Lenkrad.

Sie sah mich unentwegt an, ich konnte mich kaum aufs Fahren konzentrieren. Ihr Blick war intensiv. Liebevoll, aber doch kämpferisch. Stark, aber doch weich.

Ein Schauer überkam mich. Doch dieses Mal war ich sicher, dass es nicht an der Berührung selbst gelegen hatte. Es war der Ausdruck ihrer Augen. Augen, die mich von Mal zu Mal immer mehr gefangen nahmen.

Hope lächelte leicht. Ob es ihr genauso ging? Gerne hätte ich dem Blick standgehalten, doch ich musste wieder auf die Straße sehen.

»Trotzdem danke, dass du dich so mit Treason arrangierst«, sagte sie.

Ich bedachte sie mit einem leicht spöttischen Blick. »Ich arrangiere mich nicht mit ihm«, antwortete ich mit klarer Stimme.

»Nein?« Wirklich überrascht klang Hope nicht.

»Nein«, entgegnete ich knapp.

»Ich dachte nur, weil du vorhin –«

»Ich dulde ihn. Mehr nicht«, unterbrach ich sie sanft. Sie sollte bloß nicht auf den Gedanken kommen, dass ich dabei war, mich mit Treason anzufreunden, nur weil ich vorhin nett zu ihm gewesen war. Das hatte ich ausschließlich für sie getan.

Hope nickte langsam. Wenn sie nachdenklich war, hatten ihre Bewegungen immer etwas Anmutiges.

»Ich muss dir auch etwas beichten«, sagte sie dann mit belegter Stimme.

»So?« Aufmerksam wanderten meine Augen wieder zu ihr hin.

Hope nickte, regelrecht schuldbewusst.

»Ich möchte nicht nur Sachen aus meiner Wohnung holen ...«

»Sondern?«

»Ich hatte da jemanden kennengelernt, als ich auf der Flucht vor euch war.«

Ich zog scharf die Luft ein ...

»Ein Mädchen. Vic.«

... und atmete wieder aus.

»Ich hatte ihr angeboten, bei mir zu wohnen, doch unter den bekannten Umständen möchte ich sie ungern allein dort lassen.«

»Denkst du eigentlich jemals nicht zuerst an andere?«, rutschte es mir heraus. Eigentlich hatte ich das gar nicht sagen wollen, doch Hope beeindruckte mich immer wieder aufs Neue.

Verlegen zuckte sie mit den Schultern. Bescheiden war sie also auch noch.

»Okay, wir machen es so«, lenkte ich ein. »Wir fahren zu deiner Wohnung. Nachdem ich kontrolliert habe, ob die Luft rein ist, holst du schnell ein paar Sachen. Und deine Freundin. Währenddessen statte ich unserem Oberst einen Besuch hab und komme euch danach abholen, okay?«, schlug ich vor.

Hope knirschte mit den Zähnen. Begeisterung sah anders aus.

Doch mir blieb keine Wahl. Unser aller Leben hing davon ab, die nächsten Schritte des Obersts zu kennen. Kostete es, was es wollte.

Die verbleibende Fahrzeit bis zu Hopes Wohnung schwiegen wir einvernehmlich und hingen unseren Gedanken nach.

Zu gern hätte ich gewusst, was in Hopes hübschen Köpfchen vor sich ging.

***

Ich parkte in dem gleichen »Versteck«, in dem ich damals auf Hope gewartet hatte. Es war eine Seitenstraße, von außen schlecht einsehbar.

»Warte hier«, kommandierte ich.

Wieder ein Zähneknirschen. Ich lächelte. Sie schien sich genauso gerne etwas sagen zu lassen wie ich.

»Wenn der Oberst aus irgendeinem Grund hier auftauchen oder auf dich warten sollte, kann ich mich immer noch damit herausreden, dass ich auf der Jagd nach dir bin«, erklärte ich meine Anweisung. Das schien sie versöhnlicher zu stimmen. Zumindest nickte sie.

Ich stieg aus und huschte unbemerkt, wie ich hoffte, aus der Gasse. Dann ging ich langsam hinüber zu dem Gebäude, in dem sich Hopes Wohnung befand. Immer wieder blickte ich mich verstohlen um, doch ich konnte nichts Ungewöhnliches entdecken.

Laut Hope befand sich ihre Wohnung im zweiten Stock, etwas abseits gelegen, am Ende eines langen Flurs. Doch das hätte sie mir gar nicht sagen müssen. Unser Oberst hatte mich im Zuge ihrer Gefangennahme natürlich bereits über die genaue Lage instruiert.

Einen Moment lang verharrte ich vor dem Wohnkomplex und dachte daran, wie ich Hope hier geschnappt hatte. Sofort fühlte ich mich schlecht. Was wäre wohl geschehen, wenn ich das nicht getan hätte?

Ich schüttelte den Gedanken ab und betrat das Gebäude, um mich auf den Weg zu Hopes Wohnung zu machen. Als ich den besagten Flur entlangschritt, überkam mich auf einmal ein ungutes Gefühl. So als ob ich besser nicht hier sein sollte. Dennoch ging ich weiter bis zum Ende des Korridors und stand schließlich vor einer weißen Tür. Ich registrierte sofort, dass diese nur leicht angelehnt war.

Abwägend starrte ich auf den schmalen Schlitz, der einen kleinen Einblick in die Wohnung gewährte. Sollte ich die Tür weiter aufmachen? Oder sollte ich direkt zurücklaufen und mit Hope verschwinden? Ich bekam eine Gänsehaut. Was, wenn genau in diesem Moment schon jemand bei Hope war?

Ich hatte mich gerade dazu entschlossen, lieber nach Hope zu sehen, als ich Schritte hinter mir hörte.

Ich blieb stocksteif stehen. Meine Muskeln spannten sich an und ich ballte die rechte Hand unwillkürlich zu einer Faust.

Die Schritte kamen näher. Immer näher. Mein Puls raste. Auch, wenn ich theoretisch nichts zu befürchten hätte, wurde mir immer unwohler.

Ich ging meine Begründung, was ich hier zu suchen hatte, schnell noch einmal gedanklich durch. Dann wandte ich meinen Kopf leicht zur Seite.

Hope?!

Als sie mich sah, eilte sie zu mir heran.

Ich schmunzelte über mich selbst. Hätte ich einfach richtig hingehört, wäre mir direkt aufgefallen, dass das nicht die Gangart unseres Obersts gewesen sein konnte. Was so ein übervolles Gewissen alles ausmachte ...

Als Hope nur noch zwei Schritte von mir entfernt war, zischte ich ihr betont ärgerlich zu:

»Du solltest doch im Wagen auf mich warten!«

Schuldbewusst schaute sie unter sich. »Du warst so lang weg«, entschuldigte sie sich mehr oder weniger kleinlaut.

Ich warf einen Blick auf meine Armbanduhr. »Zehn Minuten sind für dich lange?«

Da hob sie den Kopf und funkelte mich schelmich an.

»Hört das nicht jeder Mann gern?«

»Was?!« Völlig perplex stand ich vor ihr und wusste nicht, was ich darauf erwidern sollte. Das hieß, ich hätte es schon gewusst, doch die Situation war mehr als unpassend dafür. Das hier war schließlich kein Spaß und Hope sollte die Lage ernster nehmen.

»Du hast mir einen ganz schönen Schrecken eingejagt«, gestand ich und bemerkte erst jetzt, wie nach und nach die Anspannung von mir wieder abfiel.

»Tut mir leid, doch ich hab die Warterei im Auto nicht mehr ausgehalten.«

»Okay.«

»Bist du böse?«, fragte sie vorsichtig.

Ich lächelte. Eigentlich wollte ich das gar nicht. Sie sollte schon sehen, dass ich über ihr unvernünftiges Verhalten wenig begeistert war, doch ich konnte es mir nicht verkneifen. So tough sie sonst tat, so unschuldig wirkte sie in diesem Moment.

»Außerdem hätte es ja auch gut sein können, dass der Oberst mich unten im Auto schnappt, während du hier oben meine Wohnung inspizierst«, rechtfertigte sie sich. – Derselbe Gedanke, der mir vorhin auch gekommen war und mit dem ich mich nicht wirklich auseinandergesetzt hatte.

»Ist ja schon gut«, erwiderte ich. »Aber du bleibst hinter mir, okay?«

Sie nickte eifrig.

»Und wenn irgendetwas sein sollte, rennst du zurück zum Auto und fährst, bis du kein Benzin mehr hast, klar?«

Hope grinste. »Das wird bei dieser Spritschleuder wohl nicht allzu weit sein«, entgegnete sie trocken.

Ich verkniff mir ein Lachen. Hope war wirklich schlagfertig. Keines von diesen ängstlichen, meinungslosen Mäuschen, die Treason immer abschleppte und mit denen er es nicht länger als eine Nacht aushielt.

»Dann fahr eben so weit dich meine *Spritschleuder* bringt«, antwortete ich. »Bereit?«

Wieder nickte Hope.

Behutsam drückte ich die Tür auf. Die Rollläden waren heruntergezogen, doch das Licht war eingeschaltet.

»Ist das normal?«, flüsterte ich ihr zu.

»Keine Ahnung. Irgendjemand hatte mich gekidnappt, so dass ich länger nicht mehr in meiner Wohnung war«, wisperte sie vollkommen ernst zurück.

Ich unterdrückte ein dämliches Grinsen und betrat die Wohnung. Als Erster. Hope war jedoch dicht hinter mir.

»Vic?«, flüsterte sie leise. Ich hielt ihr sofort den Mund zu und schüttelte den Kopf. Das war nicht clever.

Hope verstand und bedeutete mir mit einer Handbewegung, dass sie jetzt still war.

Wir schlichen noch ein paar Schritte weiter hinein, da sah ich einen Schatten über den Boden flackern.

Abrupt blieb ich stehen. Hope ebenfalls.

Dann hörten wir ein Geräusch.

Erschrocken blickte Hope sich um, doch das Geräusch kam eindeutig aus dem Nebenraum.

Wieder tanzte ein Schatten über den Boden.

»Was ist das nebenan für ein Raum?«, flüsterte ich Hope kaum hörbar zu.

Sie schluckte schwer. Ihre ohnehin helle Haut schimmerte noch bleicher als sonst.

»Die Küche«, formte sie mit den Lippen.

Wieder ein Schatten.

Dann hörten wir ein leises Knacken.

»Vic!«, rief Hope erschrocken und zwängte sich an mir vorbei. Im ersten Moment war ich so perplex, dass ich gar nicht schaltete. Dann machte ich zwei große Schritte und hielt Hope am Arm fest, doch das war gar nicht mehr nötig. Wie versteinert stand sie in der Küche und starrte auf einen Punkt.

Ich folgte ihrem Blick und ein Schatten flackerte direkt über mein Gesicht.

An dem Ventilator an der Decke hing eine Katze. Fachmännisch aufgeknüpft baumelte sie langsam hin und her. Das Fell sah verkokelt aus. Hinzu kam ein unangenehm stechender Geruch.

»Die Säuberung hat begonnen«, flüsterte ich vor mich hin.

Hope wandte den Blick ab und vergrub ihr Gesicht an meiner Brust. Ich spürte, wie sie versuchte sich zusammenzureißen. Doch dann begann sie heillos zu schluchzen.

Etwas unbeholfen legte ich meine Arme um sie. Ich war nicht wirklich geübt in sowas. Im Trösten.

»Das war Hates Werk«, mutmaßte ich und dachte bei dem Anblick sofort an die Sache mit Greeds Ratte und der Herdplatte.

Hope schluchzte weiter.

»War das deine Katze?« Sogleich schalt ich mich für die dämliche Frage. Wessen Katze sollte es sonst gewesen sein? Doch ich wusste nicht wirklich, was ich sagen sollte.

Hope nickte leicht, immer noch weinend.

»Das ... ähm ... tut mir sehr leid für dich«, erwiderte ich, doch ich wusste selbst, wie inhaltlos diese Worte bei einem solchen Verlust waren.

Trotzdem flüsterte Hope ein heiseres »Danke« zurück.

Ich drückte Hope etwas fester an mich, was sie ohne Widerstand geschehen ließ.

In dem Moment hörten wir erneut ein Geräusch. Dann wie irgendetwas in der Nähe in tausend Teile zersplitterte.

Sofort packte ich Hope und schob sie hinter mich.

Sie selbst schien nicht wirklich fähig zu irgendeiner Reaktion zu sein.

»Was ist da hinten?«, fragte ich.

»Speisekammer«, schniefte Hope.

»Wer ist da?«, erhob ich die Stimme.

Niemand meldete sich.

»WER IST DA?, hab ich gefragt!«, wiederholte ich. Diesmal aggressiver.

Wieder nichts.

»Ich zähle bis drei. Wenn du bis dahin nicht rausgekommen bist, hole ich dich.«

Keine Antwort.

»Eins ...«

»Zwei ...«

»Drei!«

Ich ging zur Tür der Speisekammer und riss diese mit Schwung auf, die rechte Hand bereit zum Zuschlagen. Doch auf den ersten Blick war außer Regalen mit Lebensmitteln nichts zu sehen.

»Hallo?«, fragte ich ungläubig in die Dunkelheit hinein.

Nichts.

Hatte ich mich so verhört? Unmöglich!

Ich ließ meinen Blick durch den kleinen Raum schweifen und sah auf dem Boden jede Menge Scherben. Vermutlich von einer Keramikschüssel.

»Direkt links neben dir ist ein Lichtschalter«, half Hope mir.

Ich tastete danach und schaltete das Licht ein.

Der Raum schien immer noch menschenleer zu sein. Erst bei genauerem Hinsehen entdeckte ich eine rote Locke, die unter der letzten Regalreihe hervorblitzte.

»Hat Vic rote Haare?«, fragte ich Hope.

Hope kam mit ein paar schnellen Schritten zu mir.

»O Vic!«, rief sie, drängte mich entschlossen zur Seite und kniete sich neben das Regal. »Komm raus. Jetzt ist alles wieder gut.«

Doch besagte Vic rührte sich nicht.

Da packte Hope sie und zog sie mit erstaunlicher Kraft unter dem Regal hervor. »Sie« war in dem Fall eine kleine rothaarige Person, das Gesicht komplett verheult und die Arme total zerschürft. Letzteres vermutlich von ihrer Versteckaktion.

Nachdem das Mädchen registrierte, wer da vor ihr hockte, fiel es Hope in die Arme. »O Gott! Hope! Da bist du ja! Ich hatte mir solche Sorgen um dich gemacht. Ich dachte, ich sehe dich nie wieder.«

Augenblicklich fingen beide an zu heulen. Na toll!

»Hope?«, sagte ich entschlossen. »Wir haben jetzt leider keine Zeit für so etwas. Wir sollten schnellstens von hier verschwinden.«

Hope nickte.

Auch Vics Blick fiel auf mich und sie stieß einen spitzen Schrei aus. Als hätte sie mich erst jetzt bemerkt.

»Tue uns bitte nichts«, jammerte sie direkt los, doch ich rollte nur mit den Augen. Hate – niemand anderes vermutete ich hinter der kranken Aktion hier – schien ja einen bleibenden Eindruck bei ihr hinterlassen zu haben.

»Lass mich raten: Der Typ, der das da gemacht hat – ich zeigte auf die tote Katze – sah mir ähnlich?«, schlussfolgerte ich.

Vic nickte vorsichtig.

»Versteckt der sich hier irgendwo?«

Sie schüttelte den Kopf.

Zuerst wollte ich noch mal nachhaken, um eine vernünftige Antwort zu erhalten, doch ich überlegte es mir anders. Wenn einer meiner Brüder hier wäre, hätte er garantiert schon zugeschlagen. Im wahrsten Sinne des Wortes.

»Hat er irgendetwas gesagt?«

Vic schüttelte wieder den Kopf.

»Sicher?«, fragte ich mit Nachdruck.

»Er ... Ich kann das nicht sagen«, schniefte sie und vergrub ihr Gesicht wieder an Hopes Schulter.

»Doch, das kannst du«, versuchte ich sie zu ermutigen.

Abermals ein verzweifeltes Kopfschütteln.

»Willst du Hope wirklich ins offene Messer laufen lassen?«, fragte ich herausfordernd.

Ihr Schluchzen wurde lauter. Wie ihre innere Zerrissenheit.

»Also?«

»Er sagte, wenn ich ihm nicht sofort Bescheid gebe, wenn Hope hier auftaucht, macht er mit mir das Gleiche wie mit Streuner ...«, nuschelte sie in Hopes Shirt – oder vielmehr in mein Shirt – und heulte weiter.

Zum Glück schien Hope sich inzwischen ein wenig gefangen zu haben und begann nun Vic zu trösten.

Sie war wieder stark. Für andere.

»Gib mir die Nummer«, verlangte ich.

Wieder schüttelte Vic den Kopf.

Etwas genervt rollte ich mit den Augen. Konnte sie eigentlich noch etwas anderes?

»Mach kein Theater, gib die Nummer her«, befahl ich.

Ich wusste, wie überzeugend Hate und erst recht unser Oberst sein konnten. Und solange diese labile Person die Nummer hatte, traute ich ihr nicht mehr als Treason. Also gar nicht!

»Geben geht nicht. Wirklich!«, sagte sie entschuldigend.

»Warum nicht?«

Vic befreite sich aus Hopes Umarmung, krempelte ihren Pulli nach oben und entblößte wortlos ihren blutverschmierten Unterarm, auf dem mit einem Messer eine Nummer eingeritzt worden war.

Entgeistert starrte ich auf den Arm. Dann runzelte ich die Stirn. Seit wann machten wir denn sowas?

»Damit ich die Nummer nicht vergesse und sie immer griffbereit habe«, erklärte Vic zitternd.

Auch Hope betrachtete bestürzt Vics Unterarm. Dann zog sie sie erneut an sich. »Das tut mir ganz schrecklich leid«, wisperte sie und strich Vic über ihre rote Mähne. »Das ist alles meine Schuld.«

Ich hatte jedoch nicht den Eindruck, als würde Vic das so sehen. Sie schien eher über alle Maßen froh zu sein, dass sie Hope wiederhatte.

Während die zwei so dasaßen und sich gegenseitig Trost spendeten, schnitt ich derweil die Katze los. Das arme Tier! War nur zu hoffen, dass sie erst nach ihrem Tod angezündet worden war. Wenn ich allerdings an Hate und seine Vorlieben dachte, erschien das eher unwahrscheinlich ...

Unwillkürlich glitt ich für einen Augenblick zurück in eine Zeit, in der wir noch Kinder waren. Hate war damals mein bester Freund gewesen. Er war der Netteste von allen und der einzige, der sich wirklich für mich eingesetzt hatte. Doch der Oberst hatte ihn gebrochen. Zurück blieb ein unmenschliches Produkt, geformt aus Hass und Gewalt.

Warum hatten wir das eigentlich mitgemacht? Wieso hatten wir uns nie dagegen gewehrt?

Ich brauchte gar nicht lange darüber nachzudenken. Wir hatten das über uns ergehen lassen, weil wir noch beeinflussbare Kinder waren. Weil wir dachten, dass es richtig sei, was der Oberst uns erzählte. Und weil wir keine Alternative hatten.

Behutsam legte ich die Katze auf den Boden, holte eine Decke von der Couch und wickelte den Kadaver darin ein.

»Danke«, flüsterte Hope.

Ich hatte gar nicht mitbekommen, dass sie mir zugeschaut hatte.

»Wir müssen jetzt wirklich gehen. Holst du, was du brauchst und fahren wir dann?«, fragte ich.

Sie nickte.

Hope packte eine große Tasche, stopfte diverse Kleidungsstücke hinein und bediente sich noch im Badezimmer. Dann säuberte sie eilig Vics Unterarm, verband ihn fachgerecht und steckte noch etwas Verbandszeug ein. Keine fünf Minuten später war sie fertig.

Misstrauisch beäugte ich, wie Vic uns zum Auto folgte. Doch ich konnte nicht von Hope verlangen, dass sie hierblieb. Nachdem, was ich gesehen hatte, schien Vic ihr ebenso wichtig zu sein wie ihre Schwestern. Trotzdem hielt ich es für keine gute Idee.

Aufs Äußerste angespannt schlichen wir zu meinem Wagen. Das Risiko, dass Hate noch irgendwo stand und uns beobachtete, war extrem groß. Leider gab es nur diesen einen Weg, also blieb uns nichts anderes übrig.

Als wir es bis zum Auto geschafft hatten, warf ich Hopes Tasche auf den Rücksitz und forderte alle auf, sofort die Türen zu verriegeln. Danach fuhren wir los.

Meinen Plan, noch bei unserem Oberst vorbeizuschauen, hatte ich erst einmal auf Eis gelegt. Ich wollte Hope keinesfalls im Auto oder sonst wo zurücklassen. Und wie es aussah, war der Besuch auch gar nicht mehr nötig. Die tote Katze und Vics Unterarm bezeugten eindeutig, wie der Befehl gelautet hatte.

Eine Zeitlang schwiegen wir alle. Aber das war nicht schlimm. Ich war ohnehin damit beschäftigt, meine Augen überall zu haben, und schaute abwechselnd in den Rückspiegel und in die Seitenspiegel, ob uns irgendjemand folgte. Ich konnte jedoch keinen entdecken – was mich allerdings nur bedingt beruhigte.

Wenn Hate der Meinung war, dass man Vic unbeaufsichtigt lassen konnte, schien er sich seiner Sache, dass sie Hope verraten würde, sehr sicher zu sein. Und das war absolut kein gutes Zeichen. Zumal Hate ein Gespür für so etwas hatte. Fragte sich nur, ob Hopes Pro stärker war und sie Vic ausreichend positiv beeinflussen konnte.

»Was meintest du damit?«, fragte Hope plötzlich.

»Was?«

»Also du vorhin in der Küche standest und Streuner gesehen hast«, erklärte sie.

Ich wusste genau, auf was sie anspielte, wollte es jedoch ungern aussprechen.

»Bitte, Despair, rede mit mir!«, bohrte Hope weiter.

Ich seufzte. Also schön.

»So wie es aussieht, hat unser Oberst Stufe zwei eingeleitet«, antwortete ich wahrheitsgemäß.

»Stufe zwei?«

Ich nickte.

»Und was bedeutet das?« Sie klang nicht so, als wenn sie es wirklich wissen wollte. – Verständlich.

Dennoch erklärte ich es ihr. Umso eher sie sich der Gefahr bewusst wurde, desto besser.

»Die Eliminierung aller fehlerhaften Objekte einer Mission.«

Hope schluckte laut.

»Ich –«, begann sie, doch ich fuhr fort:

»Du bist nicht umgeschult und du bist nicht mehr anwesend, so dass der Oberst dich umschulen lassen könnte. Und da sowieso nur ich dazu fähig wäre, ich aber – in seinen Augen – kläglich versagt habe, wurde nun Stufe zwei einberufen.«

»Bist du dir da ganz sicher?«, fragte Hope vorsichtig.

»*Jeder* Improba wurde darauf trainiert, Hope. Wenn unsere Mission scheitert, folgt Stufe zwei: die Säuberung. Und so wie es aussieht, hat er Hate damit beauftragt.«

»Das heißt, Hate ist jetzt hinter mir her und möchte mich umbringen?«

»Nicht nur dich«, kommentierte ich knapp.

»Nein?« Der Klang ihrer Stimme war eine Mischung aus Angst und Fassungslosigkeit.

»Wie ich schon sagte: *alle* fehlerhaften Objekte.«

»Also auch meine Schwestern ...« Das war keine Frage. Eher eine Feststellung.

Ich nickte wieder.

Hope stieß einen tiefen Seufzer aus und schaute die restliche Fahrt über nur noch aus dem Fenster.

Keiner von uns sagte einen Ton. Nicht einmal Vic, für die sich das Ganze sicherlich ebenso furchterregend angehört haben musste.

Doch da ich nicht wusste, inwiefern Hope sie bereits in unsere Verhältnisse eingeweiht hatte, sah ich mich bisher nicht in der Verpflichtung, ihr irgendetwas genauer erklären zu müssen. Schon gar nicht, da sie jetzt allem Anschein nach von Hate »geimpft« war ...

Despair parkte hinter dem *Snuggling in*.

»Was wollen wir hier?«, fragte Vic leicht nervös.

Verdenken konnte ich es ihr nicht. Sie hatte an diesem Ort schließlich nicht die besten Erfahrungen gemacht.

»Lass uns erst mal reingehen. Um deine Frage beantworten zu können, muss ich weiter ausholen und das besprechen wir am besten ganz in Ruhe.«

Vic nickte beinahe verständnisvoll. Sie war echt cool. Hätte ich an ihrer Stelle mitbekommen, was Despair vorhin in puncto »Säuberung« & Co. im Auto erzählt hatte, stünde ich vermutlich kurz vor einem Herzinfarkt. Andererseits stimmte es mich auch etwas traurig, dass sie nicht wirklich geschockt darüber zu sein schien, zeigte es mir doch, dass sie neben der mir bereits bekannten Geschichte noch weitaus Schlimmeres erlebt haben musste.

Despair holte meine Tasche vom Rücksitz und bedeutete uns, dass wir reingehen sollten.

Ich nickte ihm kurz zu.

Dann ging er vor.

»Ist das dein Bruder?«, flüsterte Vic mir zu.

»Nein«, wisperte ich zurück.

»Er sieht echt heiß aus«, stellte Vic anerkennend fest. »Dein Freund?«

»Ich ...«, stammelte ich los. Ich hatte keine Ahnung, was ich darauf antworten sollte. Wir waren offiziell noch kein Paar. Aber auch mehr als Freunde. Nahm ich zumindest an ...

»Oh? Er ist also noch zu haben?« Vic klang ehrlich interessiert.

»Nein«, antwortete ich und lächelte verlegen.

Despair hatte seine Schritte verlangsamt und ich sah aus dem Augenwinkel heraus, dass er ebenfalls leicht grinste.

»Es ist also kompliziert«, fasste Vic zusammen.

Ich nickte ergeben. In Anbetracht der Gesamtsituation konnte man das tatsächlich so sagen.

Wir betraten gemeinsam das Appartementzimmer.

Treason saß auf dem Bett und spielte mit seinem Handy.

Mercy und Honesty lächelten und begrüßten uns freundlich.

Und Modesty ... – *Moment!*

»Wo ist Modesty?«, fragte ich leicht verwirrt.

Honesty und Mercy schauten sich an. Dann zu Boden.

»Na, sagt schon!«, bat ich.

»Sie ist ...«, begann Honesty.

»... gegangen«, beendete Mercy den Satz.

»*Gegangen?*«, wiederholte ich leicht bestürzt. »Warum?«

»Sie ...«, stammelte Mercy los und schaute hilfesuchend zu Honesty.

»Sie brauchte mal eine Auszeit«, erklärte diese leichthin.

Treason schnaubte. »Solltest du als Honesty nicht die Wahrheit sagen?«, schimpfte er.

Wieder blickte Honesty betreten zu Boden.

»Sagt doch einfach, wie es war!«, forderte Treason meine Schwestern auf.

Doch Honesty und Mercy schwiegen.

»Okay, dann mach ich das eben. Modesty – diese wirklich, wirklich unerträgliche Zicke – meinte, sie würde es nicht länger in diesem – Zitat – ›Versagerhaufen‹ aushalten, und hat sich deshalb ein Taxi bestellt.«

»Wo wollte sie hin?«, fragte ich verwirrt.

»Ich habe keine Ahnung. Es ist mir auch scheißegal! Hauptsache, sie ist weit weg von mir!« Treason klang merklich ungehalten. Offensichtlich hatte Modesty – Oder alle Mädels? – seine Geduld mehr als strapaziert.

Dann kam Treason zu mir. »Und wenn du mich noch mal mit diesen Weibern alleine lässt, spring ich aus dem nächsten Fenster! Verstanden?«

Despair zog spöttisch die Brauen nach oben. »Wir sind im Erdgeschoss«, kommentierte er trocken.

Ich musste ungewollt grinsen.

»Das ... das kann genauso tödlich enden!«, schnaubte Treason und marschierte hocherhobenen Hauptes zur Couch. Ich schaute ihm nach, dann blickte ich zu Despair, der unbeeindruckt mit den Schultern zuckte.

»Wer ist das?«, kam es auf einmal tonlos aus einer Ecke des Zimmers. Love hatte die ganze Zeit still dort gesessen, doch jetzt fixierte sie Vic wie ein Raubtier.

Etwas verdutzt über ihre Reaktion klärte ich sie auf: »Das ist Vic. Ich habe sie kennengelernt, kurz nachdem ihr gekidnappt wurdet.«

»Was?!«, fuhr Love mich an. »Du meinst, als die Improbas uns gefangen genommen haben und WIR leiden mussten –DEINETWEGEN –, hast du dir einfach neue Freunde gesucht?«

»Bitte?« Fassungslos starrte ich sie an.

»Was trägt sie da überhaupt für Klamotten? Das sind doch meine!«, fauchte Love weiter.

Ich schaute zu Vic. Sie hatte ein rotes Shirt an und trug dazu eine hellblaue Jeans. Loves Outfit, mit anderen Worten.

»Ich dachte, das wäre kein Problem«, entschuldigte ich mich.

»Das nächste Mal verleihe gefälligst deine eigenen Sachen!«

Ich war vollkommen perplex. So hatte ich Love noch nie erlebt.

»Soll ich sie dir wiedergeben?«, fragte Vic vorsichtig. Sie tat mir gerade unendlich leid. Wie musste sie sich vorkommen? Ich nahm sie mit zu meinen Schwestern und hier wurde in einer Tour rumgezickt. Und nicht nur das: Auch sie wurde mehr oder weniger persönlich angegriffen.

»Nein, du behältst sie. Love kann etwas anderes anziehen«, bestimmte ich und reichte Love ein paar Kleidungsstücke aus meiner Tasche.

Da stürzte sie sich plötzlich auf mich und riss mich zu Boden, ihre Hände fest um meine Kehle gelegt und am Zudrücken.

»Du gibst mir nie wieder Befehle, du elender Scheißkerl!«, schrie sie. Dann begann sie auf mich einzuschlagen.

Natürlich hätte ich sie mit einer gekonnten Drehung von mir runterbekommen oder mit einem gezielten Schlag außer Gefecht setzen können, aber ich war wie gelähmt. Das war Love! Die Liebe! Meine Schwester und eigentlich meine beste Freundin! Die konnte ich doch nicht schlagen! Deshalb versuchte ich einfach nur so gut ich konnte, ihre Schläge abzuwehren, bis Despair mir zu Hilfe kam.

Er packte Love an den Oberarmen und hob sie von mir herunter. Love strampelte wie wild und versuchte ihn zu beißen, doch das beeindruckte Despair nicht. Dabei schrie sie immer wieder: »Du Scheißkerl! Du hast keine Macht mehr über mich! Nie wieder!«

Zum Glück hatte Despair sie fest im Griff. Er begann sie zu schütteln. »Komm mal wieder klar!«, herrschte er sie an.

Zuerst strampelte und kämpfte Love weiter, doch nach und nach schien sie sich wieder zu besinnen und beruhigte sich.

Entsetzt starrte ich Love an. Was war in sie gefahren? Sie hatte noch nie jemanden angegriffen! Gut, außer Treason vorhin. Aber selbst unter diesen Umständen wäre ich niemals davon ausgegangen, dass sie so etwas auch bei mir tun würde.

Love schien nicht weniger erschrocken über das Geschehene zu sein. Sie blickte ängstlich zwischen Despair und mir hin und her. Dann begann sie bitterlich zu weinen. Es war wir ein furchtbares Déjà-vu.

»O Gott! Was habe ich getan! Es tut mir leid, Hope. Es tut mir unglaublich leid!«

Sie vergrub das Gesicht in ihren Händen und schluchzte herzzerreißend.

Despair ließ sie wieder los und Love sackte in sich zusammen.

Ich für meinen Teil wusste nicht, was ich sagen sollte. Wusste nicht, was ich fühlen sollte. Ich war immer noch zu geschockt.

Despair reichte mir seine Hand und half mir beim Aufstehen. Rein physisch betrachtet hätte ich das auch ohne seine Hilfe geschafft, doch meine Beine zitterten wie Espenlaub. Das war schon der zweite Ausraster, den Love innerhalb kürzester Zeit bekommen hatte. Und dann auch noch gegen mich! Das musste ich erst mal verdauen ...

»Es tut mir wirklich leid! Ich weiß auch nicht, was da eben in mich gefahren ist«, schluchzte sie reuevoll und trotz allem bekam ich Mitleid.

Wieder fragte ich mich, was dieser Hate ihr angetan haben musste, dass sie so reagierte.

Despair legte mir beruhigend seine Hand auf die Schulter. Es tat gut, ihn bei mir zu haben. Ich schenkte ihm ein kurzes Lächeln.

»In der Tasche sind frische Klamotten und Waschzeug. Nehmt euch, was ihr braucht«, wandte ich mich betont ungezwungen an den Rest und nahm mir selbst ein weißes Tanktop und eine weiße Jeans heraus. Dabei fiel mir zum ersten Mal auf, wie schrecklich unpraktisch mein Kleidungsstil eigentlich war. So wie Love sich fast immer in Rot, der Farbe der Liebe, kleidete, trug ich meistens alles in Weiß. Und das, obwohl Grün eigentlich meine Lieblingsfarbe war. Doch Weiß stand mir einfach besser. Aber sollte ich noch öfter unvermittelt umgeworfen werden und beim nächsten Mal eventuell nicht mehr auf dem Boden eines Appartements, sondern draußen im Matsch landen, musste ich mir darüber noch einmal ernsthaft Gedanken machen. Schlammfarben wäre auch eine Idee ... Ich seufzte angesichts meiner abstrusen Gedanken.

Wenigstens Honesty und Mercy bedienten sich ohne zu murren. Dankbar lächelte ich sie an. Ich hatte zwar nichts in ihren Lieblingsfarben Gelb und Blau dabei, und größentechnisch entsprach die Auswahl nicht so ganz ihren Vorgaben, doch das schien die beiden nicht weiter zu stören.

Nachdem ich mich schnell umgezogen und davon überzeugt hatte, dass Vic noch nicht entgeistert das Weite gesucht hatte – in Anbetracht Loves Ausrasters eigentlich recht verwunderlich –, ging ich zu Love, welche immer noch auf dem Boden kauerte und weinte. Ich hatte nicht direkt nach ihrem Angriff zu ihr gehen können, da ich einfach zu erschüttert war. Doch jetzt tat es mir leid.

»Hör mal, Love. Ich weiß, dass man dir Schlimmes angetan hat. Das möchte ich auch gar nicht herunterspielen oder dir sagen, dass du es einfach vergessen sollst. Aber wir müssen daran arbeiten, dass solche Austicker wie gerade eben nicht mehr passieren, okay?«

Sie schaute mich aus rot unterlaufenen Augen an und nickte kaum merklich.

»Es tut mir wirklich wahnsinnig leid«, wisperte sie noch einmal und ich drückte sie als Antwort fest an mich.

Dann schaute Love zu Vic und sprach sie beinahe schüchtern an: »Verzeih mir bitte. Ich weiß auch nicht, was mit mir los gewesen ist. Ich ... Normalerweise bin ich nicht so. Ich habe nichts gegen dich. Wirklich nicht«, entschuldigte sich Love reumütig.

»Ist schon okay«, erwiderte Vic ebenso zaghaft. Natürlich war es das nicht, doch Vic schien weitsichtig genug zu sein, um zu wissen, dass eine neuerliche Konfrontation auch nichts brachte. Was sie jedoch in Wirklichkeit dachte, ließ sie sich nicht anmerken.

»Wir schaffen das«, flüstere ich Love ins Ohr und spürte, wie sie mich ebenfalls an sich zog.

»Ach, wenn *du* auf die Schnauze kriegst, muss plötzlich daran gearbeitet werden. Aber wenn meine zwei kleinen Treasons fast umgebracht werden, ist das kein Problem«, schnaufte Treason beleidigt.

»Gibt es da etwas, was wir wissen sollten?«, fragte Despair leicht belustigt.

Treason blies Luft zwischen seinen Lippen hervor. »Die zwei Jungs sind okay, ja?«, schmollte er.

»Dann heul nicht rum«, erwiderte Despair knapp.

»*Ich?!* Es geht wohl eher darum, wie die Damenwelt weinen würde, wenn Treason nicht mehr vollkommen einsatzfähig wäre. Doch seine zwei tapferen, stahlharten Krieger haben dem Angriff getrotzt.«

Despair rollte mit den Augen, doch ich musste lachen. Nicht unbedingt über Treasons Kommentar, doch die ganze Situation war einfach so skurril, dass ich mir nicht mehr anders zu helfen wusste.

Love, die früher nicht mal einer Fliege etwas zu Leide getan hätte, war zur Schlägerbraut mutiert. Modesty – die fleischgewordene Bescheidenheit – war an Arroganz nicht mehr zu überbieten. Honesty und Mercy schienen wie zwei inhaltslose Hüllen und Loyalty war nach wie vor verschwunden. Und die einzigen, auf die ich mich mittlerweile verlassen konnte – zumindest meinem Gefühl nach zu urteilen –, waren zwei meiner angeblich größten Feinde. Und für einen von ihnen empfand ich sogar noch mehr als Freundschaft. Was für eine Farce!

Ich schüttelte über mich selbst den Kopf. An diese realistische Sicht der Dinge musste ich mich erst noch gewöhnen. Trotzdem war sie mir hundertmal lieber als die vormals rosarote Brille. Denn wenn ich jetzt irgendetwas positiv sah, konnte ich davon ausgehen, dass es sich nicht nur um Wunschdenken handelte, sondern durchaus im Bereich des Möglichen lag.

Despair schien mein Gefühlswirrwarr zu bemerken und legte seinen Arm um mich. Ich spürte, wie die Anspannung von mir abfiel und ich mich sofort wohler fühlte.

Ob es jetzt an seiner Berührung als Improba lag oder einfach an seiner Berührung als Mann, wusste ich nicht. Vermutlich Letzteres.

Außer Frage stand jedoch, dass sie mir Kraft gab. Und auch, wenn Barry immer behauptet hatte, dass Hoffnung das einzig Wichtige sei, gelangte ich immer mehr zu der Erkenntnis, dass man zuweilen auch ihr Gegenstück brauchte, also auch einmal zweifeln und innehalten durfte.

»Hat einer von euch noch mal etwas von Loyalty gehört?«, versuchte ich das Thema zu wechseln, da immer noch alle völlig fassungslos auf Love starrten.

Treason war der Erste, der in Form eines Kopfschüttelns antwortete. Danach folgte der Rest.

»Okay«, entgegnete ich betrübt.

»Ich fahr uns mal was zu essen holen«, sagte Treason und stand auf. »Ich hab Megakohldampf. Sonst noch jemand?«

Mercy und Honesty nickten eifrig. Auch ich bejahte, doch Despair kniff misstrauisch die Augen zusammen.

»Warum willst du weg? Wir könnten uns auch einfach etwas liefern lassen«, wandte er ein.

»Damit wir gefunden werden?«, wehrte Treason sich.

»Seit wann arbeiten Hate oder der Oberst beim Pizzadienst?«, konterte Despair.

»Weil ... – Ach, scheiß drauf! Du hast Recht. Ihr nervt mich und ich wollte einfach mal ein bisschen Zeit für mich haben. Besser?«, blaffte Treason zurück.

»Zumindest ehrlicher«, antwortete Despair.

»Nichtsdestotrotz habe ich Hunger und hole mir jetzt was.«

Mit diesen Worten ging Treason zur Tür und gerade, als er das Appartement verlassen wollte, stand Love ebenfalls auf.

»Kann ich mitfahren?«, fragte sie schüchtern.

»*Was?!*«, rief Treason entsetzt.

Wieder musste ich schmunzeln. Der Ausruf hatte echt mädchenhaft geklungen. Treason schien mir eben doch noch mehr Junge als Mann zu sein. Anders als Despair. Doch ich vermutete stark, dass es mit ihrer Ausbildung zusammenhing. Ob Despair mir irgendwann einmal anvertraute, was mit ihm geschehen war?

»Bitte, Treason«, bat Love und riss mich damit aus meinen Gedanken.

»Nein«, antwortete er strikt.

»Wie, du möchtest weg? Warum? Wegen mir?«, fragte ich Love beunruhigt. Sofort bekam ich ein schlechtes Gewissen, obwohl ja eigentlich kein Grund dazu bestand. Trotzdem wollte ich nicht, dass sie meinetwegen das Weite suchte.

Love blickte mich an. Ihre Augen waren immer noch ganz rot und verquollen. »Nein, nein. Ich möchte nur mit Essen holen fahren. Einfach mal ein bisschen raus und über ein paar Dinge nachdenken. Mach dir keine Sorgen«, sagte Love und drückte mich noch mal.

»Okay«, erwiderte ich wenig überzeugt. Was sollte ich auch sagen? Sollte ich es ihr verbieten? – Nein ... Das war erstens nicht meine Art und zweitens hatte ich kein Recht dazu. Außerdem vertraute ich Treason und er würde sie mir schon wieder heil zurückbringen.

»*Hallo?* Fragt *mich* eigentlich irgendjemand, ob ich diese Eiermörderin überhaupt mitnehmen will?«, grollte Treason.

»Ich habe mich doch schon entschuldigt«, murmelte Love.

»Love wird dir bestimmt nichts tun«, erwiderte ich.

»Pah! Sagt die Tussi, die eben noch unter ihr gelegen hat und auf die eingeprügelt wurde«, schnappte Treason.

Love blickte traurig zu Boden. Ich sah genau, wie leid ihr das alles tat.

Ich boxte Treason gegen die Schulter.

»Aua!«, fiepte er, doch ich warf ihm einen Blick zu, der besagte, dass er das verdient hatte und sich seinen nächsten blöden Kommentar sparen sollte.

Ich wusste nicht, was genau mit Love los war. Doch ich war mir sicher, dass das die Sache nicht verbessern würde.

»Aber ich will sie nicht mitnehmen«, beharrte Treason bockig. »Was, wenn irgendetwas passiert?«

Da mischte Despair sich ein. »Hast du etwa Schiss?«, zog er ihn auf. »Vor einem *Mädchen*?«

Treason sah aus, als wäre er kurz vorm Explodieren. »Natürlich hab ich keinen Schiss! SCHON GAR NICHT vor einem Mädchen!«

»Wo liegt dann das Problem?«, fragte Despair. Er wusste offensichtlich genau, wie er Treason zu etwas bewegen konnte.

Treason schnaubte wütend, gab sich dann aber geschlagen: »Eins sag ich dir! Wenn du meinen zwei Rittern noch einmal zu Nahe kommst, dann ...« Er beendete den Satz nicht, sondern machte stattdessen ein gurgelndes Geräusch. Es hörte sich aber eher witzig als furchteinflößend an – und das schien ihn nur noch mehr zu ärgern.

»Nein, das tue ich nicht. Wirklich nicht. Versprochen«, sagte Love schuldbewusst und starrte weiter auf den Boden.

Wir gaben Treason unsere Essenswünsche und ich verabschiedete mich mit einem »Dass du sie mir ja wieder heil zurückbringst, ja?« woraufhin Treason zuerst genervt nickte, dann jedoch lächelte.

»Danke«, flüsterte ich und umarmte ihn.

»Hey, Baby, Vorsicht! Nicht, dass Mr Testosteron wieder sauer wird, weil du nicht genug von mir bekommen kannst.«

»Vollkommen richtig, Mr *Östrogen*«, knirschte Despair, zwinkerte mir aber dabei zu.

Ich grinste. Auch wenn Treason echt ein witziger Typ war, machte er Despair in Sachen Schlagfertigkeit nichts vor. Zumal Treason es irgendwie immer schaffte, sich mit seinen Sprüchen selbst ein Bein zu stellen. Und das war das eigentlich Witzige daran.

Nachdem Love und Treason gefahren waren, wandte ich mich an Vic:

»Bereit?«, fragte ich sie.

»Bereiter als bereit, würde ich sagen«, antwortete sie und sah mich neugierig an.

Wir setzten uns alle in einen Kreis. Despair, Mercy, Honesty, Vic und ich und dann begann ich zu erzählen. Und zwar alles. Restlos alles.

Angefangen von unserer Herkunft, unserem Alien-Dasein, unseren Fähigkeiten und wie wir alle in diese missliche Lage geraten waren.

Despair schien zwar weniger begeistert von meiner Ehrlichkeit zu sein, doch ich hatte genug von dem Schauspielern. Außerdem würde sich das jetzt, wo Vic da war, mehr als schwierig gestalten, also konnte ich auch direkt reinen Tisch machen. Und dass sie vertrauenswürdig war, hatte sie ja bereits bewiesen. Auch, wenn Despair da so seine Zweifel hatte.

Vic hörte gespannt zu, ließ jedoch außer ein paar »Ah's« und »Oh's« und einem »Krass!« weiter nichts verlauten. Sie war wohl zu baff, um meine Story ausführlicher zu kommentieren.

Aber gut. Wem konnte man das verdenken?

5. Kapitel

Despair

»Die beiden sind schon fast zwei Stunden unterwegs«, grummelte ich vor mich hin. Ich hatte befürchtet, dass Treasons und Loves Alleingang nicht besonders klug gewesen war, doch da Hope so überzeugt davon schien, hatte ich zugestimmt. – Ihr zum Gefallen.

»Loyalty ruft an!«, schrie plötzlich eines der Mädchen. Honesty war es.

»Ihr habt die Handys an?!«, kam mir als Erstes entgeistert über die Lippen. Ich wusste ja, dass sie sehnsüchtig auf ein Lebenszeichen von ihr warteten, aber das war wirklich mehr als dämlich. Doch ich fand kein Gehör.

»Scht!«, machte Mercy nur in meine Richtung und Hope quetschte sich zwischen die beiden auf die Couch. Selbst Vic, die rechts neben Honesty saß, schien ganz aufgeregt.

Ich seufzte. Weiber!

Honesty nahm den Anruf an und stellte das Handy auf Lautsprecher.

»Hallo?«, meldete sich Honesty.

»Hallo Loys!«, quatschte Mercy dazwischen und begann nervös zu kichern.

Hope kaute angespannt auf ihrer Unterlippe herum.

Die Vier starrten auf das Display des Mobiltelefons, aber außer Rauschen war nichts zu hören.

»Loys? Hörst du uns?«, versuchte es Mercy noch einmal.

Nichts. Nur Rauschen.

»Vielleicht hat sie einfach nur schlechten Empfang?«, meinte Hope.

»Bestimmt«, pflichtete Honesty ihr bei und auch Vic nickte überzeugt.

»Also ich finde, es hört sich eher so an, als würde jemand in einem fahrenden Auto sitzen und einfach nur nicht antworten«, mischte ich mich ein. Wenn sie selbst nicht darauf kamen, musste ich ihnen wohl die möglichen Alternativen aufzeigen.

Die Mädels machten große Augen.

»Spielst du etwa auf Treason an?«, fragte mich Honesty in einem Tonfall, als wäre das vollkommen abwegig.

»Interessant, dass direkt er dir dazu einfällt«, erwiderte ich gelassen.

Dann wurde die Verbindung unterbrochen.

Ich hob eine Braue. Sie sollte sagen: »Siehste! Wie aufs Stichwort!«, aber offenbar war das ein Gedanke, mit dem die Mädels sich nicht anfreunden konnten. Gutgläubig, wie sie waren.

»Also ich denke das nicht«, meinte Mercy.

»Ich auch nicht«, sagte Honesty.

Vic erwiderte nichts. Wie auch. Sie kannte Treason ja nicht.

»Ich kann es mir ehrlich gesagt auch nicht vorstellen. Was sollte Treason davon haben?«, fragte Hope.

Halleluja! Wenigstens eine, die das Ganze hinterfragte und die Treasons Beteiligung zumindest in Betracht zog. Aber ich hatte von Anfang an gemerkt, dass Hope weitsichtiger und intelligenter war als der Rest, deswegen wunderte es mich nicht wirklich.

»Das ist die Frage. Aber findet ihr es nicht auch merkwürdig, dass Loyalty sich immer meldet, wenn er nicht anwesend ist?«, gab ich zu bedenken.

Hope schien jetzt ernsthaft darüber nachzudenken.

»Wir können ja gleich Love fragen, ob er während der Fahrt telefoniert hat«, sagte sie dann und schaute mich aufmunternd an.

»Wie du meinst«, entgegnete ich.

In diesem Moment sah ich, wie Treasons grüner Jeep hinter das Gebäude fuhr. Wurde ja auch Zeit. So lange hätte er normal nicht brauchen dürfen.

Wenig später kam er mit fünf Pizzakartons zur Tür herein.

»Hier«, sagte er und reichte mir eine silberne Aluschale, die er obenauf balanciert hatte. Natürlich hatte ich mir vakuumiertes Essen mitbringen lassen. – Warum? Niemand konnte sich daran zu schaffen machen, ohne dass man es mitbekam. Diese Lektion hatte ich schon in jungen Jahren lernen müssen und dachte daran, wie der Oberst uns im Sommer allen ein

Eis mitgebracht hatte und ich nach fünf Minuten bereits dachte, ich müsste an Magenschmerzen und Erbrechen krepieren.

Traue niemandem, hatte er immer gesagt. Und diesen Rat hatte ich seither immer beherzigt.

Außerdem sprachen wir hier von Treason. Umbringen würde er keinen. Er war kein Mörder. Aber bewusstlos machen und alle dem Oberst ausliefern? Absolut denkbar!

Ich sah zu, wie er die Pizzaschachteln an die Mädchen verteilte.

Eins, zwei, drei, vier ... – *Moment!*

Ich stellte mein Essen unangerührt auf den Boden. Dann ging ich langsam zu Treason und baute mich hinter ihm auf. Die Arme vor der Brust verschränkt.

Treason schien mich noch nicht wirklich bemerkt zu haben. Er war zu beschäftigt, sich seine Pizza reinzuschieben. Genau wie die restlichen Mädels. Alle, außer Hope.

Sie schaute immer wieder aus dem Fenster. Danach zurück zur Tür. Sie hatte es bemerkt.

»Treason?«, sprach ich ihn an.

Er zuckte fast unmerklich zusammen. Dann drehte er sich vorsichtig zu mir um.

»Wo ist Love?«

»Ich kann das erklären«, versuchte er mich direkt abzuwehren, doch ich hatte ihn schon gepackt.

»Du mieser Verräter! Ich wusste es!«, blaffte ich ihn an und hatte ihm blitzschnell seinen rechten Arm auf den Rücken gedreht.

Treason quiekte und ließ seinen Pizzakarton fallen.

Hope starrte ihn ungläubig an. Sie trat näher. In ihren Augen stand pure Fassungslosigkeit.

»Was ist mit ihr?«, fragte sie. Ihre Stimme klang leicht brüchig.

»Ich ... Sie ist weg«, antwortete er.

»Hast du sie etwa zu Hate zurückgebracht?« Ich drehte seinen Arm noch etwas weiter nach hinten. Er sollte es bloß nicht wagen, mich anzulügen.

»Nein! Mann! Bist du verrückt?« Er versuchte sich loszumachen, doch ich hatte ihn fest im Griff.

»Wo ist sie dann?«, verlangte ich zu wissen.

»Du hattest versprochen, sie mir wieder heil zurückzubringen«, kam es leise von Hope. Ihre Augen begannen zu schimmern. Die Enttäuschung stand ihr ins Gesicht geschrieben. Aber gut. So ging es vielen, die Treason vertraut hatten. Für mich war das nichts Neues.

»Sag schon, was du mit ihr gemacht hast!«, forderte ich ihn erneut auf.

Treason ächzte. »Ich sag ja alles, aber kannst du mich loslassen? So kann ich schlecht reden«, schnaufte er angestrengt.

Ich lockerte meinen Griff. Minimal.

»Oh! Großzügig!«, murrte Treason.

»Reiz mich nicht«, erwiderte ich tonlos.

Treason bewegte sich und sofort verstärkte ich meinen Griff wieder.

»Alter! Du bist echt eine Nervensäge!«, maulte er. »Hope? Würdest du bitte in meiner linken Hosentasche nachsehen?«

Ich wollte danach greifen, da quietschte Treason wieder:

»Ich bin nicht schwul, Mann!«

Ich knirschte mit den Zähnen.

Hope griff ohne auf unser Geplänkel einzugehen in Treasons Hosentasche, und holte einen Zettel hervor.

»Gott! Niemals hätte ich gedacht, dass ich eine Frau dazu auffordern muss, mir in die Hose zu greifen!«, stöhnte Treason kläglich. Doch niemand beachtete ihn. Alle starrten wie gebannt auf das Stück Papier, das Hope in den Händen hielt.

Sie klappte es auf und las. Ihre Augen schimmerten mehr, doch ansonsten zeigte sie keine Gefühlsregung.

»Nun sag schon: Was steht da drauf?«, fragte Honesty als Erste.

Hope schaute sie an. Dann gab sie ihr kommentarlos den Zettel. Ich war sicher, dass sie ihn auch nicht hätte vorlesen können. Sie kämpfte mit sich. Mit sich und mit ihren Tränen. Und mit dem Wortlaut auf dem Zettel – wie auch immer er lautete.

»Lies vor!«, befahl Mercy und schaute Honesty aufmerksam an.

Honesty räusperte sich kurz. Auch sie hatte die wenigen Zeilen schon kurz überflogen. Zumindest ihrem traurigen Gesichtsausdruck nach zu urteilen. Dann las sie laut vor:

»Liebe Hope, liebe Schwestern. Es tut mir leid, doch ich kann nicht mehr zurück zu euch. Ich bin kaputt. Hate hat mich kaputt gemacht und ich möchte nicht, dass euch meinetwegen – oder am Ende durch meine Hand – etwas passiert. Es tut mir schrecklich leid! Ich wollte das alles nicht!«

Selbst ich musste angesichts dieser Zeilen schlucken.

Ich sah zu den Mädels. Nicht nur Honesty und Mercy liefen Tränen über die Wange, sondern auch Vic und das, obwohl sie Love nicht einmal wirklich kannte. Doch sie alle weinten nicht laut.

Hope starrte einfach nur vor sich hin. Entweder war sie zu geschockt für eine weitere Reaktion oder sie riss sich zusammen. Für ihre Schwestern. Mal wieder.

»Ich war nur kurz in der Pizzeria. Love wollte im Auto bleiben. Nachdenken, wie sie mir sagte. Als ich wiederkam, war sie weg und der Zettel lag auf dem Beifahrersitz«, beteuerte Treason.

»Ach ja? Und warum hast du das nicht direkt beim Eintreffen gesagt?«, fragte ich.

»Wie denn?! Ich war ja noch nicht einmal richtig angekommen, da bist du direkt wie eine Hyäne auf mich losgegangen!«, protestierte er.

Hope schaute mich an. »Du kannst ihn loslassen«, flüsterte sie.

Mit hochgezogenen Brauen sah ich sie an. War das ihr Ernst?!

»Es ist Loves Handschrift«, erklärte sie.

»Und wenn er sie gezwungen hat?«, wandte ich ein.

Hope schaute Treason an. »Hast du das?«, fragte sie ihn.

»Natürlich nicht!«

»Im Zweifel für den Angeklagten, oder wie war das?«, sagte Hope, auch wenn sie nun selbst weniger überzeugt klang.

»Ich glaube ihm«, mischte sich Honesty ein.

Ich schnaubte. Na toll!

Dann wandte ich mich an Hope: »Ich bin ein Improba, Hope. Ich spüre, wenn Menschen schlecht sind. Und Treason –«

Doch sie ließ mich nicht ausreden. »Und ich bin eine Proba, Despair. Ich spüre es, wenn Menschen gut sind. Und Treason hat eindeutig eine gute Ader.«

»Ich spüre das auch«, sagten Mercy und Honesty gleichzeitig.

»Er scheint doch wirklich ganz nett zu sein«, mischte sich nun auch Vic ein.

War das zu fassen?!

Ich holte tief Luft. Dann ließ ich Treason wieder los, der sich wehleidig den Arm rieb.

»Wenn das mal kein Fehler ist«, kommentierte ich trocken.

Ich wollte mich eigentlich wieder meinem Essen widmen, doch da kam Hope zu mir. Sie schlang ihre Arme um meine Körpermitte und drückte mich fest an sich. Ich spürte, wie ihr Körper leicht bebte. Weinte sie etwa?

Ich konnte weder etwas hören noch sehen. Trotzdem war ich mir sicher und nahm sie schützend in die Arme.

Wir standen bestimmt fünf Minuten in dem Raum. Ohne dass jemand ein Wort sagte. Die Mädchen nagten nur zaghaft an ihrer Pizza. Und auch Treason schien der Appetit vergangen zu sein.

Nach und nach wurde Hopes Beben schwächer. Dabei tat ich gar nichts. Ich hielt sie einfach nur fest.

Nachdem sie sich etwas beruhigt hatte, löste sie sich wieder von mir.

»Danke«, flüsterte sie und ging zurück zu den Mädels.

»Hope, du musst etwas essen«, sagte Honesty und reichte ihr die mit Sicherheit mittlerweile kalt gewordene Pizza.

Hope lehnte ab. Dann sah sie zu mir und nahm doch ein Stück.

Ich lächelte.

»Was meint ihr, wo Love hin ist?«, fragte Mercy.

Hope zuckte mit den Schultern. »Vielleicht da, wo Modesty ist«, seufzte sie und biss lustlos ein kleines Stück ihrer Pizza ab.

»Sie haben doch ihre Handys dabei, oder? Zur Not könnten wir sie orten lassen, sowie sie sie einschalten«, versuchte Treason sie aufzumuntern.

Eigentlich war das ja nett von ihm, dennoch hatte ich das starke Gefühl, dass er in irgendeiner Form Dreck am Stecken hatte. Ich wusste nur noch nicht, wie.

Hope lächelte ihn dankbar an, doch dann schüttelte sie den Kopf. »Modesty und Love sind meine Freundinnen. Ich will ihnen weder hinterher spionieren, noch sie zu irgendetwas nötigen. Wenn sie der Meinung sind, dass sie erstmal etwas Abstand brauchen, muss ich das wohl akzeptieren.«

Das waren starke Worte, die Hope da sprach. Dabei sah ich genau, wie sie sich jetzt schon um sie sorgte.

Aber sie hatte Recht: Wenn die beiden entschieden hatten, erst einmal für sich sein zu wollen, musste sie das wohl oder übel zulassen.

6. Kapitel

Mein erster Gedanke am nächsten Morgen galt Love und Modesty. Wie die beiden wohl die Nacht verbracht hatten? Jede für sich? Oder zusammen? Und ging es ihnen gut?

Ich schlüpfte als Erste aus dem Bett, welches ich mir mit Vic geteilt hatte, und ging ins Badezimmer, um mir das Gesicht mit kaltem Wasser zu waschen. Mercy und Honesty, die sich zusammen auf die Couch gequetscht hatten, schliefen noch.

Es wäre gelogen, wenn ich sagen würde, dass ich nicht geschockt über Loves Nachricht war. Und natürlich wüsste ich sie und Modesty lieber bei mir. Doch ich durfte dabei nicht nur an mich denken.

Als Love sich gestern auf mich gestürzt hatte und nicht mehr zu bremsen war, kamen mir direkt meine übrigen Schwestern in den Sinn. *Ich* hätte mich im Notfall wehren können. Zwar hatte ich Hemmungen, Love etwas zu tun, das gab ich unumwunden zu. Aber ich hätte mich verteidigen *können*. Meine Schwestern allerdings ... Fraglich ...

Und wer wusste schon, ob ich immer da war, um ihnen zu helfen?

Erneut spritzte ich mir Wasser ins Gesicht. Dann machte ich mich fertig für den Tag.

Als ich zum ersten Mal in diesem Etablissement abgestiegen war, hatte ich weiter vorne in der Nähe der Anmeldung einen kleinen Kiosk entdeckt. Ich hatte mir vorgenommen, dort heute Morgen für unser Frühstück zu sorgen – in der Hoffnung, die ohnehin schon gedrückte Stimmung dadurch etwas auflockern zu können.

Leise schlich ich aus dem Appartement und warf einen kurzen Blick zum Nachbarzimmer. Treason und Despair schliefen wohl ebenfalls noch. Zumindest rührte sich nichts.

Eiligen Schrittes ging ich hinüber zum Kiosk. Ich wusste, dass ich besser jemanden hätte Bescheid geben sollen, aber erstens wollte ich niemanden wecken und zweitens sollte es für alle eine kleine Überraschung werden.

Unauffällig schaute ich mich um. Alles war ruhig.

»Guten Morgen«, grüßte ich den Kioskbesitzer.

»Guten Morgen, Schätzchen. Was darf's denn sein?«

»Ich hätte gerne sechs ...« Ich stockte. Mir lief es kalt den Rücken hinunter, als ich das sah.

»Ist was, Schätzchen?«, fragte der Kioskbesitzer verwirrt.

»Ich ...« Doch ich brachte keinen Ton heraus. Ich warf ihm fünf Dollar auf den Tisch, schnappte mir die *New York Times* und rannte damit zu Despairs Zimmer.

Wie eine Verrückte hämmerte ich gegen die Tür. Keine zwei Minuten später wurde mir aufgemacht.

»Was ist denn los?«, fragte Despair alarmiert. »Was hast du?« Despair war zwar schon angezogen, doch er schien noch nicht allzu lange wach zu sein. Leicht verunsichert fuhr er sich durch sein dunkles Haar.

Ich huschte an ihm vorbei und drehte mich wieder zu ihm um. Despair schloss leise die Zimmertür.

»Du konntest es wohl echt nicht erwarten, Despair wiederzusehen, was?«, gähnte Treason mich an und rieb sich verschlafen seine Augen. Nur in Boxershorts bekleidet stand er vor mir, was Despair offenbar gar nicht gefiel. Zumindest blickte er Treason missbilligend an. Doch ich hatte gerade andere Sorgen! Und zwar GANZ ANDERE!

»Red keinen Müll«, pflaumte ich Treason an und schlug ihm die Zeitung vor die Brust. Mein Herz pochte mir bis zum Hals.

Langsam wollte er die Zeitung, die ich während meines Sprints zusammengerollt hatte, auseinanderfalten, da entriss Despair sie ihm auch schon und hatte sie mit zwei kurzen Handgriffen entrollt. Despair: ein Mann der Tat!

»Siehst du's?«, fragte ich. Das ungute Gefühl wurde stärker.

Despair nickte langsam. Ob er einfach nur zu erschüttert war, um etwas dazu zu sagen, oder ob er nur nicht wusste, was, blieb mir verborgen.

»Und jetzt?«, fragte ich aufgewühlt.

»Hallo?! Könnt ihr mich mal bitte aufklären?«, mischte Treason sich ein.

Despair hielt ihm die Zeitung hin.

»Blonde junge Frau tot aufgefunden. Herkunft unbekannt. Polizei aus Phoenix bittet um Mithilfe«, las Treason laut vor.

Eine Gänsehaut kroch mir eiskalt über den gesamten Körper.

»Ich weiß es nicht«, sagte Despair ehrlich.

»Meinst du, es ist Loyalty? Oder Modesty? Oder Love?«, fragte ich leise. Ich war nicht sicher, ob ich darauf überhaupt eine Antwort hören wollte.

»Wäre möglich«, erwiderte Despair ernst.

»Meine liebste Loys?«, rief Treason bestürzt.

Despair zog abfällig die Brauen nach oben. Man sah ihm deutlich an, dass er Treason das nicht abkaufte. Ich selbst wusste nicht, was ich davon halten sollte. Eigentlich war ich fest davon überzeugt, dass er in Loyalty verliebt war. Aber jetzt wirkte sein Ausruf einfach nur übertrieben und unglaubwürdig. Ob Despair am Ende doch Recht hatte?

»Was machen wir jetzt?«, fragte ich Despair wieder.

»Hinfahren und nachsehen«, kam als knappe Antwort.

Ich schluckte. Was, wenn es wirklich eine meiner Schwestern war? Könnte ich überhaupt damit umgehen? Würde ich das verkraften?

Ich hatte Angst. Schreckliche Angst!

Despair spürte es. Allerdings vermutete er einen anderen Grund.

»Es könnte auch sein, dass das Ganze eine Falle ist ...«, murmelte er.

Treason bekam große Augen. Offensichtlich war ich nicht die einzige, die nicht so weit gedacht hatte.

»Na ja, merkwürdig ist das schon ... Einerseits bittet die Polizei um Mithilfe, andererseits veröffentlicht sie kein Foto. Das setzt voraus, dass man verlangt, dass Betroffene persönlich vorstellig werden«, fügte er hinzu.

Beeindruckt nickte ich. Despair war immer so umsichtig und überlegt. Hinter seiner Stirn arbeitete ein messerscharfer Verstand.

»Dann können wir nicht dorthin«, sagte Treason bestimmt, doch nun schwang auch ein wenig Furcht in seiner Stimme mit, wie mir schien.

»Es könnte aber auch sein«, Despair warf mir einen entschuldigenden Blick zu, »dass die Leiche zu entstellt ist und ihr Foto deswegen nicht öffentlich abgedruckt wird. Denn wer jemanden vermisst, wird sich ja melden«, führte er weiter aus.

Ich schluckte erneut schwer. Despair hatte vollkommen Recht. Nur diese zwei Möglichkeiten blieben.

»Trotzdem«, antwortete Treason entschieden.

Despair schnaubte. »Ist wohl doch nicht so weit her mit deiner Liebe zu *Loys*, was? Du bist so ein Feigling, Treason!«

Treason schaute schuldbewusst gen Boden. Obwohl ich genau das Gleiche gedacht hatte, tat Treason mir leid. Wenn er wirklich Angst hatte, konnte man ihm das nicht negativ auslegen.

»Aber egal. Ist wohl sowieso besser, wenn ich alleine fahre«, sagte Despair.

»Nein! Ich komme auf jeden Fall mit«, beschloss ich.

»Bist du verrückt?!«, fragte Despair.

»Nein. Aber du, wenn du denkst, du könntest das alleine regeln«, entgegnete ich.

Treason seufzte. »Dann komme ich eben auch mit.«

Überrascht sahen wir ihn an.

Treason zuckte hilflos mit den Schultern. »Hab ich denn eine andere Wahl? Außerdem hat sie Recht, Alter«, pflichtete Treason mir bei. »Wenn es wirklich eine Falle vom Oberst ist und er uns – oder speziell Hope – einfach nur zu sich locken will, haben wir zu dritt bessere Chancen.«

»*Zu dritt*«, schnaufte Despair. »Ganz ehrlich, Leute: Ich weiß euer Engagement in gewisser Weise zu schätzen, aber ich will weder dich, noch Hope dabeihaben«, lehnte er unser Hilfsangebot rigoros ab.

»Tja ... dumm nur, dass du das nicht alleine zu entscheiden hast«, entgegnete ich ebenso entschieden.

»Hope, bitte! Du bist ohne Frage eine talentierte Kämpferin. Und ich bin überzeugt davon, dass du mir mit dem einen oder anderen intelligenten Einfall helfen könntest. Aber halte mich bitte nicht für chauvinistisch, wenn mir lieber wäre, dass du hierbleibst ...« Despair setzte einen regelrecht flehenden Gesichtsausdruck auf.

Trotzdem konnte ich ihm diesen Gefallen nicht tun.

»Tut mir leid, Despair. Aber du hast sicher auch Verständnis dafür, dass ich, sollte es sich tatsächlich um eine meiner Schwestern handeln, unbedingt dabei sein möchte.«

Ich sah ihm kurz in die Augen, bevor ich meinen Blick senkte. »Auch, wenn ich Angst vor der Wahrheit habe«, fügte ich noch leise hinzu.

Despair schwieg einen Moment. Dann strich er mir sanft über meine Wange und hob mein Gesicht an, so dass ich ihn wieder anschauen musste.

»Ich versteh's«, antwortete er sanft. Ich finde es nicht gut, aber ich versteh's.«

»Also fahren wir zusammen?«, fragte ich hoffnungsvoll.

Despair nickte.

»Gut, dann gebe ich jetzt meinen Schwestern und Vic Bescheid.«

»Frühstück«, quiekte Treason und machte durch ein Winken auf sich aufmerksam.

Ich zog die Brauen verständnislos nach oben. Wie konnte er jetzt an Essen denken?!

»Ach, komm schon«, interpretierte er meinen Gesichtsausdruck richtig. »Treason muss essen, damit Treason groß und stark bleibt.«

Ich schüttelte nur schnaubend den Kopf, nicht Willens, etwas darauf zu erwidern.

Wohl, um mich ein wenig aufzumuntern, stellte sich Despair demonstrativ neben ihn. Größer und stärker.

»Ach Mann!«, beschwerte sich Treason. »Dann halt, damit mein stählerner Körper so muskulös bleibt.«

Zuerst dachte ich, Despair würde wieder eine Grimasse schneiden, weil er von Treasons Selbstverherrlichungen genervt war. Doch dann grinste er mich frech an und kniff Treason in seinen schmäleren Bizeps.

Auf meine Lippen stahl sich ein kleines Lächeln. Despair war zwar nicht so ein Sprücheklopfer wie Treason – was ich persönlich sehr schätzte –, besaß aber dennoch Humor. Und dass er Treason jetzt ein bisschen foppte, wirkte sogar wie ein zumindest vorübergehendes Friedensangebot auf mich.

»Mann, du bist echt ein Arsch!«, maulte Treason und boxte Despair gegen den Oberarm. Ich war mir sicher, dass das weh getan haben musste, doch Despair ließ sich nichts anmerken. Ums Verrecken nicht. Diese Genugtuung würde er Treason niemals geben.

»Okay, dann hol du dein Frühstück, wenn es denn sein muss, und ich geh schon mal zu meinen Schwestern«, beendete ich ihren Minidisput und wandte mich zur Tür. »Da vorne ist ein Kiosk. Du kannst dir ja vielleicht eine Ausrede für mich einfallen lassen, warum ich so überstürzt weggerannt bin«, fügte ich verschämt hinzu.

»Da vorne wolltest du Frühstück holen? Ja bist du denn lebensmüde? Weißt du eigentlich, dass der Typ seine Hände öfter in seiner Hose hat als auf der Theke?«, polterte Treason los.

»Igitt«, kommentierte ich und verzog angewidert das Gesicht, wollte mir darüber aber keine weiteren Gedanken machen.

»Ganz in der Nähe ist ein Diner. Ich hol da was«, sagte Treason und schüttelte sich noch einmal demonstrativ.

Ich zuckte nur mit den Schultern und schaute Despair an. »Kommst du mit mir?«, fragte ich ihn.

Er schüttelte jedoch den Kopf. »Ich begleite besser Treason. Nicht, dass er noch auf dumme Gedanken kommt und während seiner Abwesenheit dem Oberst steckt, dass wir gleich zur Polizei wollen.«

Er warf Treason einen mahnenden Blick zu, der jedoch nur entnervt seufzte.

Was war ich froh, Despair an meiner Seite zu haben, schien er doch einfach an alle Eventualitäten zu denken.

Während die Jungs losfuhren, betrat ich unser Appartement und sah in die bedröppelten Gesichter von Honesty und Mercy. Und auch wenn es mich zuerst verunsicherte, stellte ich erfreut fest, dass Vic direkt neben ihnen saß. Das hieß wohl, sie hatten sich schon ein wenig angefreundet. Was für ein Glück!

»Ist irgendetwas?«, fragte ich vorsichtig.

Honesty reichte mir wortlos ihr Handy. Sie hatte eine Nachricht bekommen. Von Love.

Liebe Schwestern, es tut mir aufrichtig leid, dass ich einfach so abgehauen bin. Doch ich brauche erst mal Zeit für mich. Bitte sucht nicht nach mir und sagt vor allem Hope, dass sie das nicht tun soll. Wenn ich mich wieder gesellschaftsfähig fühle, komme ich zurück. Versprochen! Bitte habt Verständnis. Love, Love.

Mir fiel ein riesiger Stein vom Herzen und ich atmete erleichtert aus.

Verständnislos schauten mich meine Schwestern an. Selbst Vic. Aber sie konnten ja nicht wissen, warum ich mich über die wenigen Zeilen freute – auch wenn der Inhalt der Nachricht nicht besonders schön war.

Zum einen bestärkte sie mich natürlich in meiner Entscheidung, Love erst einmal den gewünschten Freiraum zu lassen. Vor allem auch zum Wohle meiner anderen Schwestern, die einfach weniger »wehrhaft« waren. Mir war durchaus bewusst, dass Love vermutlich am meisten durchgemacht hatte und ebenfalls Hilfe benötigte. Doch während meiner Arbeit, unter anderem auch in psychiatrischen Kliniken, hatte ich eins gelernt: Man konnte einer Person nur helfen, wenn sie das selbst auch wollte. Und Love schien aktuell noch nicht dafür bereit zu sein – so schwer mir diese Erkenntnis auch fiel. Zum anderen hatte diese Nachricht aber auch eine essentiell wichtige Botschaft für mich: Love lebte! Und das allein zählte!

»Du freust dich darüber?«, fragte Mercy beinahe vorwurfsvoll.

Auch das stimmte mich froh. Obwohl es in der Tat ziemlich anklagend klang, aber Mercys Reaktion zeigte mir nur, dass sie ihr Pro nicht verloren hatte und sie gemäß diesem jetzt schreckliches Mitleid für Love empfand.

Ich stieß einen tiefen Seufzer der Erleichterung aus. So viel Hoffnung wie gerade eben hatte ich in der ganzen letzten Zeit nicht mehr verspürt.

»Ja, ich freue mich tatsächlich«, beantwortete ich Mercys Frage. Doch bevor sie weiter nachhaken konnte, fuhr ich fort: »Ich wollte uns heuten Morgen eigentlich Frühstück besorgen und da sah ich den Header einer Zeitung, welcher besagte, dass eine junge blonde Frau tot aufgefunden worden sei, sie aber die Herkunft nicht wüssten und um Mithilfe bitten würden. Love kann es ja nun Gott sei Dank nicht mehr sein!«

Ich strahlte meine Schwestern an, doch diese warfen sich gegenseitig einen kritischen Blick zu. Dann senkte Mercy den Blick und Honesty machte mit nur einem einzigen Satz meine ganze Hoffnung zunichte:

»Die Nachricht ist schon von gestern Abend.«

»WAS?!«, fragte ich ungläubig, navigierte mich zum Posteingang zurück, um mich selbst davon zu überzeugen.

Honesty hatte Recht.

»Ich ... Warum hast du mir dann gestern Abend nicht schon Bescheid gegeben?«, fragte ich mit belegter Stimme.

»Weil *dein Freund* uns verboten hat, die Handys anzulassen, und ich sie selbst eben erst gelesen habe«, erwiderte sie spitz.

Entgeistert blickte ich Honesty an. Die Art, wie sie »dein Freund« ausgesprochen hatte, passte mir ganz und gar nicht. Zwar war ich von ihr gewohnt, dass sie kein Blatt vor den Mund nahm, doch diese schnippische Art war mir neu.

Nachdenklich runzelte ich die Stirn. Während ich gestern noch den Eindruck hatte, zwei farblose, abgestumpfte Probas vor mir zu haben, war ich nun der Meinung, dass Mercy sich wieder auf ihr Pro besann, doch Honesty sich stattdessen in eine unschöne Richtung entwickelte. Ich hoffte inständig, dass dies nur eine Momentaufnahme angesichts dieser Hiobsbotschaft war und ich mich irrte.

»Okay. Nichtsdestotrotz werde ich mit Despair und Treason der Sache auf den Grund gehen. Kann ich mich darauf verlassen, dass zumindest ihr hierbleibt?«, fragte ich. Dass unser Vorhaben eine mögliche Falle sein könnte, mussten sie ja nicht wissen. Das würde sie nur unnötig beunruhigen.

»Natürlich, Hope«, erwiderte Mercy und auch Honesty nickte, wenn auch weniger elanvoll.

»Absolut!«, bestätigte mir Vic, welche bisher geschwiegen hatte. Die Arme! Wo hatte ich sie da nur reingezogen?

»Wirklich?«, fragte ich sicherheitshalber noch einmal nach. Schließlich hatte ich dieselben Worte von Love schon mal gehört.

»Ich pass auf die beiden auf, okay?«, erwiderte Vic.

Ich ging zu ihr und drückte sie dankbar.

»Hey, Ladys, jemand Hunger?«, kam Treason zur Tür hineingeplatzt. Despair folgte ihm.

»Auf jeden Fall!«, sagte Vic und riss ihm förmlich einen Kaffee und ein Gebäckstück aus der Hand. »O mein Gott! Zimtschnecken! Ich liebe die!«, quiekte Vic vergnügt und machte sich direkt darüber her.

»Tja, Baby. Ich weiß, was Frauen wollen«, entgegnete Treason lässig und Vic schenkte ihm dafür einen zuckersüßen Augenaufschlag, wenn sie auch danach verstohlen in meine Richtung schielte.

Ich grinste gutmütig.

»Bist du bereit?«, fragte Despair und reichte mir ein Croissant.

Ich lächelte, als ich es sah. Er hatte nicht vergessen, dass ich die am liebsten aß.

Treason verfolgte Vics Blick auf mein Croissant. »Hier kriegt jeder, was er will«, kommentierte er und zwinkerte ihr zu.

Dieser Schwerenöter!

»Ich hoffe nur, dass wir bei unserer geheimen Mission am Leben bleiben werden«, fügte er melodramatisch hinzu.

»*Was?!*«, riefen Honesty, Mercy und Vic gleichzeitig.

»Ja, Ladys. Wir begeben uns gleich in Lebensgefahr und es steht in den Sternen, ob wir das überstehen. Aber wir sind echte Männer. Wir fürchten uns vor nichts«, ergänzte er filmreif.

Ich verdrehte die Augen. So ein Angeber! Außerdem hatte er die Mädchen mit seiner Ansage nun doch verunsichert – etwas, das ich unbedingt vermeiden wollte.

Despair knurrte. »Schiss hattest du, du *echter* Mann. Als einziger.«

Pikiert sah Treason Despair an, doch ihm schien nichts dazu einzufallen.

»Ist das wahr? Warum ist es gefährlich?«, erkundigte sich Vic besorgt. Eine Reaktion, die ich eigentlich zuerst von meinen Schwestern erwartet hätte.

»Es könnte eine Falle sein«, antwortete Treason für mich.

»Erinnerst du dich noch an den Oberst, von dem ich dir erzählt habe?«, fragte ich Vic.

Honesty und Mercy zuckten bei dem Namen zusammen.

Vic nickte langsam. »Dieser schrecklich skrupellose Kerl, oder?«

»Genau der. Despair vermutet, dass dieser Zeitungsbericht auch einfach eine Finte sein könnte, um uns zu ihm zu locken«, erklärte ich.

Vic schlug sich erschrocken vor den Mund.

»Aber wir werden vorsichtig sein«, versuchte ich sie zu beruhigen.

»Das hoffe ich«, meldete sich nun Mercy zu Wort und auch Honesty nickte beipflichtend.

Ich lächelte die beiden an.

Vic hingegen schien zu überlegen.

»Vergiss es!«, nahm ich ihr direkt den Wind aus den Segeln.

»Aber warum denn nicht?«

»Weil es viel zu gefährlich ist!«, erwiderte ich.

»Ähm … um was geht's, Ladys?«, fragte Treason neugierig.

Doch bevor ich erklären konnte, was Vic garantiert wieder vorhatte, antwortete sie für mich:

»Ich könnte doch dorthin gehen und schauen, ob es eine von euren Schwestern ist. Mich kennt der Oberst nicht. Ich spaziere einfach an ihm vorbei und wieder raus, als wäre nichts gewesen. – Falls er denn überhaupt da sein sollte. Ihr müsst mir nur Bilder von euren Schwestern zeigen.«

»Der Plan ist genial!«, rief Treason erfreut.

Ich verzog das Gesicht.

»Kannst du kämpfen?«, fragte Despair unvermittelt.

»Nein, aber das muss ich ja auch gar –«

»Dann vergiss es!«, unterbrach er Vic.

»Warum nicht? Ich passe dann so lange auf Honesty und Mercy auf!«, schlug Treason vor.

»*Du* passt auf niemanden auf«, bestimmte Despair.

Mein Gehirn schien sich regelrecht zu überschlagen. Ich versuchte, die intelligenteste Lösung zu finden, doch ich war überfordert. Alle Möglichkeiten, die ich gerade im Kopf durchging, hatten ihre Vor- und Nachteile. Ich konnte mich keinesfalls für eine entscheiden.

»Wirklich, Hope. Ich mache das gern. Erinnere dich an die Sache mit deinem Dad und der Karte. Da war ich auch ganz hilfreich, oder?«, sagte Vic.

»Absolut. Und dafür bin ich dir auch mehr als dankbar. Aber ich kann dich doch nicht schon wieder solch einer Gefahr aussetzen«, erwiderte ich.

»Warum Gefahr? Wie gesagt: Dieser komische Oberst kennt mich doch gar nicht. Wie soll er da Verdacht schöpfen? Ich melde mich einfach an, dass ich meine Cousine vermisse und ich die Befürchtung habe, dass ihr etwas zugestoßen ist. Dann werde ich noch ein bisschen hysterisch, werde von den Beamten sowieso als bekloppt abgestempelt und wieder heimgeschickt.« Vic lächelte überzeugt.

»Das ist DER Plan!«, bestätigte Treason ihr Vorhaben.

Despair packte Vic am Arm, zog den Ärmel ein Stück nach oben und entblößte ihren Verband. »Und was ist hiermit? Was, wenn Hate dort ist?«, wandte er berechtigt ein. Daran hatte ich schon gar nicht mehr gedacht.

»Dann tue ich einfach so, als hätte ich ihn gesucht und wollte eine Rückmeldung geben«, erklärte sie.

»Uns verraten?!«, riefen Honesty und Mercy entsetzt.

»Natürlich nicht!« Vic rollte mit den Augen. »Aber ich könnte ihn auf eine falsche Fährte locken ...«

»Das wäre ja noch viel perfekter!«, rief Treason begeistert. »Dann könntest du ihm weismachen, dass wir nach Europa abgehauen sind, und bevor er dahinterkommt, dass es eine Lüge ist, sind wir über alle Berge.«

Despair zog kritisch die Brauen nach oben. »Das ist viel zu riskant. Außerdem ist Hate kein Idiot. Und das weißt du.«

Ich seufzte schwer. Das alles war schrecklich kompliziert. Ich hatte das Gefühl, mein Kopf platzte gleich! Ich wollte niemanden in Gefahr bringen, doch wir konnten uns ja auch nicht ewig in diesem Appartement verkriechen und hoffen, dass der Sturm sich irgendwann von allein legte und alles in Vergessenheit geriet. Denn dass dies niemals passieren würde, war sogar mir klar.

Ich wandte mich direkt an Despair: »Versuche bitte, deine Entscheidung nicht zu sehr von deinem Impro beeinflussen zu lassen. Und mal Hand aufs Herz: Was sollen wir tun?«

»Das kommt ganz darauf an, inwiefern du bereit bist, einen möglichen Kollateralschaden zu akzeptieren«, antwortete er nüchtern.

»Gar nicht«, erwiderte ich, ohne großartig darüber nachzudenken.

»Also ich halte das auch für keine so schlechte Idee«, mischte sich Honesty nun ein, während Mercy diesmal beipflichtend nickte.

»Sag ich doch!«, murrte Treason.

»Was ist denn deine Alternative, Despair? Reingehen, erkannt werden und womöglich weggesperrt werden?«, fragte Vic ihn.

»Reingehen, Informationen beschaffen, rausgehen«, korrigierte er.

»Und wenn ihr angegriffen werdet?«, hakte Vic nach.

»Verteidigen.«

»Hope, bitte sei vernünftig! Du weißt, dass das schon mal geklappt hat und ich mache das wirklich gern für euch«, sagte Vic dann an mich gewandt, da sie offenbar merkte, dass sie bei Despair auf Granit stieß.

Ich rieb mir die Schläfen. Was sollte ich tun? Sollte ich Vic wirklich noch einmal dieser Gefahr aussetzen? Irgendwie hatte sie ja Recht. Ihre Methode wäre sicher die unkomplizierteste und auch ungefährlichste. Fragte sich nur, für wen ...

Ich schaute noch einmal hilfesuchend in die Runde. Außer Despair und mir schien jeder von Vics Vorschlag überzeugt zu sein. Allerdings musste man auch dazu sagen, dass es leider genau die waren, die am wenigsten Ahnung von so einer Aktion hatten, Treason einmal ausgenommen.

»Na gut. Versuchen wir's«, sagte ich schließlich mit fester Stimme. Ich war zwar nicht im Mindesten von meinem Entschluss überzeugt, doch andererseits hatte sich Vics Methode schon einmal bewährt. Und hier rumzusitzen und immer wieder die gleichen Wenns und Abers zu diskutieren, brachte auch niemanden weiter.

»Treason ist dann also unser Aufpasser?«, fragte Honesty.

»Ich ...«, begann ich, doch Despair eilte mir zur Hilfe:

»Ich glaube nicht, dass du das möchtest.«

»Warum nicht?«, fragte Honesty.

»Ich halte es für klüger, wenn Treason unter unserer Aufsicht bleibt und mitfährt«, antwortete er.

Treason zeigte Despair seinen Mittelfinger.

Ich selbst war hin und hergerissen. Ich wollte meine Schwestern nur ungern ohne Schutz zurücklassen. Aber ob ausgerechnet Treason die richtige Person dafür war?

»Ich weiß, was du denkst, Hope. Aber bitte bleib fair. Für die Sache mit Love konnte ich nichts und ich verspreche dir, dass ich gut auf deine Schwestern aufpassen werde.« Treason lächelte mich an.

Ich seufzte und gab mich geschlagen. Sollte während unserer Abwesenheit wirklich etwas passieren, wären meine Schwestern bestimmt froh, wenn sie Hilfe hätten.

»Okay, Treason. Aber enttäusch mich nicht«, mahnte ich und lächelte zurück.

Despair stieß Luft zwischen den Lippen hervor. Auch wenn er nichts gesagt hatte, hätte er seine Meinung über unseren Beschluss nicht deutlicher zum Ausdruck bringen können.

»Oder habt ihr was dagegen?«, fragte ich dann noch einmal meine Schwestern. Immerhin waren sie alt genug und hätten das theoretisch auch selbst entscheiden können.

»Nein, gar nicht«, antworteten Mercy und Honesty gleichzeitig.

»Gut. Dann wäre das ja geklärt. Kommt ihr?«, wandte ich mich an Despair und Vic, die beide nickten.

Nachdem wir das Appartement verlassen hatten, flüsterte Despair mir zu: »Auch auf die Gefahr hin, dass ich mich wiederhole: Ich glaube nicht, dass das eine gute Idee ist.«

»Was genau meinst du? Mit Vic oder mit Treason?«

»Beides. Aber Treason bereitet mir tatsächlich mehr Sorgen«, entgegnete er.

»Treason hat versprochen, aufzupassen«, begründete ich meine Entscheidung.

»Treason verspricht viel, wenn der Tag lang ist«, konterte Despair.

»Aber er hätte uns doch schon längst verraten und dem Oberst eine Nachricht schicken können, wo wir uns befinden, wenn er gewollt hätte. Oder meinst du nicht?«, erwiderte ich überzeugter, als ich mich fühlte.

»Treason ist ein Player. Das Ganze ist wie ein Spiel für ihn. Er zeigt sein wahres Gesicht erst, wenn ihm alle vollends vertrauen. Dann ist der Effekt größer«, widersprach Despair tonlos.

Ich schluckte. Und hoffte inständig, dass er nicht Recht behielt.

»Sag hinterher nicht, ich hätte dich nicht gewarnt«, fügte er noch hinzu und wir stiegen in seinen Wagen.

Die ganze Fahrt über redeten wir kein Wort miteinander. Auch Vic schwieg vor sich hin – und das, obwohl sie sonst ohne Punkt und Komma quasselte.

7. Kapitel

Despair

Ich parkte in einer Seitenstraße, unweit von der Polizeidienststelle in Phoenix entfernt.

»Hier«, ich reichte Vic meine Handynummer. »Speichere sie sofort ein. Falls wir getrennt werden.«

Vic nahm die Nummer entgegen und tat, was ich ihr gesagt hatte.

»Soll ich dir ihre Bilder noch mal zeigen?«, fragte Hope sie.

»Nein. Loyalty, Modesty und Love hab ich mir gemerkt.« Vic lächelte leicht. Dann atmete sie noch einmal tief durch und stieg aus.

»Wünscht mir Glück!«, sagte sie.

Ich nickte ihr zu, während Hope für sie die Finger kreuzte.

Dann huschte Vic aus der Seitenstraße. Ich sah ihr nach.

»Vic ist ganz schön mutig, was?«, meinte Hope, die meinem Blick gefolgt war.

»Das ist sie tatsächlich«, bestätigte ich. »Ich hoffe nur, dass sie es auch bleibt und nicht bei dem erneuten Anblick von Hate einknickt und uns verpfeift.«

Hope und ich stiegen nun ebenfalls aus und platzierten uns so, dass wir unbemerkt um die Ecke schauen und somit das Polizeigebäude beobachten konnten.

Gerade ging Vic hinein. Alles wirkte so friedlich. Ich erspähte weder den Wagen des Obersts, noch Hates Hummer oder sonst ein Auto meiner Brüder. Das war schon mal gut.

Wir standen da und warteten.

Und warteten.

Und warteten.

»Meine Güte, wie lange dauert denn so etwas?«, flüsterte Hope plötzlich ungeduldig.

Ich musste grinsen. Mir erging es nicht besser als ihr, aber von Hope hätte ich diese Aussage weniger erwartet.

»Sie ist schon fast zwanzig Minuten da drinnen!«, bemängelte sie weiter.

Ich legte ihr beruhigend den Arm um die Schulter. »Wer weiß, was sie da alles für einen Papierkram erledigen muss. Oder ob die Leiche dort überhaupt untergebracht ist. Mir ist zwar bekannt, dass die Polizeidienststelle im Keller einen kleinen Kühlraum hat, aber vielleicht sind sie auch ins offizielle Leichenschauhaus gefahren?«, erwiderte ich.

»Dann hätten wir sie ja wohl gesehen«, entgegnete Hope.

»Nicht unbedingt. Auf der anderen Seite des Gebäudes gibt es noch einen Eingang«, erklärte ich.

»Und das sagst du erst jetzt?!« Hope kniff die Augen zu schmalen Schlitzen zusammen. Sie klang verärgert.

»Mach dir keine Gedanken. Das hier ist der Haupteingang«, beschwichtigte ich sie. »Wenn irgendetwas Außergewöhnliches vorgefallen wäre, hätten wir das garantiert mitbekommen.«

Hope seufzte leise. Hatte ich sie etwas beruhigen können?

In Wahrheit betete ich, dass Vic wieder heil aus diesem Polizeipräsidium herauskam. Und, dass sie die Klappe gehalten und nicht Hate angerufen hatte. Ich wusste, wie »einprägsam« Hate sein konnte und es müsste schon an ein Wunder grenzen, wenn sie nicht wenigstens mit dem Gedanken spielen würde. Zudem war sie nur ein Mensch. Laut unserem Oberst ein Synonym für Schwäche. Blieb nur zu hoffen, dass sie so stark war, wie Hope glaubte. Ich hoffte …

Was für ein schönes, gleichzeitig aber auch beängstigendes und irrationales Gefühl!

»Ich glaube, sie kommt wieder raus«, flüsterte Hope mir zu.

Ich konnte deutlich spüren, wie sich ihr Körper anspannte. Sie war sichtlich aufgeregt.

Und tatsächlich: Vic erschien mit zwei Beamten im Schlepptau oben an der Treppe, die aus dem Präsidium herausführte.

»Was redet sie da so lange? Kennst du einen von denen?«, fragte Hope.

»Nein«, erwiderte ich knapp.

»Kein Bruder? Kein Oberst?«, hakte Hope noch einmal nach.

»Nein. Warum fragst ... – Hope warte!«

Ich versuchte noch, sie am Arm festzuhalten, doch sie entwischte mir. Verdammter Mist! Was sollte das werden?

Zuerst wollte ich hinterherlaufen, doch ich hielt mich zurück. Sollten tatsächlich Hate oder der Oberst in der Nähe sein, wäre es nicht besonders vorteilhaft, wenn sie uns zusammen sehen würden. Und sollten sie auf sie losgehen, konnte ich immer noch eingreifen. Bis zum Eingang war es nur ein Katzensprung, versuchte ich mich zu beruhigen.

»Vic! Gott sei Dank! Hast du etwas rausfinden können?«, rief Hope bereits von weitem und eilte im Laufschritt auf ihre Freundin zu.

Ich spitzte die Ohren. Zum Glück waren die beiden Polizeibeamten so tölpelhaft laut, dass ich ohne große Anstrengung mithören konnte.

»Ist das etwa ihre vermisste Cousine?«, fragte der eine Beamte Vic.

Ich atmete laut aus. Also war die Leiche demnach keine von Hopes Schwestern.

Auch Hope schien sich zu entspannen, zumindest, was ich auf die Entfernung mitbekam.

»Nein, Vic ist meine Schwester«, antwortete Hope für sie extra laut. Vermutlich, damit ich mithören konnte.

Die Beamten musterten Hope. Zu genau, als dass es angemessen gewesen wäre. Ich ballte ungewollt eine Faust. Hope war wirklich eine attraktive Frau. Aber musste man sie deswegen gleich so anschmachten?!

»Wir haben unterschiedliche Väter«, erklärte Hope kurzerhand.

»Sie hatten eindeutig den besseren«, erwiderte der eine Polizist, wofür er von dem anderen den Ellenbogen in die Rippen bekam. Gut so!

»Kann ich sonst noch etwas für die Damen tun?«, fragte der Andere.

»Nein, vielen Dank. Sie haben mir schon sehr geholfen«, entgegnete Vic, ebenfalls lauter als vorher. Sie hatte ziemlich schnell verstanden. Ob Hopes Schwestern genauso pfiffig gewesen wären?

Einer der Polizisten legte den Arm um Hope. Ich ließ meine Fingerknöchel knacken.

»Sind sie sicher, Miss?«

Hope machte sich freundlich, aber bestimmt von ihm los und nahm Vic bei der Hand. »Ganz sicher.«

»Schade. Und wir sollen wirklich keine Vermisstenanzeige aufgeben?«, hakte sein Kollege noch mal nach.

»Nein. Vermutlich sind wir einfach nur wieder viel zu besorgt und sie treibt sich bei irgendeinem Kerl herum«, antwortete Hope routiniert und zog Vic mit sich.

»Schönen Tag noch, die Damen«, verabschiedeten sich die beiden Polizisten und Hope und Vic drehten sich noch einmal kurz um und winkten, bevor sie die Polizeistation in eine andere Richtung verließen. Sehr schlau.

Ich setzte mich in den Wagen und wartete darauf, dass ich eine Nachricht erhielt, die besagte, wo ich die beiden abholen sollte.

Keine zwei Minuten bekam ich eine.:

Wenn du die Straße runterfährst, erreichst du einen Imbiss. Wir warten dort auf dich. Bitte komm uns holen. Hope

Ich startete den Motor und machte mich auf den Weg. Alles sah ruhig aus. Offenbar war es doch keine List gewesen. Was aber nicht hieß, dass wir uns jetzt in Sicherheit wiegen konnten.

Nachdem ich einen kleinen Umweg gefahren war, damit niemand sah, dass ich den beiden folgte oder wir zusammengehörten, sammelte ich sie wie vereinbart an dem Imbiss ein. Dann machten wir uns gemeinsam auf den Weg zurück zum Motel.

»Und?«, fragte ich neugierig, weil keine von beiden es für nötig hielt, mich zu informieren.

»Es war keine von Hopes Schwestern«, antwortete Vic nüchtern.

»Oookaaay ...«, erwiderte ich gedehnt. »Müsstet ihr euch darüber nicht freuen?«

Warum machten sie solche Gesichter? Bei Vic konnte ich es noch verstehen. Schließlich hatte sie gerade eine Leiche gesehen. Aber Hope doch nicht?

»Hm ...«, machte Vic einfach nur. Hope sagte gar nichts.

»Muss ich das verstehen? Glaubst du, es war jemand anderes, den du kanntest?«, mutmaßte ich und sah Hope direkt an. Doch sie schüttelte nur sanft den Kopf.

Ich knurrte. Wie ich es hasste, wenn man jemandem alles aus der Nase ziehen musste.

»Was war dann los?«, fragte ich ungehalten.

»Die Leiche«, sagte Vic.

»Die Leiche? Was war damit? War sie so entstellt, dass du nicht mehr sagen kannst?« Man möge mir verzeihen, aber ich zählte weiß Gott nicht zu den geduldigsten Wesen dieses Planeten.

»Das zum einen, ja«, erwiderte Vic ausweichend.

Wie vermutet. Deswegen war auch kein Foto in der Zeitung abgedruckt gewesen. Aber ihr Wortlaut machte mich stutzig.

»Was bedeutet *zum einen*? Was ist zum anderen?«, hakte ich nach.

»Na ja ... Sie... Die Leiche...«, stammelte Vic auf dem Rücksitz. Sie vermied es, meinem Blick im Rückspiegel zu begegnen. Hope saß noch immer stumm neben mir.

»Teufel noch mal! Spuck's schon aus!«, meckerte ich. »Was ist mit dieser beschissenen Leiche?«

Da hob Hope zum ersten Mal den Kopf und sah mich direkt an. Ihre Augen schimmerten leicht. »*Diese beschissene Leiche*, wie du dieses arme, unschuldige Mädchen nennst, wurde umgebracht. Wegen mir«, erwiderte sie bitter.

»Warum wegen dir?«, fragte ich etwas perplex. So ganz kam ich gerade nicht mit.

»Sie sieht aus wie Hope. Oder sieht ihr zumindest sehr ähnlich«, antwortete Vic für sie, weil Hope schon wieder aus dem Fenster schaute.

Ich nickte wissend. Das kam leider nicht überraschend. So funktionierte eine Säuberung. Das hieß: eigentlich nicht. Wir hatten nur den Auftrag, *alle* fehlgeleiteten Objekte zu eliminieren. Doch offenbar nahm Hate das nicht so genau. Oder gerade schon: Er wollte seine Sache wohl besonders gründlich machen und sich keine potentielle Proba durch die Lappen gehen lassen.

»Es könnte auch andere Gründe gehabt haben, warum sie umgebracht wurde«, versuchte ich die Situation etwas zu entspannen. Wenn das überhaupt möglich war.

»Ach ja?« Hope blickte mich wieder an.

»Na ja, vielleicht war sie auch ein bedauernswertes Vergewaltigungsopfer? Und war zur falschen Zeit am falschen Ort?« Ich wusste, dass das in Anbetracht der angeblichen Ähnlichkeit zwischen Hope und der Leiche eher unwahrscheinlich schien. Aber Zufälle gab es immer wieder. Nicht wahr?

»Ich würde das gerne glauben«, antwortete Hope sanft. »Doch ein ›normaler‹ Vergewaltiger hätte ihr mit Sicherheit nicht *I got you* auf die Stirn geritzt, oder?«

Ich schluckte. Dann schaute ich kurz zu Vic, die sich gedankenverloren über ihren verletzten Arm strich. Wie schlimm musste dieser Anblick für sie gewesen sein?

Hate war wirklich krank! Ich wollte gar nicht wissen, wie genau das arme Mädchen umgekommen war und was es alles durchmachen musste, bevor er es endlich erlöste. Und obwohl ich es nicht wollte, hatte ich plötzlich ein Bild vor Augen. Ein Bild, wie das Mädchen wimmernd zu seinen Füßen lag und immer wieder beteuerte, nicht Hope zu sein, und er es einfach ignorierte und mit dem weitermachte, was auch immer er getan hatte.

Ich musste unbedingt etwas unternehmen. Hope durfte diesem Perversen auf keinen Fall in die Hände fallen!

»Es ist allerhöchste Zeit, dass wir uns Gedanken darüber machen, wie es weitergeht«, platzte ich gleich heraus.

»Was genau meinst du?«, fragte Hope.

»Am besten, wir bringen dich außer Landes«, entgegnete ich.

»Nein.«

»Wie nein?« Verdutzt sah ich sie an. Sie wollte doch unter diesen Umständen nicht hierbleiben, oder?

»Ich kann nicht«, sagte Hope.

»Warum nicht?«

»Loyalty ist weg, Love ist weg, Modesty ist weg ...«, begann sie aufzuzählen.

»Love und Modesty sind freiwillig gegangen«, unterbrach ich sie.

»Loyalty nicht. Doch das ist auch völlig egal. Ich kann meine Schwestern nicht alleine hierlassen, wenn solch ein Verrückter Jagd auf uns macht.«

Ich seufzte. Irgendwie hatte ich diese Argumentation erwartet. Dennoch war sie sich wohl nicht bewusst, dass es hier weniger um ihre Schwestern ging, sondern dass sie das eigentliche Hauptziel war.

»Und was schlägst du stattdessen vor?«, erkundigte ich mich betont ruhig.

»Wir stellen ihm eine Falle.«

»Hate?«, fragte ich skeptisch.

Hope nickte überzeugt.

»Hate tappt nie in Fallen«, erwiderte ich. »Und falls doch, ist das auch kein Problem für ihn. Solange du Hate nicht direkt mit einem Kopfschuss niederstreckst, wird er sich auch aus der ausweglosesten Situation wieder befreien können.«

»Ich bin mir sicher, dass wir zu dritt mit ihm fertig werden«, sagte Hope entschlossen.

»*Zu dritt?*«, fragte ich ungläubig. Sie hatte doch wohl nicht ernsthaft vor ...

»Treason, du und ich!«

Doch, hatte sie. – Oh Mann!

»Vergiss es! Wenn, dann sind wir nur zu zweit«, antwortete ich.

Hope schnaubte. »Warum? Lass Treason doch helfen! Lass ihn sich beweisen!«

Jetzt war ich es, der schnaubte. »Ja, ich kann mir das lebhaft vorstellen! Wir zwei stehen in der ersten Reihe, Treason, der Angsthase, hinter uns. Und sobald er Hate sieht, wird er die Seiten wechseln – wenn er überhaupt jemals auf unserer Seite gewesen ist – und uns von hinten angreifen.«

»Das kannst du nicht wissen«, entgegnete sie stur.

»Stimmt. Aber ich möchte es auch nicht ausprobieren«, hielt ich ebenso starrköpfig dagegen.

Dann schwiegen wir. Auch Vic, die unseren Schlagabtausch ohnehin stumm verfolgt hatte.

»Und was schlägst *du* vor?«, fragte Hope nach einer Weile.

»Zuallererst müssen wir unser Quartier wechseln. Oberste Priorität. Wenn Hate jetzt schon so übereifrig ist, dass er sogar Unschuldige umbringt, war es anscheinend doch keine so gute Idee von mir, so lange dortzubleiben – abgeschiedene Lage des Motels hin oder her.«

»Na ja, bis jetzt hat es doch ganz gut geklappt«, sagte Hope und lächelte leicht.

»Das ist richtig. Aber trotzdem ... Wie konnte ich nur so leichtsinnig sein?!« Ich fuhr mir entnervt durch die Haare. »Soll ich dir mal verraten, was uns als Goldene Regel beigebracht wurde, wenn man nicht gefunden werden will? Verweile niemals länger als vierundzwanzig Stunden an ein und demselben Ort. Nur wer stehenbleibt, kann eingeholt werden«, erwiderte ich.

Hope nickte. Offenbar kannte sie diese Regel. Es hätte mich auch schwer gewundert, wenn nicht. Immerhin waren *sie* zur Flucht erzogen worden. – Nicht *wir*.

»Aber wenn wir auf der Stelle woanders hingehen, können uns meine Schwestern nicht finden«, wandte Hope etwas niedergeschlagen ein. Zwar glaubte ich sowieso nicht daran, dass die Mädchen wiederkamen; schon gar nicht Modesty, aber gut.

»Honesty und Mercy haben doch Handys, auf denen sie erreichbar sind. Dann müsst ihr halt darüber kommunizieren«, entgegnete ich verständnisvoller. »Wir sollten nur wirklich zusehen, dass wir den Aufenthaltsort wechseln. Hate ist ja offenbar stetig auf der Suche und umso länger wir an einem Platz verweilen, desto einfacher wird es für ihn.«

»Ich denke auch, dass wir tun sollten, was Despair sagt«, mischte sich Vic auf einmal ein. »Er kennt seine Brüder schließlich am besten, weiß, wie sie ticken, wie sie handeln, wie womöglich ihr nächster Schritt aussehen könnte ...«

Hope seufzte. Dann willigte sie ein. »Ihr habt mich überzeugt.«

»Gut. Wir sind ohnehin fast da.« Mit diesen Worten bog ich bereits in die Straße ein, die zum *Snuggling in* führte. Ich parkte wie gewohnt hinter dem Gebäude und ging mit Vic und Hope zu unseren Appartements.

»Wir sind wieder zurück«, rief Hope, während sie die Tür öffnete – bereit, ihre Schwestern in Empfang zu nehmen und ihnen die gute Nachricht, dass es sich bei der Leiche nicht um eine ihrer Schwestern handelte, zu überbringen.

Doch Hope blieb wie versteinert stehen. Vic, die direkt hinter ihr war, ließ ein leises Wimmern ertönen.

»Was?«, fragte ich und schob die Mädels, die mir den Blick versperrten, zur Seite.

Entgeistert starrte ich in den Raum. Alles war verwüstet. Die Stühle lagen auf der Seite, Bilder des *Snuggling in* waren von der Wand gefallen, Dinge aus dem Badezimmer lagen überall verstreut herum und selbst die Couch war im wahrsten Sinne des Wortes auf den Kopf gestellt worden. Doch das war noch nicht alles: In dem ganzen Zimmer waren Blutspritzer verteilt. Auf der Bettdecke, auf dem Fußboden, ja sogar an der Decke!

»Heilige Scheiße!«, sprach Vic meine Gedanken aus.

Ich blickte zu Hope.

Sie zitterte.

Ich wollte sie in den Arm nehmen, ihr beistehen. Doch Vic kam mir zuvor.

»Vielleicht sieht alles schlimmer aus als es ist?«, sagte sie und drückte Hope an sich.

Ich verkniff mir einen Kommentar. Was sollte man an diesem heillosen Durcheinander missverstehen?

Hastig begann ich damit, das Appartement zu inspizieren, doch ich fand keinen Hinweis, kein Zeichen, nichts, was auf den Verbleib der Schwestern hindeuten könnte.

Wieder ließ ich meinen Blick schweifen – und schluckte schwer. Wenn ich mir das alles so betrachtete, musste es hier heiß hergegangen sein.

Hope hatte sich inzwischen von Vic losgemacht und kam nun zu mir.

»Hate hat uns wohl schon gefunden«, sagte sie mit erstickter Stimme.

»Hier hat zweifelsohne ein Kampf stattgefunden, ja. Die Frage ist nur, zwischen wem«, entgegnete ich kalt.

Hope schaute mich mit immer größer werdenden Augen an.

»Du meinst doch nicht etwa … Treason …«, stammelte sie irritiert.

»Lass uns mal eins und eins zusammenzählen: Deine Schwestern sind weg. Treason ist weg. Hätte Hate gewusst, wo du steckst, hätte er nicht das andere Mädchen kaltgemacht«, fasste ich zusammen.

Hope griff sich an den Hals. Alle Farbe war ihr aus dem Gesicht gewichen.

»Ich weiß, du hast ihm vertraut. Aber ich habe dir von Anfang an gesagt, dass das ein Fehler ist«, fügte ich hinzu. Ich wollte ihr damit kein schlechtes Gewissen machen oder ihr Schuldgefühle einreden. Rechthaberei war nicht meine Art. Ich wollte ihr lediglich verdeutlichen, dass auf Treason kein Verlass war. – War es noch nie.

»Und jetzt?«, flüsterte sie. Sie klang traurig, perspektivlos. So sollte sich eine Hope nicht anhören. Auf keinen Fall.

Ich nahm sie in die Arme und drückte sie an mich.

»Wir finden sie. Wären sie schon tot, hätte niemand sich die Mühe gemacht, ihre Leichen wegzuschaffen.«

Hope zuckte bei dem Wort *tot* zusammen, doch ich spürte, dass meine Worte genau das bezweckten, was ich beabsichtigt hatte: Sie fühlte sich ein klein wenig besser. Dabei war es tatsächlich nur die Wahrheit gewesen.

»Tja … jetzt sind wir nur noch drei, wie es aussieht«, sagte Hope und rang sich ein kleines Lächeln ab. Ein Lächeln, was ihr keiner abkaufte.

»Pack deine Sachen. Wir suchen uns erst mal eine neue Bleibe«, sagte ich.

Hope nickte und holte ihre Tasche. Vic lief einfach nur mit. Sie schien zu geschockt, um irgendetwas sagen zu können.

***

Nach wenigen Minuten waren wir abfahrbereit und gingen zurück zum Auto.

Hope versuchte stark zu sein, doch ich sah genau, wie Vic und sie sich gegenseitig stützten. Das war auch wirklich alles ein bisschen viel für die beiden Mädchen.

Ich steuerte erst einmal ein nahegelegenes Hotel an. Auch wenn ich Hope lieber sofort außer Landes gebracht hätte, war das hier doch die am schnellsten realisierbare Möglichkeit. Das hieß, wenn man auf Hopes Gefühle Rücksicht nahm. Natürlich hätte ich sie weiter wegbringen können, doch mir war jetzt schon klar, dass sie ohne ihre Schwestern keinen Schritt machen würde. Freiwillig. So war es vielleicht nicht meine beste Entscheidung und vor allem nicht die risikoärmste. Doch ich akzeptierte, wie Hope war. Und ich fand es sogar gut. So einen treuen Freund wie sie hatte ich mir als kleiner Junge immer gewünscht …

»Warst du hier schon mal?«, fragte Hope überrascht, als ich zielstrebig hinunter zur Tiefgarage des Hotels fuhr.

Ich nickte. Ich kannte in dieser Gegend so einige Anlaufstellen. In denen hatte ich mir früher öfter eine Auszeit genommen, als ich noch keine eigene Bleibe hatte und es mir mit meinen Brüdern zu viel wurde.

Und das »Discretion« war mir von allen am liebsten. Hier war der Name nämlich Programm. Keiner kam einfach so in dieses Hotel hinein – dafür sorgte Toni, der alte Portier schon. Generell war er sehr verschwiegen. Eine Auskunft über die aktuellen Gäste zu kriegen, war absolut unmöglich. Und selbst, wenn jemand kam, der definitiv wusste, dass man dort abgestiegen war, wurde er von Toni abgewimmelt. – Es sei denn, man selbst wünschte ausdrücklich Besuch. Zudem stellte Toni nie unnötige Fragen. Nicht einmal, als ich vor geraumer Zeit klitschnass, mit einer Kopfverletzung und diversen blauen Flecken vor ihm gestanden hatte. Und gerade das schätzte ich an ihm so ungemein.

»Hi Toni, ich bin's!«, sagte ich, als ich die Sprechanlage erreichte und vor der Schranke zum Halten kam. Ich lehnte mich ein wenig aus dem Fenster, damit Toni mich sehen konnte. Gleichzeitig hielt ich meinen Personalausweis neben mein Gesicht. Zur Identifizierung, wie Toni es immer verlangte.

»Mr Carter, schön, dass sie uns wieder beehren. Zimmer wie immer?«, fragte Toni.

»Ich bitte darum.«

»Parkplatz wie immer?«

»Auch das«, erwiderte ich.

»Fahren sie durch. Ein –«

»Ich habe noch zwei Gäste«, unterbrach ich ihn.

Hope hielt mir unaufgefordert ihren Personalausweis hin und auch Vic reichte ihren von hinten durch. Toni beobachtete sie durch die Kamera.

»Gehen die Ladies auf eigene Rechnung?«, fragte er.

»Nein. Und ich zahle bar. Wie immer.«

»Wie Sie wünschen. Ein Angestellter wird Sie in Empfang nehmen und ihnen Ihre Zimmerkarte aushändigen«, antwortete der alte Portier.

»Danke. Und Toni?«

»Ja bitte, Sir?«

»Lassen Sie keinen hinauf ins Zimmer«, wies ich ihn an.

»Natürlich nicht, Sir. Es hat sich nichts geändert, seitdem Sie das letzte Mal da waren. Alles wie immer«, antwortete Toni.

»Sehr gut. Ich danke Ihnen.«

Die Schranke öffnete sich und ich ließ den Wagen wieder anrollen.

Ich fuhr noch ein Stockwerk nach unten und parkte ganz hinten in der letzten Reihe, versteckt in einer Nische hinter zwei Säulen. Es war ein Parkplatz, der nicht nur schwer einzusehen war, sondern durch seine Lage oftmals sogar *übersehen* wurde. Perfekt also!

Nicht, dass ich mir einbildete, dass unser Oberst daran vorbeilaufen würde, doch wenn er einen meiner Brüder schickte, bestand durchaus eine Chance – sollten sie es überhaupt schaffen, hier hereinzukommen.

»Müssen wir unsere Personalausweise nicht abgeben?«, fragte Hope mich erstaunt.

»Nein.«

»Aber … so weiß er doch gar nicht –«, begann sie.

»Toni hat alles im Kopf. Es werden grundsätzlich keine Daten schriftlich aufbewahrt. Gehört alles zur Diskretion dieses Hotels«, erklärte ich ihr.

»Okay«, erwiderte Hope gedehnt. So ganz überzeugt schien sie von dieser Verfahrensweise nicht zu sein. Zugegeben: Das war ich bei meinem ersten Besuch auch nicht gewesen. Doch ich lernte es zu schätzen.

Wir fuhren mit dem Fahrstahl hinauf in den obersten Stock. Dann gingen wir bis zum letzten Zimmer des Flurs.

Ein junger Portier hielt mir die Zimmerkarte hin. Ich nahm sie entgegen und drückte ihm dafür etwas Trinkgeld in die Hand.

»Kann ich sonst noch etwas für Sie tun, Sir?«, fragte er höflich.

»Nein«, erwiderte ich knapp.

»Und für die Ladies?«

Mir war nicht entgangen, wie er Hope gemustert hatte.

»Die haben auch alles«, antwortete ich für sie. Dieser kleine Hanswurst sollte bloß aufpassen. Zwar war er etwas älter als ich – aber doch noch ein Bübchen. Ohne Lebenserfahrung. *Der Glückliche …*

»Sehr wohl, Sir«, verabschiedete er sich. Nicht ohne Hope noch einen letzten Blick zuzuwerfen, doch sie ging gar nicht darauf ein.

Ich lächelte Hope an. Sie war wirklich toll!

Wir betraten das Zimmer. Jemand hatte auf die Schnelle noch ein Bett reinstellen lassen. – *Danke, Toni!*

»Ihr macht es euch hier bequem, okay? Ich komme gleich wieder«, sagte ich leichthin.

»Was? Wo willst du hin?«, fragte Hope entgeistert.

»Mach dir keine Sorgen. Ich fahre zu Treason nach Hause und schaue, ob deine Schwestern dort abgeblieben sind«, antwortete ich ruhig.

»Und wenn er daheim ist?« Hopes Stimme wurde höher.

Ich lächelte amüsiert. »Na, das hoffe ich doch. Mit dem werde ich schon fertig.«

»Und was, wenn euer Oberst da ist?«, ließ sie nicht locker.

»Ist er nicht. Entweder ist Treason mit deinen Schwestern bereits bei ihm oder er ist ganz normal bei sich zu Hause. Ohne Oberst.« Ich wandte mich zum Gehen.

»Woher willst du das wissen?«

Hope sorgte sich. Um mich. Was für ein neues und gleichzeitig schönes Gefühl!

»Unser Oberst ist es gewohnt, dass wir *ihm* hinterherlaufen. – Nicht umgekehrt.«

Hope sah nicht im Mindesten überzeugt aus.

Ich ging zu ihr und nahm ihre Hände. »Ich komme wieder. Versprochen.« Kurz streichelte ich mit meinen Daumen über ihre Handrücken. Dann verließ ich das Zimmer.

Puh! Hoffentlich würde ich Recht behalten …

8. Kapitel

»Wow!«, kommentierte Vic das Badezimmer. »Dein Freund hat echt Geschmack.«

»Ich glaube nicht, dass das *sein* Geschmack ist«, antwortete ich und dachte an seine Wohnung zurück, an die rustikale Einrichtung und die ganzen Schnitzereien.

»Nein? Trotzdem extrem nett!« Vic kam wieder aus dem Bad heraus und warf sich auf das Einzelbett, was offenbar noch dazugestellt worden war.

Fragend schaute ich sie an.

»Na, ich gehe ja mal stark davon aus, dass du mit Despair in dem großen schlafen willst, oder?« Sie kicherte.

Ich schaute verlegen weg. Darüber hatte ich mir noch gar keine Gedanken gemacht.

»Ich würde sagen, wir lassen Despair das entscheiden«, gab ich schließlich zurück und grinste entschuldigend. Allerdings nicht aufgrund irgendwelcher unanständiger Gedanken, sondern weil ich mich selbst gerade ziemlich gerissen fand. Es hatte durchaus Vorteile, das Mädchen zu sein.

Vic interpretierte es natürlich falsch und ließ ihre Augenbrauen auf und ab wippen.

Ich seufzte streng, doch konnte nicht ernst bleiben.

Vic hatte einfach das Talent, aus jeder noch so bescheidenen Situation etwas Gutes zu machen. Und wenn es nur ein dummer Witz war, der einem trotz aller Umstände ein kleines Lächeln auf die Lippen zauberte.

»Was machen wir jetzt?«, fragte Vic.

»Hoffen, dass Despair etwas erreichen kann. Solange warten wir hier auf ihn«, antwortete ich.

»Okay ... Hättest du dann was dagegen, wenn ich ein Bad nehme? Ich könnte eins gebrauchen und bin schon sooo lange nicht mehr unter Schaumbergen verschwunden.« Sie lächelte mich verschämt an.

»Na klar. Mach ruhig!« Ich legte mich auf eine Seite des Doppelbetts, was Vic noch mit einem neckischen Augenklimpern kommentierte, bevor sie im Bad verschwand und ich wenig später das Wasser rauschen hörte.

Ich zappte für eine Weile durch die Fernsehkanäle, doch das wurde mir schnell zu langweilig. Guckte ich doch ohnehin nicht gern in die Flimmerkiste und in der jetzigen Situation hatte ich noch viel weniger Sinn dafür. Mein Kopf ratterte und ich dachte nonstop an meine Schwestern, an Treason, ob und warum er das alles getan haben mochte. Wo sie jetzt alle wohl steckten?

Vor lauter Grübeln bekam ich Kopfschmerzen.

»Vic?«

»Ja?«, flötete sie aus dem Badezimmer.

»Ich gehe mal kurz runter. Frische Luft schnappen«, rief ich durch die Badezimmertür.

Ich hörte Platschgeräusche. So, als wäre sie entweder umgefallen – was in einer Badewanne ja schlecht möglich war – oder so als würde sie versuchen, schnellstmöglich aus der Badewanne zu steigen, und dabei immer wieder abrutschen.

»Alles in Ordnung, Vic?«, fragte ich besorgt.

»Ja! Ich meine NEIN! Du kannst doch nicht einfach runter auf die Straße gehen!«, schimpfte sie.

»Warum nicht?«

»Wenn dich jemand sieht!«

»Es weiß doch keiner, dass wir hier sind«, gab ich gelassen zurück.

»Despair wird im Dreieck springen!«, mahnte sie mich.

»Ich werde Toni einfach fragen, wo ich hingehen kann. Hier gibt's bestimmt auch an der frischen Luft ein geschütztes Plätzchen, wo man sich ungesehen aufhalten kann«, versuchte ich sie zu beruhigen.

»Kannst du nicht einfach die Nase aus dem Fenster stecken?«, fragte sie ungehalten.

Ich musste grinsen. Selbst wenn Vic versuchte, ernst zu klingen, war sie dabei ungewollt komisch.

»Habe ich schon versucht. Das Fenster klemmt«, entgegnete ich. Das stimmte zwar so nicht ganz, zumal wir ja auch noch einen Balkon hätten, doch da sie sich direkt auf das Badezimmer gestürzt hatte, war ihr das bestimmt nicht aufgefallen. Außerdem wollte ich einfach mal raus. Wollte mal weg von allem und jedem. Das hatte rein gar nichts mit Vic zu tun. Ich mochte sie sehr gern, doch ich brauchte wirklich eine kurze Auszeit, damit ich meine Gedanken neu sortieren konnte. Und das hatte bei mir schon immer am besten an der frischen Luft funktioniert – ohne erdrückende Wände um einen herum.

»Ich hab kein gutes Gefühl dabei«, erwiderte Vic. »Warte bitte doch noch einen Moment. Dann komm ich wenigstens mit.«

»Das ist lieb von dir. Aber bade du ruhig zu Ende. Ich werde mich an Toni halten. Ich bin in einer Viertelstunde wieder oben, okay?«, wimmelte ich sie freundlich, aber bestimmt ab.

»Wenn du meinst«, entgegnete Vic leicht eingeschnappt.

Zuerst wollte ich ihr noch sagen, dass mein Wunsch nach Alleinsein absolut nichts mit ihr zu tun hatte. Dass ich einfach mal etwas Abstand brauchte, um in Ruhe über alles nachdenken zu können. Es war nun einmal so, dass Menschen es in der Regel nicht schafften, mal für fünf Minuten den Mund zu halten. Selbst wenn sie wussten, dass ihr Gegenüber gerade andere Sorgen plagten. Sie fühlten sich irgendwie immer dazu genötigt, Gespräche führen zu müssen.

Ich hoffte inständig, dass mir Vic das nicht übelnahm, verließ das Zimmer und fuhr mit dem Fahrstuhl nach unten.

Toni kam im Foyer bereits auf mich zu. »Kann ich Ihnen helfen, Miss?«, fragte er höflich.

»Ich würde gerne etwas an die frische Luft. Haben Sie ein ruhiges Plätzchen für mich?«

»Sie möchten raus?« Mit großen Augen sah er mich an.

Ich nickte.

»Weiß Mr Carter davon?«

»Ja«, sagte ich, ohne zu zögern. Gleichzeitig ärgerte ich mich darüber, dass jeder meinte, ich müsste Despair um Erlaubnis bitten. Ich konnte schon immer sehr gut für mich selbst entscheiden.

»Sehr wohl, Miss. Ich dachte nur, dass es bestimmt einen Grund hat, dass Mr Carter mich noch einmal ausdrücklich darauf hinwies, niemanden zu Ihnen zu lassen.«

»Deshalb suche ich ja auch ein *ruhiges* Plätzchen«, erwiderte ich lächelnd.

Der alte Portier nickte. »Folgen Sie mir bitte.«

Toni brachte mich in eine Art Garten, welcher komplett eingezäunt war und dessen Umrandung relativ dicht mit Efeu bewachsen war. Eigentlich ein ganz idyllisches Fleckchen.

»Wenn Sie sonst noch irgendetwas wünschen, zögern Sie nicht mir Bescheid zu geben«, bot Toni sich an.

Ich nickte dankbar.

Dann entfernte er sich.

Ich setzte mich auf eine kleine Bank und atmete tief durch. Ja, es war wirklich schön hier. Die bunten Blumen, der kleine Brunnen, die Stille ... Unter anderen Umständen wäre ich sicher gern hier gewesen.

Leise seufzend lehnte ich mich nach hinten, legte den Kopf in den Nacken, schloss die Augen und genoss die Sonnenstrahlen.

»Pssst«, zischte es plötzlich kaum hörbar hinter mir.

Ich schreckte hoch, öffnete die Augen und sah mich um. Nichts. Alles war still. Ich entspannte mich wieder.

»Pssst!«, machte es erneut.

»Ja?«, antwortete ich ebenso leise, doch ich bekam keine Antwort.

Abermals richtete ich mich auf und blickte mich wieder um. Aufmerksamer diesmal.

Nichts als Stille.

Was sollte das? Bildete ich mir das etwa ein? Oder ...

Ich spürte, wie sich mein Puls beschleunigte.

»Pssst!«

»Wer ist da?«, fragte ich alarmiert.

Keine Antwort.

»Love?«

Nichts.

»Loyalty?«

Daraufhin bewegten sich an einer Ecke des Zauns die Efeublätter.

Es war absolut windstill. Demnach musste etwas sehr Irdisches dahinterstecken.

Vorsichtig näherte ich mich dem Zaun.

»Loyalty, bist du das?«, flüsterte ich, obwohl ich wusste, dass das eigentlich keinen Sinn ergab.

Das Rascheln hatte aufgehört. Wieder Stille.

Entschlossen schob ich mit beiden Händen die Efeublätter auseinander, um zu schauen, wer sich hier einen Scherz mit mir erlaubte, da schnellte plötzlich eine Hand durch die großen Maschen des Zauns und hielt mein Handgelenk fest umschlossen. Eine Männerhand!

»Lass mich los!«, schrie ich direkt und hoffte, dass es einen der Angestellten auf den Plan rufen würde, doch es kam niemand. *Discretion* – schon klar.

Ich versuchte, meinem Angreifer den Arm umzudrehen, doch er hielt mich mit aller Gewalt fest, so dass es mir nicht gelang. Da ich mir nicht mehr anders zu helfen wusste, biss ich herzhaft in seine Hand. Wollten wir doch mal sehen, wie lange er *das* aushielt.

»Aua! Du blöde Kuh!«, blökte es aus dem Blätterwirrwarr.

Verdutzt hörte ich auf.

»Treason?«, fragte ich ungläubig.

»Der Weihnachtsmann bestimmt nicht!«, maulte er.

»Was hast du mit meinen Schwestern gemacht?«, verlangte ich sofort zu wissen.

»Gar nichts!«, schoss er zurück.

»Was –«

»Wenn ich dich loslasse, hörst du mir dann zu, ohne gleich deinen Leibwächter zu holen?«, unterbrach er mich.

»Wie hast du mich hier gefunden?«

»Ich erzähl dir alles, wenn du mir geantwortet hast«, beharrte er.

»Ähm ... ja ...«, willigte ich ein. Da der Zaun ja noch zwischen uns war, konnte ich das sicherlich bedenkenlos tun.

Treason ließ mich wieder los.

Ich rieb mein Handgelenk. Er konnte ganz schön fest zupacken, wenn er wollte.

»Danke«, erwiderte Treason. »Ich hätte das auch nicht mehr länger durchgehalten. Der Zaun hat sich in meine zarte Haut am Oberinnenarm gebohrt. Das gibt bestimmt einen blauen Fleck«, murrte er.

Ich konnte mir ein Grinsen nicht verkneifen. Despair hatte schon Recht, wenn er ihn öfter mal als »Memme« bezeichnete.

Abermals schob ich die Blätter auseinander. Treason machte es auf der anderen Seite genauso. Dann sah ich sein Gesicht.

»Lachst du mich etwa aus?«, fragte er empört. Ich vermutete, er versuchte die Stimmung aufzulockern. Doch das Letzte, woran ich mich im Zusammenhang mit ihm erinnerte, war ein verwüstetes Zimmer und meine fehlenden Schwestern. Dazu Blut. *Viel* Blut. Nach flapsigen Sprüchen stand mir gerade so gar nicht der Sinn.

»Ah ... Ich merke schon. Nicht zu Späßen aufgelegt, die junge Dame«, kommentierte er seine eigene Bemerkung.

»Treason, lass das!«, entgegnete ich ernst. »Was ist passiert?«

Er hielt sich mit beiden Händen am Zaun fest und kam mit seinem Gesicht so dicht wie möglich heran.

»Hope«, sprach er mich an. »Du musst mir das glauben, ja?«

Ich zog eine Augenbraue nach oben. »Schauen wir erst mal, wie *glaub*würdig sich deine Story anhört«, erwiderte ich für mich ungewohnt scharf.

Treason schien einen kurzen Augenblick perplex, doch er fing sich wieder. »Okay«, begann er. »Ich habe wirklich rein gar nichts mit dem Verschwinden deiner Schwestern zu tun, ja?«

Ich sagte nichts.

»Sie hatten Hunger, also haben sie mich gebeten, ihnen etwas zu Essen zu besorgen. – Nachdem ich verneint hatte, als sie mich fragten, ob sie sich selbst auf den Weg machen dürften«, erzählte er weiter.

Ich nickte langsam. Mercy war ein alter Fresssack. Das wäre möglich.

»Ich willigte also ein und fuhr los. Ich habe sie nicht lang alleingelassen! Wirklich nicht! Doch als ich wiederkam, war alles verwüstet, und ich entdeckte Blut.«

Treason schluckte laut. »Ich hatte dir versprochen auf sie aufzupassen. Und das wollte ich auch! Ganz ehrlich! Doch ich habe versagt. Es tut mir leid!«

Er schaute mich aus traurigen Augen an. Dann wandte er den Blick ab.

Ich runzelte die Stirn und musterte ihn. Er sah aus, als stünde er kurz vorm Weinen. Also entweder war Treason ein verdammt guter Schauspieler – oder seine Geschichte stimmte. Zu welcher Variante ich tendierte, wusste ich noch nicht. Treason war nach wie vor unheimlich schwer einzuschätzen.

»Glaubst du mir?«, fragte er hoffnungsvoll.

»Warum bist du abgehauen, wenn es doch nicht deine Schuld war?«, stellte ich als Gegenfrage.

»Soll das ein Witz sein?! Uns ist doch beiden klar, dass Despair mich in der Luft zerrissen hätte, oder?«, schnaubte er entrüstet.

»Vielleicht zu Recht?«, erwiderte ich unbeeindruckt.

Treason sah schuldbewusst unter sich. »Ich habe einige Dinge getan, auf die ich nicht stolz bin, Hope. Gerade im Bezug auf meine Brüder. Vor allem auf Despair. Er hat jeden Grund, mir nicht zu trauen und mich zu hassen. Doch ich kann das Geschehene nicht mehr rückgängig machen.«

»Was hast du getan?«, fragte ich tonlos.

Treason wand sich hinter dem Zaun. Das Gespräch schien ihm sichtlich unangenehm zu sein. Dann stieß er einen tiefen Seufzer aus. »Ehrlich gesagt, war Despair immer der Gute von uns. Er hat uns allen geholfen. Immer. Er hat doppelt und dreifach Prügel kassiert, nur damit seine Brüder sie nicht aushalten mussten. Wenn wir irgendetwas angestellt hatten, hat er die Schuld regelmäßig auf sich genommen. Wenn irgendjemand von uns eine ›Einheit-Plus‹ bekommen hat, hat er versucht es zu verhindern und selbst dafür den Kopf hingehalten. Und anstatt später seine eigenen Wunden zu versorgen, hat er sich zuerst um uns gekümmert. Von uns hat so etwas nie jemand für ihn getan.« Treason Stimme wurde immer leiser. Und immer bedrückter. Er schien es wirklich zu bereuen.

Mir schnürte es regelrecht die Kehle zu. Wie traurig, dass Despair in seinem Leben solche Erfahrungen machen musste. Und wie bemerkenswert, dass er sich trotz allem das Gute in sich bewahren konnte.

»Eine *Einheit-Plus*?«, fragte ich leise nach.

»Nichts, was du genauer wissen möchtest, Hope. Stell dir einfach etwas Schreckliches vor und das Plus steht für die doppelte Intensität«, erwiderte Treason.

»Und was hat das mit dir zu tun?«, fragte ich.

»Ich habe ihn verraten, nur um beim Oberst besser dazustehen und selbst aus der Schussbahn zu gelangen. Habe ihn verraten, wenn er einem von uns half, was ihm zusätzliche Einheiten beschert hat. Habe ihn verraten, als er uns alle wegbringen wollte. In Sicherheit. Er hatte immer gesagt: Zusammen schaffen wir es.« Treason schluckte schwer. Seine Augen glitzerten. »Nur, dass es nie ein Zusammen gegeben hat. Irgendwann hat er es dann aufgegeben. Hat sich seinem Schicksal *ergeben*. Wie wir alle schon lange zuvor.«

Fassungslos starrte ich ihn an – nicht imstande, etwas zu erwidern.

»Bitte versteh das, Hope. Der Oberst ist übermächtig. Niemand von uns hätte sich das getraut, was Despair gemacht hat. Er war schon immer mental stärker als der Rest. Deswegen hatte unser Oberst ihn für das wichtigste Impro auserkoren.«

»Du bist solch ein Schwein!«, sagte ich mit erstickter Stimme. Ich konnte nicht glauben, was er da erzählte. *Wollte* es nicht.

Schnell wischte ich mir eine Träne weg, die langsam über meine Wange rollte.

»Wir waren noch Kinder, Hope. Ängstliche, misshandelte Kinder. Und Verrat ist mein Impro. Ich habe nur getan, was mir jahrelang eingetrichtert wurde. Bitte hab Verständnis dafür«, verteidigte er sich.

Doch so wirklich konnte ich gerade kein Verständnis aufbringen. Sein Verhalten war einfach nur schäbig gewesen. Niederträchtig und gemein. Nettere Attribute fand ich dafür nicht.

Ich wandte mich zum Gehen, auch da ich gerade eine furchtbare Wut auf Treason verspürte. Und auf die anderen Improbas.

Doch dann fragte ich mich, ob das fair war. Wie hätte ich gehandelt, wenn ich so aufgewachsen wäre? Hätte ich mich getraut, mich gegen diesen Oberst zu stellen? Oder hätte ich ebenfalls alles dafür getan, um nicht aus der Masse herauszustechen und seinen Zorn keinesfalls auf mich zu ziehen?

Meine Gedanken wanderten zu Despair. Ich hatte längst begriffen, dass er ein bewundernswerter Mann war. Doch das hier hob ihn noch mal auf eine ganz andere Stufe. Kein Wunder, dass er immer so unglaublich erwachsen wirkte.

Ich ging zwei Schritte in Richtung Hotel. Ich wusste einfach nicht, ob ich Treason länger ertragen konnte.

»Hope, bitte. Ich bereue es! Zutiefst! Aber wie ich schon sagte: Ich kann es nicht mehr rückgängig machen. Gib mir wenigstens jetzt die Chance, einen kleinen Teil davon wiedergutzumachen.« Seine Stimme wurde flehentlich.

»Und woher soll ich wissen, dass du es jetzt ernst meinst? Dass du uns nicht verrätst, wie du es immer mit Despair gemacht hast?«, fragte ich kalt, ihm absichtlich den Rücken zugewandt.

»Wissen kannst du es nicht«, antwortete er leise. »Ich kann nur hoffen, dass du versuchst mir zu vertrauen und dass ich es beweisen kann.«

Ich schnaubte ungehalten. Hätte Despair mir von Anfang an erzählt, was Treason alles getan hatte, hätte ich mehr Verständnis für seine Ablehnung ihm gegenüber gehabt.

»Zählt es denn gar nicht, dass ich hier bin? Alleine? Ohne den Oberst?«, fragte er betrübt.

Ich blieb stumm.

»Nein? – Okay... Ich hab es wohl auch nicht anders verdient. Dann gehe ich besser ...«

Wieder hörte ich Blätter rascheln, dann noch einmal seine Stimme: »Du kannst dir sicher sein, dass ich niemandem etwas über euren Aufenthaltsort erzählen werde.«

In dem Moment drehte ich mich um, einem inneren Impuls folgend – oder meiner eigenen Dummheit?

»Warte, Treason«, seufzte ich mehr, als dass ich es sagte.

Das gab's doch nicht! Hatte ich jetzt wirklich Mitleid mit ihm? Mit diesem Mistkerl?

Sein Gesicht erschien wieder am Zaun. Aufmerksam sah er mich an.

»Nachdem, was du gerade erzählt hast, ist es nicht leicht für mich freundlich zu dir zu sein«, sagte ich ehrlich.

Treason nickte beklommen.

»Aber ich glaube, man muss berücksichtigen, dass ihr Kinder wart. Und dass ihr einfach Angst hattet. Das kann euch keiner vorwerfen.«

Treason erwiderte nichts.

»Das entschuldigt nicht, was du getan hast. Aber jeder hat eine zweite Chance verdient«, führte ich weiter aus und atmete dabei tief durch. Die Worte waren mir nicht leichtgefallen.

Treason schenkte mir ein leichtes Lächeln. »Ich werde meine Chance nutzen. Glaub mir«, versprach er.

Ich lächelte verhalten zurück. Das Ganze schien ihm wirklich leid zu tun. Er schien es ernst zu meinen. Hoffentlich irrte ich mich nicht.

»Also, wie hast du mich gefunden?«, wechselte ich das Thema.

»*Gefunden* ... Es gab nichts zu finden. Ich habe beim *Snuggling in* gewartet und bin euch gefolgt.«

»*Gefolgt*?«, fragte ich überrascht. Weder mir noch Despair war etwas aufgefallen. Vic ebenfalls nicht, sonst hätte einer von uns etwas gesagt.

Treason interpretierte meine Verblüffung richtig. »Das ist mein Talent. Während Despair der beste und – ja, zugegeben – auch der schlauste Kämpfer von uns ist, bin ich der unauffälligste. Oder was glaubst du, wie man sonst an geheime Informationen herankommt, die man für eine Erpressung verwenden kann? Nicht jeder offenbart seine dunklen Geheimnisse freiwillig«, gestand er.

Ich nickte langsam.

»Und was glaubst du, wer stattdessen meine Schwestern entführt hat?«, fragte ich.

»Hate. Ganz klar. Er ist schon lange die rechte Hand unseres Obersts. Obwohl das ja eigentlich Despair sein sollte.«

»Despair?«, hakte ich etwas ungläubig nach. Nach allem, was er mir eben erzählt hatte, sollte Despair trotzdem der persönliche Handlanger werden?

»Ja, Despair. Die Entscheidung, wer von uns auf was trainiert werden soll, war lange vor Despairs ›Eskapaden‹ gefallen. Der Oberst hatte damals nur gesehen, dass Despair stark war. Dass er sich später als so unkooperativ erweisen würde, konnte er nicht ahnen. Und du weißt sicher selbst, dass man eine begonnene Umschulung nicht mehr ändern kann.«

»Einmal belehrt, für alles andre gesperrt«, wiederholte ich die Worte, die Despair vor kurzem zu mir gesagt hatte.

Treason nickte.

»Außerdem hatte der Oberst die Hoffnung, dass Despair doch noch einknickt. Lustig, oder? Der Oberst hatte Hoffnung ... Und dich will er vernichten. Eine Farce!« Treason rang sich ein Lächeln ab.

»Eher bescheuert, würde ich sagen«, erwiderte ich trocken.

»Da magst du wohl Recht haben.«

»Warum hat euer Oberst nicht ersatzweise einen von euch als rechte Hand erwählt? Einen, der gefügiger ist?«, fragte ich und konnte mir diesen kleinen Seitenhieb auf Treasons Verrat nicht verkneifen.

»Unser Oberst gibt sich nicht mit Zweitklassigem zufrieden«, antwortete er. »Despair ist der mental Stärkste und sein Impro das gefährlichste. Eine tödliche Kombination. Sollte sich Despair jemals ganz der dunklen Seite zuwenden, wäre er mächtiger als alles zuvor Dagewesene. Und die ganze Menschheit wäre verloren. Einschließlich uns, mal so nebenbei ...« Treason machte eine Pause.

»Erklär mir eine Sache, Treason. Was sollte euer Oberst davon haben? Warum ist er so erpicht darauf, dass auf der ganzen Welt Hoffnungslosigkeit herrscht?«

Es war mir ein Rätsel. Selbst wenn ich mich das hundertmal fragen würde, hätte ich keine Antwort darauf.

»Nun... ich kann es mir nur so erklären: Menschen ohne Hoffnung, die nichts mehr zu verlieren haben, sind leichter zu lenken. Und somit leichter für eigene Zwecke zu missbrauchen.« Wieder machte Treason eine kurze Pause. »Ich hoffe sehr, du lässt es nie so weit kommen«, fügte er noch hinzu.

Ich schluckte schwer. Die Tragweite unserer Aufgabe wurde mir immer mehr bewusst. Wie hatte ich das jemals auch nur ansatzweise auf die leichte Schulter nehmen können? Nicht falsch verstehen. Ich hatte das immer ernst genommen. Doch war mir nie so klar gewesen, was geschehen würde, wenn die Improbas die Oberhand gewännen. Aber gut. Vor nicht allzu langer Zeit hatte ich einiges noch anders gesehen ...

»Mach dir keine Gedanken, Hope«, holte Treason mich zurück in die Realität. »Du und Despair, ihr habt euch verändert. Es ist, als hätten eure Fähigkeiten sich vermischt. Du bist nicht mehr so blauäugig, schätze ich, und Despair nicht mehr so pessimistisch wie früher. Sag mir nicht, du spürst das nicht?«

Ich nickte zaghaft. Und wie ich das spürte! Doch war das gut? War meine Hoffnung noch stark genug, um die Menschheit positiv beeinflussen zu können?

»Du schenkst nach wie vor Hoffnung, Hope. Viel Hoffnung. Du bist nur irgendwie eine verbesserte Form. Eine *Hope 2.0* sozusagen«, antwortete Treason erneut auf meine Gedanken.

»Woher weißt du ...«

»Menschenkenntnis, Hope«, erwiderte er schlicht.

»Danke, Treason«, flüsterte ich und schaute ihm in die Augen. Treasons Blick war warmherzig. Als hätte er jedes Wort auch so gemeint.

Ich lächelte, nun sanfter.

»Glaubst du mir? Wenigstens ein bisschen?«, fragte Treason hoffnungsvoll.

Ich lächelte stärker.

Treason hatte Recht gehabt: Mein Pro war nach wie vor voll und ganz da. Ich spürte es gerade ganz deutlich. Nur eben ... *anders* ... Nicht weniger stark, nein. Im Gegenteil. Dafür aber ... Ach, ich wusste es auch nicht. Gefühle waren einfach unglaublich schwer zu beschreiben. Wie oft hatte ich in den letzten Tagen versucht sie zu ergründen. Gelungen war es mir nicht. Noch nicht.

Ich legte meine Hand auf Treasons, mit der er sich am Zaun festhielt. »Ich glaube dir.«

Und das sagte ich nicht nur so. Ich tat es tatsächlich. Ich hatte zwar nach wie vor kein Verständnis dafür, was er getan hatte, doch ich glaubte ihm.

»Warum hat euer Oberst euch eigentlich nicht alle zu Despairs gemacht, wenn er so besessen von diesem Impro ist?«, fragte ich.

Treason zog die Brauen nach oben, als wäre die Antwort vollkommen klar.

Nachdem ich ihn jedoch weiter fragend anschaute, begann er zu erklären:

»Hat euch eigentlich jemals einer erklärt, wie das alles funktioniert? Wie die ganzen Pros und Impros zusammenhängen?«

Ich schüttelte den Kopf. Barry hatte uns viel beigebracht. Aber bis auf unsere Schulungen und unser Kampf- und Verteidigungstraining waren wir eher menschenähnlich aufgewachsen. Barry hatte uns ganz normalen Unterricht gegeben und wenn wir unsere Hausaufgaben und Trainings absolviert hatten, durften wir raus zum Spielen. Und genau das taten wir. Damals hatte keiner einen Gedanken daran verschwendet alles zu hinterfragen, erhielten wir doch ohnehin nur sehr vage Antworten. Und woher hätte Barry das auch alles wissen sollen? Als Mensch? Er hatte sein Bestes getan, war immer für uns dagewesen. Niemand konnte ahnen, dass er so früh von uns gehen musste.

Hach ... Barry ...

»Okay, dann klär ich dich mal auf: Du und Despair, ihr seid quasi die Quintessenz aus den Pros und den Impros. Ohne deine Schwestern – ohne Liebe, ohne Mitleid, ohne Ehrlichkeit, ohne Loyalität und so weiter –, wärst du niemals entstanden. All ihre Fähigkeiten halfen dir dein Pro zu entwickeln. Genauso ist es bei Despair.«

Ich nickte langsam. Ich hatte das schon verstanden, doch war gerade noch dabei es zu verarbeiten.

»Vereinfacht ausgedrückt: Wir mussten entstehen, damit es Despair geben konnte. Genauso wie deine Schwestern entstanden sind, damit eine Hope erwacht. Wir sind quasi nur Mittel zum Zweck. Nebenprodukte, um das Ultimative zu erschaffen, wenn man es überspitzt ausdrücken möchte.«

Ich schluckte. Von dieser Seite aus hatte ich das noch nie betrachtet. Und mir war auch sofort klar, warum Barry uns so etwas nie erzählt hatte. Es hörte sich schrecklich diskriminierend an. Aber das war wohl die Masche des Obersts: Fertigmachen, klein halten und unterdrücken. Was für ein Widerling!

»Aber es ist ja nicht so, als hättet ihr alle nur ein Gefühl, oder?«, erwiderte ich. Es sollte möglichst überzeugend klingen. Eher wie eine Aussage, nicht wie eine vorsichtige Frage. Schließlich konnten alle meine Schwestern lieben, Mitleid empfinden, waren ehrlich, bescheiden oder loyal – verkörperten also nicht immer nur das entsprechende Pro.

»Das ist korrekt, Hope. Auch, wenn sich bei jedem von uns durch das zielgerichtete Training eine bestimmte Fähigkeit herauskristallisiert hat, bergen wir doch alle Gefühle in uns. Gefühle sind einfach viel zu komplex, als dass sie sich von einem Menschen oder irgendeinem anderen Wesen in eine Schublade stecken ließen. Oftmals schafft man es ja nicht einmal selbst sie richtig zu benennen. Mein Lieblingsbeispiel dazu ist die Eifersucht. Warst du schon einmal eifersüchtig, Hope? Wusstest du, ab welchem Zeitpunkt du dich verraten fühltest? Wut verspürtest? Hass? Oder du dich gar unbarmherzig verhieltest gegenüber deiner Konkurrentin?«

Ich schüttelte den Kopf. Ich hatte mich ehrlich gesagt nie näher mit dem Thema beschäftigt. – Also schon etwas, ja. Wir hatten schließlich die eine oder andere Unterrichtsstunde zu diesem ganzen »Gefühls-Thema« gehabt. Aber was uns Barry da erklärt hatte, ging bei weitem nicht so in die Tiefe. Wenn man jedoch wirklich mal genauer darüber nachdachte, platzte einem vor Komplexität bald der Schädel.

»Okay, sorry. Wir sind total vom Thema abgewichen. Was ich eigentlich damit sagen wollte, Hope: Jeder von uns empfindet alle Gefühle. Du auch schlechte, wie ich auch gute. Maßgeblich ist nicht, zu was wir gemacht wurden. Maßgeblich ist, was wir sein wollen. Und ich habe mich entschieden: für die gute Seite«, beendete Treason seinen Vortrag.

Ich wusste nicht, was ich dazu sagen sollte. Treason war ein großer Redner. Ganz anders als Despair. Doch wenn Despair etwas sagte, glaubte ich ihm sofort. Zumal seinen Worten immer Taten folgten. Bei Treason allerdings erweckte es oft den Anschein, als hätte man einen Politiker vor sich. Einfach viel Gerede, mit dem Versuch, sich besser darzustellen – und hinterher änderte sich nichts. Hofften wir mal, dass seiner wohlklingenden Ansprache nun ebenfalls Taten folgten. Und zwar tatsächlich gute …

»Und jetzt?«, fragte er. »Wo ist eigentlich Despair? Hätte er nicht schon längst hier sein und nach dir suchen müssen?«

»Nein. Ich habe darum gebeten, etwas allein sein zu können, und er hat es akzeptiert«, log ich instinktiv. Ich wusste nicht wieso, aber nach diesem ausführlichen und in meinen Augen auch recht ehrlichen Gespräch traute ich Treason etwas weniger als vorher. Theoretisch müsste es ja genau anders herum sein. Komisch eigentlich. Ob das an Despairs Impro lag, welches mir seit neustem eine realistischere Sicht schenkte?

Oder lag es einfach nur daran, dass ich in unserem Gespräch Dinge erfahren hatte, die meine Meinung über Treason negativ beeinflussten? Ich drehte ihm aus seiner Ehrlichkeit quasi ungewollt einen Strick. Auch wenn ich stets versuchte, fair zu bleiben, war das bei so viel hartem Tobak nicht leicht.

So hielt ich es auch für klüger, ihm nicht zu erzählen, dass sich Despair gerade in seiner Wohnung befand und dort nach meinen Schwestern suchte.

»Gib mir einfach deine Nummer. Ich werde mit Despair sprechen und dich anrufen, wenn es für ihn okay ist, ja?

»Okay«, hauchte Treason, offenbar gerührt, dass ich das für ihn tun wollte.

Er holte eine Visitenkarte hervor und gab sie mir.

»Dein Ernst?«, sagte ich und betrachtete die Karte mit einem verständnislosen Grinsen. Das war typisch Treason.

»Ich habe auch einen Job, falls du das vergessen haben solltest. Dafür braucht man so etwas«, gab er leicht schnippisch zurück.

»Dann bis später. Ich melde mich«, verabschiedete ich mich und ging zurück ins Hotel.

»Despair hat wirklich unwahrscheinliches Glück«, rief er mir hinterher und ich ließ ihn mit einem Kopfnicken wissen, dass ich mein Bestes versuchen würde.

»Das war mein Ernst. Kein Manipulationsversuch. Ich hoffe, Loyalty und ich werden das auch irgendwann hinkriegen.« Und plötzlich hörte er sich wieder absolut ehrlich an.

Nachdenklich betrat ich wenig später den Hotelflur. Die Unterhaltungen mit Treason waren echt anstrengend. Irgendwie schaffte es keiner, in mir so viele widersprüchliche Gefühle auszulösen wie er. Einmal glaubte ich ihm und konnte nichts Böses von ihm denken – im nächsten Moment hatte ich das Gefühl, ich würde einer Klapperschlange höchstpersönlich ins schuppige Antlitz blicken.

***

»Wo zur Hölle warst du so lange?«, empfing mich Vic unfreundlich, als ich wieder in unserem Zimmer angekommen war. »Ich bin hier oben vor Sorge fast umgekommen!«

»Das errätst du nie!«, gab ich zurück und erzählte ihr schnell die ganze Geschichte.

»Unangenehm«, kommentierte Vic abschließend meine Ausführung zu Treason. Auch, was meine Gefühle über unsere Unterhaltung betraf.

»Da sagst du was«, erwiderte ich schwermütig.

»Sollten wir nicht besser das Hotel verlassen?«, fragte Vic. »Falls er doch Hate holt? Oder diesen Oberst?«

Ich seufzte, mit einem Mal wieder unschlüssig. Gleichzeitig bewunderte ich Despair, wie er solche schweren Entscheidungen immer sofort treffen konnte.

»Ich glaube nicht. Zum einen denkt Treason ja, dass ich jetzt mit Despair rede und er gleich dazustoßen kann, und zum anderen versicherte mir Despair, dass niemand zu uns gelassen wird, der keine offizielle Erlaubnis von uns hat.«

»Und du meinst, der Oberst und seine Gang lassen sich von ein paar Hotelpagen abwimmeln?«, erwiderte Vic zynisch.

Um ehrlich zu sein, hatte ich bereits genau den gleichen Gedanken gehabt. Aber würden sie tatsächlich einen Übergriff wagen? Hier? In aller Öffentlichkeit?

»Ich glaube nicht, dass sie vor so viel Publikum ein derartiges Aufsehen erregen würden. Das ist nicht ihre Art. Dazu haben sie sich jahrelang zu bedeckt gehalten«, erwiderte ich.

»Deine Worte in Gottes Ohr«, schnaufte Vic.

Ich nickte betont zuversichtlich. In Wahrheit betete ich aber, dass ich Recht behielt und Despair schnell wiederkommen würde. Wenn Hate oder gar der Oberst persönlich hier aufkreuzen würden, hätten wir keine Chance ...

9. Kapitel

Despair

Ich stand vor dem Wohngebäude und klingelte. Treasons Penthouse befand sich im obersten Stock. Deswegen konnte ich von unten nicht sehen, ob jemand zu Hause war.

Ich klingelte noch einmal. Niemand öffnete.

»Kann ich Ihnen helfen?«, sprach mich eine junge Frau an.

Zuerst wollte ich verneinen, doch dann kam mir eine Idee: »Ich möchte zu meinem Bruder. Ich glaube aber, er ist noch nicht daheim«, antwortete ich und gab mir alle Mühe, dabei hilflos zu klingen.

»Na dann ... Kommen Sie doch einfach mit rein. Wir könnten –«

»Den Fahrstuhlcode habe ich. Sie müssten mich nur mit hineinnehmen«, versuchte ich sie so charmant ich konnte abzuwimmeln und gleichzeitig von ihr durch den Haupteingang gelassen zu werden.

»Den Fahrstuhlcode? Sind Sie etwa der Bruder von Calvin?«, fragte sie Frau neugierig.

Calvin? Eigentlich war der Menschenname von Treason ja Matt. Aber aufgrund seiner immer wechselnden Liebschaften änderte er diesen gerne einmal. Vor allem, weil er fand, dass so ein Popelname wie Matt nicht seiner Außergewöhnlichkeit entsprach. Dass es genau darum ging – um Unauffälligkeit –, hatte er entweder nicht verstanden oder wollte es nicht verstehen.

Aber gut: So war Treason eben.

Ich nickte als Antwort auf die Frage.

»Wollen Sie wirklich nicht lieber bei mir mit einem Kaffee warten?«, bot die Frau an, nachdem sie die Tür aufgeschlossen hatte und ich diese für sie aufhielt. »Ich wette, Sie sind genauso ein Charmeur wie Ihr Bruder.«

»Wetten Sie lieber nicht darauf«, antwortete ich und als ich realisierte, was ich da gerade gesagt hatte, grinste ich sie zum Ausgleich frech an.

Es wirkte. Was ein Glück!

»Schade, aber gut. Dann trennen sich unsere Wege hier schon. Ich wohne direkt im Erdgeschoss«, verabschiedete sich die Frau.

Ich nickte ihr freundlich zu und ging in Richtung Fahrstuhl, als die Frau sich noch einmal zu mir umdrehte und mich ansprach:

»Zwei Dinge haben Sie auf jeden Fall nicht mit ihrem Bruder gemeinsam.«

Nicht nur zwei. Darauf konnte ich ihr Brief und Siegel geben. Doch das konnte ich ja schlecht sagen. Daher bemühte ich mich, diesen Smalltalk höflich zu beenden.

»Ach ja?«, tat ich betont interessiert, auch wenn ich weder die Lust, noch die Zeit hatte, hier weiter mit ihr zu plaudern.

»Sie sind nicht halb so – entschuldigen Sie meine Offenheit – arrogant wie Ihr Bruder. Das finde ich gut!«

Ich nickte und wollte weitergehen.

»Ich hatte doch gesagt, zwei Dinge«, hielt sie mich zurück.

Ich seufzte.

Sie lächelte mich an: »Ihr Bruder hätte niemals die Chance ausgelassen, mit mir auf einen Kaffee in die Wohnung zu gehen.« Sie zwinkerte mir zu, dann wandte sie sich selbst zum Gehen.

Ich spürte, dass sie sich leicht unwohl fühlte. Etwa, weil ich nicht mit zu ihr in die Wohnung wollte? *Ernsthaft?!* Was dachte sie sich überhaupt dabei, wildfremde Männer mit zu sich nehmen zu wollen? Kein Wunder, dass heutzutage so viel passierte, wenn die Menschheit immer unvernünftiger wurde. Mörder und Vergewaltiger schienen ja wirklich ein leichtes Spiel zu haben.

Ich schüttelte verständnislos den Kopf.

Die Frau sah es und ihr Unwohlsein verstärkte sich.

Erneut entwich mir ein Seufzer. Frauen waren echt anstrengend!

Da dachte ich an Hope – und musste lächeln.

Nein, zum Glück nicht alle …

»Ich habe eine Freundin. Das ist alles«, erklärte ich der Frau, um ihr einen Gefallen zu tun, und prompt schoss mir eine positive Gefühlswelle entgegen.

Hatte ich also Recht gehabt. Sie hatte sich abgelehnt gefühlt und daher rührte ihre schlechte Stimmung.

Ich stieß Luft zwischen den Lippen hervor und drückte auf den Fahrstuhlknopf.

»Ihre Freundin kann sich glücklich schätzen, so jemanden wie Sie abgekriegt zu haben«, sagte sie, nun wieder lächelnd.

Doch ich hörte schon gar nicht mehr richtig zu. Vielmehr ließ ich mir das Wort »Freundin« noch einmal auf der Zunge zergehen. Es fühlte sich nach wie vor absolut surreal an und rief eine leichte Gänsehaut bei mir hervor. Ganz so, als hätte man etwas ausgefressen und befürchtete jeden Augenblick, aufzufliegen.

Alles, was ich mit Hope verband war so spannend, aufregend ... Einfach *neu*.

Gleichzeitig implizierte »Freundin« für mich auch eine Gewissheit. Da war jemand, auf den man bauen konnte, jemand, der auf einen wartete und sich Sorgen um einen machte. Jemand, der immer für einen da war. So etwas wie ... *Familie*. Nur schöner, stärker, intensiver, als alles bisher Dagewesene. Das, was ich mir immer gewünscht hatte ...

Denn bei Hope machte ich mir nicht die geringsten Sorgen, dass sie irgendetwas, was sie tat oder sagte, nicht auch so meinte. Sie verkörperte eine unverbrüchliche Verlässlichkeit, die ich bei meinen Brüdern stets vermisst hatte, und die ich auch bei den übrigen Menschen nicht spürte. – Nach wie vor unglaublich, dass ich das ausgerechnet in meiner angeblichen Erzfeindin gefunden zu haben schien.

Die Fahrstuhltür öffnete sich mit einem leisen *Pling*, ich trat ein und wählte die Nummer zweiunddreißig, Treasons Stockwerk.

Während ich nach oben fuhr, versuchte ich mich wieder auf die unmittelbar bevorstehende Aufgabe zu konzentrieren, auch, wenn es mir schwerfiel.

Was sollte ich tun, wenn Treason die Mädels tatsächlich hierhergebracht und irgendetwas Irreparables mit ihnen angestellt hatte? Was, wenn er sie gar umgebracht hatte? Verraten hatte er uns alle ja schon immer. Womöglich hatte er den Oberst aus irgendeinem Grund davon überzeugen konnte, doch mal einen Hausbesuch zu machen? Früher war das üblich. Aber seit wir unsere Ausbildung abgeschlossen hatten, kam es eigentlich nicht mehr vor.

Aber was tat ich dann?

Ich mahnte mich selbst nicht in Verzweiflung zu verfallen. Doch dann merkte ich, dass das rein gar nichts mit meinem Impro zu tun hatte. Das waren erschreckenderweise alles Szenarios, die durchaus im Bereich des Möglichen lagen.

»Code eingeben«, forderte die Computerstimme des Fahrstuhls mich auf. Die Zahlenkombination hatte Treason mir mal im betrunkenen Zustand zugenuschelt. Toller »Verräter« ...

Ich musste grinsen, als ich mich an diese Situation zurückerinnerte. Ich hatte gedacht, wir könnten doch noch alle so etwas wie Kumpels werden. Der Abend war ganz lustig gewesen. Selbst Hate war dabei und verhielt sich verhältnismäßig nett. Leider hatte Treason das Ganze hinterher wieder versaut, indem er uns alle beim Oberst angeschwärzt hatte. Was er dabei jedoch nicht bedacht hatte, war, dass er ja auch dabei gewesen war und sich somit selbst ans Messer geliefert hatte. Gerechterweise bekam er die gleiche Strafe wie wir alle. Und danach noch eine von Hate. Nichts anderes hatte er verdient.

Ich schluckte laut und tippte die Kombination ein. Es gab sowieso kein Zurück mehr. Treason konnte sehen, wenn jemand zu ihm herauffuhr.

Dennoch drückte ich mich seitlich gegen die Fahrstuhlwand, so dass man mich nicht direkt erblicken konnte, sobald die Türen aufglitten, und wartete.

Nichts geschah.

Kurz bevor die Türen sich wieder schließen wollten, huschte ich hindurch.

»Hallo?«, rief ich in die Wohnung hinein. Wenn der Oberst tatsächlich hier war, sollte ich besser keinen Einbrecher mimen.

Niemand meldete sich.

Ich blieb ganz ruhig stehen und lauschte angestrengt, doch ich hörte nicht die kleinste Kleinigkeit. Es schien wirklich keiner hier zu sein. Also auch nicht Hopes Schwestern?

Um ganz sicher zu gehen, durchsuchte ich akribisch Treasons Wohnung, durchforstete jeden noch so kleinen Winkel, kontrollierte Badezimmer und sogar die Speisekammer.

Nichts.

Einerseits war ich beruhigt, hier niemanden vorgefunden zu haben. Andererseits hieß das aber auch, dass es nur noch eine Möglichkeit gab, wo die Schwestern jetzt stecken konnten: beim Oberst. Und unter diesen Umständen wäre es mir definitiv lieber gewesen, wenn ich sie hier gefunden hätte. Nicht auszudenken, was sie jetzt wieder durchleiden mussten.

Schnellen Schrittes machte ich mich auf den Rückweg. Vielleicht waren sie ja aus irgendeinem unerfindlichen Grund doch wieder aufgetaucht? – Moment! Hatte wirklich *ich* das gedacht?

Ich schmunzelte.

Hope ...

10. Kapitel

Hope

»Wo bleibt Despair denn so lange?«, schmollte ich vor mich hin. Meine Besorgnis war in Unmut übergegangen. Was dachte er sich nur dabei, uns hier so lange allein zu lassen? Hoffentlich war ihm nichts passiert ...

Vic grinste mich an. »Du machst dir doch nicht etwa Sorgen?«

»Ich? – Nein. *Doch*. Warum denn auch nicht?«

Ich seufzte.

Vic grinste nur noch breiter. »Dich scheint es ja ganz schön erwischt zu haben.«

»Was?«, fragte ich irritiert.

»Na ja, so wie du hier rumläufst ...«

»Ich ...«, wollte ich mich rechtfertigen. Doch warum eigentlich?

Vic unterbrach mich: »Mach dir keine Gedanken. Ich weiß, dass es ihm genauso geht. Das sieht man sofort.«

Da lächelte ich.

»Und mach dir nicht so viele Sorgen. Ich glaube kaum, dass man ihm so schnell etwas anhaben kann. Er kommt bestimmt gesund und munter zu dir zurück«, beruhigte sie mich.

Ich nickte langsam. Hoffentlich behielt Vic Recht. Diese ganze Warterei machte mich noch ganz kirre.

Wie aufs Stichwort öffnete sich die Zimmertür.

»Despair!« Ich sprang auf und fiel ihm um den Hals.

»Gott sei Dank! Dir ist nichts passiert!«, sagte ich und küsste ihn kurzerhand auf seine vor Erstaunen geöffneten Lippen.

Verblüfft sah er mich an, bevor er anfing zu grinsen und mich ebenfalls in die Arme nahm.

»Was soll mir denn passiert sein?«, fragte er.

»Hate, der Oberst, wer auch immer. Aber gut, dass dem nicht so ist«, erwiderte ich. Dann ließ ich ihn abrupt los. Wie führte ich mich eigentlich auf?

Despair schloss die Tür hinter sich und wir gingen zu Vic, die nach wie vor auf ihrem Bett saß. Dem Einzelbett.

»Hast du was herausgefunden?«, erkundigte ich mich vorsichtig. Je nachdem, was es war, wollte ich es lieber schonend beigebracht bekommen.

Despairs Ausdruck wurde trübselig. »Nein. Tut mir leid. Treason Bude ist vollkommen leer. Keinerlei Anzeichen, dass er dort gewesen ist oder deine Schwestern dort waren«, beantwortete Despair meine Frage.

»Dass Treason nicht in seiner Wohnung war, wissen wir schon längst«, kommentierte Vic.

Ich warf ihr einen scharfen Blick zu, worauf sie sich sofort den Mund zuhielt. Ich wollte es Despair möglichst schonend beibringen! Aber dafür war es nun zu spät.

»Was soll das heißen?«, fragte Despair direkt und sah mich eindringlich an. Also erzählte ich ihm alles. Ohne Umschweife. Ohne Beschönigungen.

Despairs Augen wurden größer und größer. Er ballte seine Faust. Er knirschte mit den Zähnen. Er stieß immer wieder missbilligend Luft zwischen den Lippen hervor.

Letztlich endete meine Ausführung damit, dass Treason nun irgendwo hier in der Nähe herumlungerte und darauf wartete, zu uns kommen zu dürfen.

»Das kannst du nicht ernst meinen«, erwiderte Despair leicht gereizt.

»Frag mich nicht, warum, aber ich glaube nicht, dass er uns verrät«, sagte ich. Dabei musste ich ja inzwischen zugeben, dass ich Treason selbst nicht hundertprozentig vertraute. Zumindest nicht in allen Punkten. Aber uns so offensichtlich ans Messer zu liefern und mich quasi dem Oberst auszuhändigen? Nach alldem, was er mir vorhin im Garten anvertraut hatte? – Nein ...

Denn wozu dann das ganze Schauspiel? Und warum ausgerechnet jetzt die Bombe hochgehen lassen? Er hätte schon so oft die Chance dazu gehabt, uns zu verraten. Auch hierher war er ohne diesen Oberst gekommen. Und selbst nach unserer Unterhaltung war kein Oberst aufgetaucht.

Ach, ich wusste auch nicht, was richtig war. Ich tat mich einfach unheimlich schwer damit, einen, der offensichtlich Hilfe und Anschluss suchte, derart vor den Kopf zu stoßen. – Egal, was dieser Jemand einmal getan hatte ...

»Vertrauen ist gut, Kontrolle ist besser«, antwortete Despair knapp.

»Wäre es dann nicht auch besser zu wissen, wo er ist, anstatt ihn im Nacken zu haben?«, argumentierte ich logisch.

Despair schnaubte. »Es wäre besser, hier komplett von der Bildfläche zu verschwinden. Weit weg. Ohne ihn. Natürlich. Und zwar so, dass er uns auf keinen Fall folgen kann.«

Ich nickte, auch da ich Despair in diesem Punkt absolut verstehen konnte. Nachdem, was Treason mir alles erzählt hatte und was er damals kontinuierlich für einen Mist gebaut hatte, waren Despairs Bedenken absolut berechtigt. Trotzdem tat ich mich schwer mit der Entscheidung und damit, ihm nun vollends den Rücken zu kehren. So waren wir nicht erzogen worden. Barry hatte uns immer gelehrt, dass wir helfen müssten, wenn jemand Hilfe brauchte. Er hatte immer gesagt: »Mädels, es ist vollkommen egal, woher dieser Mensch kommt und wohin er will. Solange jemand in Not ist: Helft!« Und genau das hatten wir auch immer getan.

»Und wenn Treason sich wirklich ändern möchte? Wäre es dann nicht fair und erwachsen, ihm eine helfende Hand zu reichen?«, wandte ich ein.

Ich sah, wie Despair innerlich mit sich kämpfte. Er hatte ein gutes Herz und ich war sicher, als sein Freund konnte man alles von ihm haben. Treason hatte es nur leider verbockt. Dass er sich dennoch so schwertat, war einfach nur ein weiterer Beweis dafür, welch toller junger Mann wirklich hinter dieser kühlen und rationalen Fassade steckte.

»Wir hatten ja vereinbart, dass er fliegt, sollte er sich etwas zu Schulden kommen lassen, nicht wahr?«, setzte ich nach.

Despair nickte langsam. Er verstand genau, auf was ich hinauswollte: ohne Beweise keinen Schuldigen. Despair war nicht dumm. Weiß Gott nicht!

»Na schön. Wie du möchtest. Aber sieh es mir nach, wenn ich ihn noch genauer im Auge behalte als bisher. UND du musst mir versprechen, nicht mehr allein mit ihm zu sein. Nur, weil ich für den Moment eingewilligt habe, heißt das noch lange nicht, dass sich irgendetwas an meinem Verhältnis zu ihm geändert hat. Vertrauen muss man sich verdienen. Und das nicht durch inhaltsleeres Geschwätz, sondern vor allem auch durch Taten«, stellte Despair klar.

»Da hast du Recht. Aber ich bin froh, dass wir ihm die Chance geben«, entgegnete ich.

Despair schnaubte. Überzeugung sah anders aus.

Um ehrlich zu sein, wusste ich ja selbst nicht einmal, warum ich mich so für Treason eingesetzt hatte. Irgendwie erschien es mir ... *richtig*. Und in einer Sache war ich mir sicher: Treason würde nichts tun, was mich in Gefahr bringen könnte. Woher ich diese Gewissheit nahm? Nun ... keine Ahnung. Ich wusste es einfach. Und ich glaubte, dass man Treason nur mehr einen Schubs in die richtige Richtung geben musste und er wäre imstande, über seine alten Schatten zu springen. Und nein, diese Vermutung entsprang tiefster Überzeugung und wurde nicht schöngefärbt durch mein Pro.

Ich nahm Despairs Handy und wählte die Nummer von Treason.

Kritisch beäugte er mein Tun.

»Du hast zugestimmt«, erinnerte ich ihn.

»In welchem geistigen Umnachtungszustand das auch immer geschehen war«, murrte er.

»Das war vor nicht mal fünf Minuten«, sagte ich. Dennoch musste ich schmunzeln.

Despair zuckte mit den Schultern.

Das Handy klingelte. Und klingelte. Und klingelte.

Warum ging er nicht ran?

Despair sah mich an. Ich spürte, dass er unruhig wurde.

»Wir sollten abhauen«, sagte er und schulterte meine Tasche.

»Hallo?«, meldete sich da jemand zaghaft am Telefon.

»Treason, ich bin's, Hope. Warum hat das so lang gedauert?«

»Ich ... ich dachte, Despair wäre das«, stammelte er.

Despair zog skeptisch die Brauen nach oben. Offenbar hatte er das mitangehört.

»Ich wollte dir nur sagen, dass ich Despair alles erklärt habe und du kommen kannst«, erzählte ich ihm.

Doch die erwartete Freude blieb aus:

»Bist du sicher? Was hat Despair gesagt?«, fragte er.

»Dass es in Ordnung ist«, antwortete ich.

»Ernsthaft?«

»Ja, Mann. Du sprichst übrigens zu laut, als dass Despair nicht mithören könnte«, erwiderte Despair genervt.

Ich schmunzelte.

»Dann bis gleich, oder?«, sagte ich.

»Ja ...«, antwortete Treason zögerlich und legte auf.

»Was ist denn mit dem los?«, fragte ich Despair.

»Was fragst du mich das? Treason ist *dein* Vertrauter«, gab er mürrisch zurück.

Vic schaute zwischen uns beiden hin und her. Dann grinste sie frech, sagte aber nichts dazu.

Despair nahm sein Handy und wählte die Nummer der Rezeption. »Toni? Gleich wird ein dunkelhaariger Junge kommen. Sein Name ist Matt Brown. Schicken Sie ihn bitte hoch zu uns. Ja, wie gewohnt.«

Despair legte auf. Keine zehn Minuten später klopfte es an unserer Zimmertür.

»Ich bin's, Leute«, rief Treason von draußen.

Da Despair sich nicht in Bewegung setzte, öffnete ich ihm die Tür.

»Hey, zusammen«, schnaufte er.

»Warum bist du denn so außer Puste?«, fragte ich überrascht.

»Der Pinguin da unten hat mich die Treppe hinaufgeschickt. Du weißt, in welchem Stock wir uns befinden, ja?« Dabei warf er Despair einen grimmigen Blick zu, der jedoch vollkommen unschuldig tat. Bei genauerem Hinsehen sah man allerdings, dass ein leichtes Lächeln seine Lippen umspielte. Ich glaubte jedoch nicht, dass Treason es auch bemerkt hatte.

Unauffällig zwinkerte mir Despair zu, was mich ebenfalls grinsen ließ. Dieser kleine Schlawiner!

»Was machen wir jetzt?«, fragte Treason.

Despair schaute auf seine Armbanduhr. »Ins Bett gehen? Es ist mittlerweile spät geworden und morgen haben wir einen anstrengenden Tag vor uns«, erwiderte er.

Treason sah zu Vic, die bereits gähnte und sich demonstrativ die Bettdecke bis unter die Nase zog. Dann blickte er auf das Doppelbett, dann zur Couch.

»Ich lass euch mal großzügig das Bett«, sagte er mit schelmischem Unterton und warf sich aufs Sofa.

Ich schaute Despair an. Er erwiderte kurz meinen Blick, dann sah er weg.

»Meine Güte, was seid ihr süß!«, freute sich Vic. »Aber stellt euch nun doch nicht so an. Habt ihr mir nicht erzählt, dass eure Spezies bereits mit sechszehn erwachsen ist?«

Ich nickte zaghaft.

»Nun denn. Kein Grund zur falschen Scham. Außerdem sollt ihr schlafen. Nichts weiter!« Vic kicherte, rollte sich auf die Seite und machte die Augen zu.

Despair ließ noch die Jalousien hinunter. Dann zog er seine Hose aus, so dass er nur noch in Shorts vor mir stand, und legte sich ins Bett. Das Shirt behielt er an.

Ich tat es ihm gleich. Mit Top und Unterhose bekleidet legte ich mich neben ihn und machte das Licht aus.

»Schlaf gut«, flüsterte ich und rollte mich auch auf die Seite. Das war meine liebste Schlafposition.

»Du auch«, erwiderte er leise.

Eine Zeit lang lagen wir still nebeneinander. Dann drehte Despair sich ebenfalls auf die Seite und legte zögerlich seinen Arm um mich. Ich holte meinen unter der Bettdecke hervor, woraufhin er seinen Arm schnell wieder zurückzog, doch ich tastete nach hinten, nahm seine Hand und legte sie wieder dorthin. Zusätzlich verschränkte ich unsere Finger miteinander. So schliefen wir ein.

11. Kapitel

Despair

Am nächsten Morgen blinzelte ich und sah einen weißblonden Schopf vor mir liegen. Ich atmete tief ein. Hopes Haar roch nach einer Mischung aus Blumen und Früchten. Feminin, so wie sie eben war. Leichte Sonnenstrahlen drangen bereits durch die Jalousien. Glücklicherweise hatten wir uns jedoch mit dem Gesicht in die andere Richtung gedreht, so dass sie uns nicht geweckt hatten.

Ich hatte das Gefühl, noch nie so gut geschlafen zu haben wie in dieser Nacht. Wir lagen noch genauso da wie gestern Abend. Und auch, wenn mein Arm mittlerweile etwas taub war, wollte ich diese Position nicht aufgeben.

»Bist du wach?«, flüsterte Treason mir zu.

»Nein«, antwortete ich knapp.

»Okay. Ich wollte nur kurz Bescheid sagen, dass ich uns Frühstück besorge und die Zeitung hole.«

»Wir sind in einem Hotel. Ruf den Zimmerservice an«, zischte ich ihm zu. Hope begann sich daraufhin leicht zu bewegen. Automatisch verstärkte ich meinen Griff.

»Sie nimmt dir schon keiner weg«, scherzte Treason. »Und sorry, aber es hat nicht jeder so gut geschlafen wie du. Ich muss mir dringend mal die Beine vertreten. Bin in zehn Minuten wieder da.«

Ich schnaubte. Aber wie hieß es so schön? Reisende soll man nicht aufhalten. Und da ich gerade überhaupt keine Lust hatte, mich weiter mit ihm zu beschäftigen, ließ ich ihn ohne Diskussion ziehen. Sollte er uns verraten, konnten wir hier immer noch über die Dächer fliehen. –Auch ein Grund, warum dieses Hotel mein Lieblingshotel war.

Hope bewegte sich noch einmal.

»Bist du wach?«, flüsterte ich.

»Nein«, brabbelte sie verschlafen.

Ich lächelte. Vorsichtig versuchte ich meinen Arm zurückzuziehen, da ich dachte, dass ihr das Gewicht vielleicht unangenehm war und sie sich deswegen bewegte, doch Hope hielt ihn fest.

»Meins!«, knurrte sie, was ein noch breiteres Lächeln auf meine Lippen zauberte. Ich glaubte, das war mit Abstand das Schönste, was sie in diesem Augenblick zu mir hätte sagen können.

»So, ihr sorglosen Turteltäubchen«, sagte Vic, zog erbarmungslos die Jalousien nach oben und öffnete die Fenster. Ein lauwarmer Wind kam herein.

Ich schielte auf meine Uhr. Wir hatten gerade mal acht.

Nicht, dass ich nicht gewohnt war, früh aufzustehen. Eigentlich sogar früher. Und gerade bei diesem Wetter wäre ich normal mit einem Satz aus dem Bett gesprungen, doch im Moment blieb ich lieber liegen.

»Wir haben viel vor heute«, erinnerte uns Vic unnötigerweise und verschwand ihm Badezimmer.

Ich seufzte und schloss meine Augen wieder.

»Sie hat Recht«, flüsterte Hope und richtete sich auf. Sie fuhr sich mit einer Hand durch ihr langes Haar, dann rieb sie sich die Augen. Wirklich wach sah sie allerdings noch nicht aus.

»Hast du gut geschlafen?«, fragte ich sie.

Sie schaute mich an. Grinste. »So gut wie schon lange nicht mehr«, antwortete sie.

Ich grinste zurück.

»Bin wieder da, Ladies!«, tönte Treason und balancierte ein Tablett mit Frühstück und Kaffee herein. Ganz oben drauf lag die *New York Times*.

»Hand aus der Hose, Despair! Wir haben jetzt keine Zeit für so was!«, neckte er mich.

Im Normalfall wäre ich sofort darauf angesprungen, doch heute Morgen hatte ich so gute Laune, dass mir seine dummen Witze egal waren. Zudem hatte ich meine Hände gut sichtbar *über* der Bettdecke. Von daher konnte auch niemand etwas Falsches denken. – Na ja, theoretisch zumindest.

Vic riss nämlich die Badezimmertür auf und wollte sofort wissen, was hier los war.

»Was hat Despair gemacht?«, fragte sie neugierig.

Ich rollte mit den Augen. Treason lachte dreckig und Hope kicherte. Dann gab sie mir einen sanften Kuss auf die Lippen.

Treason verteilte indes den Kaffee. Hope rümpfte die Nase, nahm ihn aber ohne zu murren entgegen. Dann reichte er jedem von uns noch ein Stück Pizza. – Pizza zum Frühstück?! *Igitt!*

Allerdings war es etwas anderes, was meine Aufmerksamkeit auf sich zu zog: die Zeitung.

»Der Blondinen-Mörder hat wieder zugeschlagen!«, titelte diese und ich schielte neugierig hinüber. Ich hatte extra nichts gesagt, weil ich mir den Text erst einmal durchlesen wollte, bevor ich die Pferde – oder Hope – scheu machte, doch zu spät! Schon schnappte sie sich das Blatt.

»Erneut wurde eine junge blonde Frau Opfer einer schrecklichen Gewalttat. Wie die Polizeidienststelle in Phoenix mitteilte, haben die Untersuchungen noch nicht zum Täter geführt. Zudem bittet sie abermals um Mithilfe bei der Identifizierung der erneut unbekannten Leiche«, las sie vor.

Ich sah, wie sie zitterte, und legte beschützend einen Arm um sie. Hope schmiegte sich hinein.

»Dann steht ja schon mal fest, was wir gleich tun werden«, fasste Vic zusammen und nippte an ihrem Kaffee.

»Was werden wir denn tun?«, fragte Treason.

»Wir werden wieder hinfahren und ich werde schauen, ob es sich um eine von Hopes Schwestern handelt«, erklärte Vic. »Aber ich denke, dass es wieder falscher Alarm ist«, fügte sie noch hinzu und blickte Hope aufmunternd an.

Ich nickte anerkennend. So langsam verstand ich, warum Hope Vic so gern hatte. Sie war echt tough. Und treu. Und schien immer in den richtigen Momenten das Passende zu sagen. Ich wünschte, ich hätte diese Gabe auch. Zudem wüsste ich nicht, wer sich freiwillig eine Leiche nach der anderen angucken würde, nur um seiner Freundin beizustehen.

Gerade, weil ich in Bezug auf Vic anfangs doch sehr skeptisch war und mir nicht vorstellen konnte, dass sie nach Hates »Behandlung« Hope gegenüber loyal bleiben konnte, hatte sie mich überrascht. Vor allem auch, da ich Hate und seine Methoden bestens kannte. Normalerweise war es schwer, sich meinen Respekt zu verdienen. Sehr schwer. Doch sie hatte es geschafft. Sie und Hope.

»Geht's?«, fragte ich Hope leise.

Sie nickte tapfer.

Da strich ich ihr noch einmal über den Rücken und verschwand dann ebenfalls kurz im Bad, um mich fertig zu machen.

»Ich geh dann schon mal zum Wagen«, sagte Treason, als ich wieder heraustrat.

»Ich komme mit!«, fügte ich an.

Treason schnaubte genervt, aber das war mir egal. Ausnahmsweise ging es nicht darum, ihn beschatten zu wollen. – Na gut. Ein bisschen vielleicht.

Aber ich hatte noch einen anderen Grund.

»Kommt ihr gleich nach?«, fragte ich Hope.

Sie nickte.

Treason und ich verließen das Zimmer.

»Alter, jetzt mal im Ernst: Was kann ich tun, damit du mir vertraust?«, fragte er mich auf dem Weg nach unten.

»Gar nichts«, erwiderte ich salopp.

Treason schüttelte beleidigt den Kopf.

»Aber das ist auch gar nicht der Grund, warum ich mitgegangen bin«, sagte ich.

»Nein?« Überrascht sah Treason mich an.

»Nicht nur«, antwortete ich ehrlicherweise.

Treason nickte wissend.

»Ich wollte dich um etwas bitten«, räumte ich ein. Das Gespräch war mir jetzt schon unangenehm, da ich sicher war, dass Treason es sowieso nicht ernst nehmen würde.

»DU willst MICH um etwas BITTEN? Hab ich mich da gerade verhört?«, tat Treason übertrieben bestürzt.

Ich hatte es gewusst ...

»Lass den Scheiß, Treason«, bemühte ich mich dennoch, halbwegs freundlich zu antworten.

Er wurde hellhörig. »Na dann mal raus mit der Sprache. Jetzt hast du mich wirklich neugierig gemacht.«

»Bitte tue das nicht«, sagte ich.

»Tue *was* nicht?«, fragte er argwöhnisch.

»Bitte tue nichts, was Hope schaden könnte«, bat ich ihn.

Treason erwiderte nichts.

»Bitte. Sie ist mir wirklich wichtig«, fügte ich noch hinzu.

Ich hatte einen dummen Spruch erwartet. Einen Scherz. Eine Beleidigung. Irgendetwas, was typisch für Treason war.

Doch stattdessen blieb er stehen und schaute mich ernst an. »Dich hat's echt erwischt, Alter, oder?«

Ich nickte langsam. »Ich glaube, das kann man so sagen.«

Treason klopfte mir auf die Schulter. »Ich könnte jetzt sowieso sagen, was ich will. Du glaubst mir doch eh nicht ...«, entgegnete er. Und auch wenn er das vermutlich gar nicht beabsichtigt hatte, klang seine Stimme leicht niedergeschlagen.

»Wahrscheinlich nicht, nein«, gab ich offen zu. »Aber ich dachte –«

Treason unterbrach mich. »Schon gut. Vielleicht hilft es dir, wenn ich dir sage, dass ich Hope selbst unheimlich gerne mag. Ich hatte noch nie Kontakt zu so einem reinen Wesen und selbst ich würde mir schäbig dabei vorkommen, sie zu hintergehen.«

»Danke, Mann«, antwortete ich und hielt ihm versöhnlich die Hand hin. Ausnahmsweise glaubte ich ihm und fühlte mich jetzt ein ganzes Stück besser.

Treason schlug ein und drückte meine Hand dabei fester als nötig. Ein Grinsen huschte über sein Gesicht.

Hoffentlich irrte ich mich nicht in ihm ...

»Na, Männer? Ihr seid aber noch nicht weit gekommen«, foppte Vic uns, als sie und Hope plötzlich hinter uns auf der Treppe auftauchten.

»Warum nehmt ihr die Treppe?«, stellte Treason als Gegenfrage.

»Weil Hope lieber laufen wollte und ich dachte, dass ihre Figur ja auch einen Grund haben muss. Also bin ich mitgegangen«, entgegnete Vic frech.

Hope schien sich bei der Bemerkung eher unwohl zu fühlen. Zumindest war ich der Meinung, das durch mein Impro gespürt zu haben.

»Du hast wahrlich keine Figur, mit der man auf andere neidisch sein müsste«, schäkerte Treason und zwinkerte Vic zu.

Sie errötete leicht. Von dem ernsten Ton, den wir eben noch angeschlagen hatten, war nichts mehr zu merken. Was aber auch gut war. Ich wollte Hope nicht noch mehr beunruhigen. – Egal, mit was.

***

Ich parkte wieder in der Seitenstraße, wo wir auch das letzte Mal gestanden hatten.

Die Autofahrt selbst war relativ ruhig verlaufen. Nicht einmal Treason hatte irgendwelche blöden Kommentare abgegeben. Jeder schien mit sich selbst beschäftigt. Vor allem Hope. – Aber gut: Ein fröhlicher Plausch wäre in der jetzigen Situation auch mehr als unpassend gewesen. Selbst Treason schien das verstanden zu haben. Und das, obwohl er für gewöhnlich nicht besonders sensibel war.

»Ich werd dann mal«, sagte Vic und öffnete die Autotür.

»Viel Glück«, wünschte ich ihr und Hope umarmte sie.

Treason nickte ihr zu und Vic marschierte Richtung des Polizeigebäudes.

»Und jetzt? Warten wir, bis sie wiederkommt?« Treason sah uns abwartend an.

»Genau das«, erwiderte ich.

»Was dagegen, wenn ich draußen warte?«, fragte er.

»Nein. Ich denke, wir sollten ebenfalls aussteigen«, antwortete ich.

Treason legte die Stirn in Falten.

Hope fasste ihm auf die Schulter. »Das ist nicht wegen dir. Das haben wir letztes Mal auch gemacht«, erklärte sie.

Treasons Gesichtszüge entspannten sich wieder.

Wir warteten eine gefühlte Ewigkeit, bis Vic das Polizeipräsidium wieder verließ.

Hope wollte auf sie zustürmen, so wie beim letzten Mal.

Doch diesmal war ich gewappnet und hielt sie zurück.

Mit Vic kam eine starke Welle des Unwohlseins auf uns zu. Ob Hope das nicht spürte? Oder ob sie gerade zu aufgeregt dafür war?

»Was ist?«, fragte Hope und versuchte sich gleichzeitig von mir loszumachen.

»Irgendetwas stimmt hier nicht«, sagte ich und schaute Vic angestrengt entgegen. Ich konnte jedoch nichts erkennen.

»Ich glaube, das bildest du dir ein«, erwiderte Hope und startete einen erneuten Versuch, mir zu entwischen.

»Nein. Warte!« Mein Ton klang harscher, als er sollte. »Sorry, ich ...« Doch bevor ich mich dafür entschuldigen konnte, schlug Vic einen völlig anderen Weg ein. Anstatt zu uns zurückzukommen, ging sie langsam in die entgegengesetzte Richtung. Machte sie das jetzt nur, weil es Hope beim letzten Mal vorgemacht hatte? Oder stimmte tatsächlich etwas nicht?

Aus irgendeinem Grund tippte ich auf Letzteres.

»Sorry, Leute. Aber war nicht abgemacht, dass sie reingeht, die Leiche identifiziert – oder eben nicht – und dann wieder zu uns zurückkommt?«, fragte Treason und schaute Vic genauso perplex hinterher wie wir alle.

»Ich sag doch, hier ist was faul«, erwiderte ich.

Ich schaute zu Hope, die einfach nur dastand und Vic irritiert hinterhersah. Wieder schwappte eine gewaltige Welle des Unwohlseins zu mir herüber.

Unwillkürlich legte ich Hope die Hand auf die Schulter. Es sollte eigentlich eine beruhigende Geste sein, doch es nutzte nichts. Hopes negative Gefühle wurden immer stärker. Vermutlich konzentrierte sie sich so sehr auf Vic, dass sie die volle Breitseite deren Emotionen abbekam.

»Ich hole sie«, sagte Hope plötzlich.

»Auf gar keinen Fall!«, hielt ich sofort dagegen.

»Willst du sie etwa alleinlassen?« Der Vorwurf in ihrer Stimme war nicht zu überhören.

»Wie wär's, wenn wir uns ins Auto setzen und warten, bis sie sich meldet und wir holen sie dann einfach ab?«, schlug ich vor. Das war mit Abstand die risikoärmste und ungefährlichste Variante.

Hope holte schuldbewusst ein Handy aus der Tasche.

Ich runzelte die Stirn. »Sag nicht, dass das ihres ist ...«, stöhnte ich.

Hope nickte zaghaft.

»Sie hatte es mir vorhin zugesteckt und ich habe vergessen, es ihr zurückzugeben«, erwiderte sie entschuldigend.

»Wie kann man denn so dämlich sein?!«, kritisierte Treason sie sofort.

»Es tut mir leid. Ich hatte noch einmal versucht meine Schwestern zu erreichen, und nachdem es beim letzten Mal so unkompliziert verlaufen war, hatte ich nicht mit Problemen gerechnet«, rechtfertigte sie sich.

»Aber wie kannst du ...«, motzte Treason weiter, doch ich brachte ihn zum Schweigen:

»Das ist nun egal!«, fuhr ich dazwischen.

»Nein, ist es nicht. Wenn sie ihr das Handy wiedergegeben hätte, bräuchte Vic sich nur melden und wir könnten sie – wie du ja schon selbst vorgeschlagen hast – irgendwo abholen und in Sicherheit bringen.«

»Nein. Das könnten wir nicht«, entgegnete ich tonlos.

»Warum?«, fragte Treason.

Als ich ihm nicht antwortete, wandte Treason den Blick von Hope ab und folgte meinem.

Zwei Polizisten waren Vic hinterhergelaufen, hatten sie zurückgeholt und gingen nun neben ihr her.

»Was soll das denn jetzt?« Treason riss die Augen auf.

»DAS, Treason, ist eine verdammt gute Frage!«

»Spürst du das auch?«, fragte Hope. Ihr Blick war besorgt.

Ich nickte.

»Wovon redet ihr zwei?«, mischte sich Treason ein.

»Vic. Sie hat Angst«, erklärte ich.

Manchmal dachte ich nicht daran, dass meine Brüder nicht all das fühlen konnten, wozu ich in der Lage war. Natürlich konnten sie selbst die ganze

Bannbreite an Emotionen empfinden – theoretisch zumindest –, diese aber nicht bei anderen spüren. Ob das Hope mit ihren Schwestern genauso ging?

»Ahhh ... das Leid des Ultimativprodukts«, sagte Treason herablassend.

»Wenn du es so nennen magst«, erwiderte ich knapp.

»Ich glaube nicht, dass das jetzt sein muss«, ging Hope forsch dazwischen.

Treason schaute sie verdutzt an. Solch einen Tonfall war er nicht gewohnt. Schon gar nicht von Frauen. Die fraßen ihm dank seiner Schmeicheleien für gewöhnlich aus der Hand.

Und ich war total stolz, dass das bei Hope nicht so war.

Wir beobachteten Vic und die beiden Polizisten weiter. Diese hatten Vic mittlerweile ziemlich dicht zwischen sich genommen, so dass ihr jegliche Chance auf eine Flucht verwehrt wurde. Wenn man allerdings bemerkte, dass beide Polizisten eine Hand griffbereit am Revolvergürtel hatten, war davon auch tunlichst abzuraten.

Sie gingen noch ein paar Meter. Dann blieben sie stehen.

»Was machen sie jetzt?«, fragte Treason.

»Ich weiß nicht«, erwiderte Hope. Sie klang extrem nervös. Die Arme!

»Ich glaube, sie warten«, teilte ich meine Vermutung mit.

»*Warten?* Auf wen?« Treason blickte mich fragend an.

Ich hob meine Brauen. »Ich fürchte, auf uns.« Dann sah ich zu Hope. »Oder vielmehr: auf sie.«

»Gut. Alles klar. Können sie haben«, sagte Hope.

Ich hielt sie zurück. Abermals.

»Nein, können sie nicht«, sagte ich streng. Ich bewunderte Hope zwar für ihren Mut, doch wenn ich nicht vollkommen falsch lag, war das genau das, was die beiden Polizisten damit bezwecken wollten. Wenn es denn welche waren ...

»Aber ...«, begann Hope, doch ich fiel ihr ins Wort:

»Hope, wir haben keine Ahnung, wie genau der Plan ist.«

»Das stimmt! Aber ich kann hier doch nicht untätig rumstehen und abwarten, bis Vic irgendetwas passiert! *Meinetwegen!*«, klagte sie.

»Wir wissen nicht, wer da sonst noch alles mit drinhängt. Und wenn Hate oder sogar der Oberst persönlich die Drahtzieher sind, wird das extrem ungemütlich.«

»Und was schlägst du dann vor? Sie bei den Typen zu lassen?!«

Ich gab ihr meinen Autoschlüssel. »Natürlich nicht. Ich werde gehen. Ich denke, ich habe von uns dreien die beste Chance, dort unbeschadet wieder herauszukommen«, erklärte ich.

»Und wenn wir zu dritt gehen?«, fragte Hope.

»Ich glaube, Despair hat Recht«, half Treason mir. Ob es jetzt aus Eigennutz geschah, oder ob das wirklich seine Meinung war, blieb dahingestellt.

Hope kniff kritisch die Augen zusammen. »Und wie kommst du zu dieser Auffassung? Deinen Bruder ins offene Messer laufen zu lassen?« Hopes Tonfall machte eindeutig klar, dass sie das für ein absolutes No-Go hielt und sie sich hundertmal lieber selbst opfern würde, als dass jemand anderem etwas passierte. Bewundernswert!

Treason schnaubte empört. Hope hatte ihn verbal aufs Füßchen getreten – was bei ihm jedoch auch nicht wirklich schwer war.

»Wenn du deinen Kopf mal zu mehr benutzen würdest, als zum Haare schneiden, könntest du dir das selbst erklären«, schnappte er zurück.

»Da bin ich ja mal gespannt, mit welchen feigen Ausreden du dein Verhalten rechtfertigen möchtest«, konterte sie bissig.

Treason und Hope starrten sich wütend an.

»Hey ...«, ging ich dazwischen. Es war zwar ganz süß, wie Hope sich für mich einsetzte, aber das hier brachte uns nicht weiter. »Hope? Treason hat tatsächlich Recht.«

»Ach ... hat er das«, kommentierte sie unbeeindruckt.

»Ja, hat er wirklich. Da ich annehme, dass das Ganze dir gilt, kannst du schon mal nicht mit«, erklärte ich.

Hope nickte unwillig.

»Und da Treason und ich niemals *irgendwo* zusammen hingehen würden, kann er ebenfalls nicht dabei sein. Sollten Hate oder der Oberst uns sehen, wüssten sie direkt, dass hier etwas nicht stimmt«, fügte ich hinzu. »Fazit:

Egal, wer von euch mitkäme, Hate oder der Oberst würden direkt Lunte riechen und sich auf euch stürzen. Ich bin der Neutralste von uns. Wenn einer ohne Kampf da rauskommt, dann ich.«

Hope knirschte mit den Zähnen. Eigentlich war das ja meine Angewohnheit, wenn mir etwas nicht passte.

»Nebenbei ist Despair auch mit Abstand der bessere Kämpfer«, räumte Treason missmutig ein. »Wenn es wirklich zu einem Kampf kommt, kann er sich am besten helfen.«

Da seufzte Hope schwer, schien es jedoch einzusehen.

Ich warf erneut einen Blick zu Vic und den Polizisten. Sie standen noch immer an der gleichen Stelle und versuchten sich unauffällig umzusehen. Doch nur ein Laie nahm ihnen dieses Verhalten ab. – Ein dummer Laie.

Ein normaler Mensch würde sich sofort fragen, warum die Polizisten doof in der Gegend herumstanden und eine Passantin zwischen sich eingequetscht hatten. *Amateure!*

»Und wie soll es dann genau ablaufen?«, fragte Hope.

»Folgendes: Ich werde hingehen und Vic als meine Freundin ausgeben«, erklärte ich.

Hopes Gesichtszüge verdunkelten sich ganz kurz.

Ich konnte nicht anders und ein kurzes Lächeln huschte mir übers Gesicht.

»Im besten Falle nehme ich sie einfach mit. Ansonsten werde ich die Polizisten unschädlich machen. Du und Treason wartete hier im Wagen. Sollte irgendwas sein, kommst du uns mit dem Wagen zur Hilfe und wir springen rein. Alles klar soweit?«

»Warum können wir das nicht direkt so machen?«, fragte Hope.

Treason rollte mit den Augen. »Du bist 'ne ganz schöne Kamikaze-Tussi, weißt du das?«

Hope zuckte unbeeindruckt mit den Schultern, erwiderte jedoch nichts.

»Wir versuchen es erst einmal auf die unauffällige Tour, okay? Wozu Aufsehen erregen, wenn es am Ende gar nicht nötig ist? Vielleicht haben die Herren ja auch ganz andere Absichten und unsere Gedanken sind vollkommen abwegig?«

Ich wusste zwar jetzt schon, dass das nicht stimmte, aber seit ich Hope kannte, schlichen sich solche Gedanken öfter mal bei mir ein.

»In Ordnung«, willigte Hope ein. »Das klingt vernünftig und ist mit Sicherheit die geschickteste Methode. Eigentlich bin ich auch umsichtiger, aber wenn es um jemanden geht, der mir am Herzen liegt, schieße ich schon mal übers Ziel hinaus«, entschuldigte sie sich mehr oder weniger.

»Gut. Wenn irgendetwas sein sollte, gebe ich euch ein Handzeichen und ihr kommt mit dem Wagen, okay?«, sagte ich abschließend.

Treason und Hope nickten.

»Treason?«

Ich brauchte gar nicht weiterzureden. Er gab mir mit einem leichten Nicken zu verstehen, was ich wissen wollte.

Ich wandte mich zum Gehen, als Hope mich am Arm festhielt:

»Pass auf dich auf«, flüsterte sie und drückte kurz meine Hand. Dann ließ sie mich los.

Ich wartete einen geeigneten Augenblick ab, in dem ich unbemerkt aus der Seitenstraßen huschen konnte, und ging dann betont gleichgültig die Straße hinunter.

Der Vorteil an unserem Versteck war, dass man von dort aus das Polizeipräsidium gut beobachten konnte, es anders herum jedoch schlecht aussah.

Es dauerte nicht lange, da wurden die Polizisten auf mich aufmerksam. Unbeeindruckt ging ich weiter. Ihr vermeintliches Interesse konnte viele Gründe haben, beruhigte ich mich selbst – wenn auch wenig erfolgreich.

»Hallo, Schatz, da bist du ja«, grüßte ich Vic. »Die Herren,« nickte ich den beiden Ordnungshütern zu.

Vic sah mich perplex an. Ihre Augen fragten mich eindeutig, was ich hier tat, doch ich ließ mich nicht beirren.

»Was können wir für sie tun, junger Mann?«, fragte einer der Polizisten.

»Hat meine Freundin etwas verbrochen?«, stellte ich als Gegenfrage.

Die Polizisten warfen sich einen kurzen Blick zu. Dann rückten sie von Vic ab.

»Mitnichten. Wir wollten nur sichergehen, dass es ihr gut geht, nachdem sie unser Präsidium verlassen hat«, antwortete der andere.

»Sie müssen entschuldigen. Meine Freundin«, ich lehnte mich etwas weiter zu ihm hin, »ist ein bisschen übervorsorglich, was ihre Familienmitglieder betrifft.« Der Polizist schaute mich zunächst etwas skeptisch an.

Kurz war ich irritiert. Hatte Vic etwa nicht wieder die gleiche Ausrede benutzt? Das war doch das A und O bei solch einem Vorgehen! Doch ich ließ mir nichts anmerken.

»Ja, das ist die Gute wohl wirklich. Sie war gestern schon bei uns. Mit ihrer Schwester«, erklärte der Polizist.

Ich setzte einen vorwurfsvollen Blick auf. »Vic, also bitte«, tadelte ich sie gespielt.

»Oh yeah! Die Schwester!«, rutschte es dem anderen Polizisten heraus, woraufhin ich meine Faust zu gerne in seiner Fresse gesehen hätte. Doch ich riss mich zusammen. Bis jetzt schien ja alles relativ gut zu laufen – sofern der Schein nicht trügte.

»Nun denn, die Herren. Wir müssen jetzt weiter. Es war nett, ihre Bekanntschaft zu machen«, verabschiedet ich mich und reichte Vic meine Hand.

Vorsichtig ergriff sie sie.

»Einen schönen Tag noch!« Mit diesen Worten wandte ich mich zum Gehen und zog Vic einfach mit mir.

Die beiden Polizisten antworteten mit den typischen Floskeln und ließen uns gehen.

Das war einfach gewesen. *Zu* einfach!

Unauffällig schaute ich nach hinten, doch die beiden Polizisten standen noch immer da und lächelten freundlich.

»Du hättest nicht kommen sollen«, zischte Vic mir zu.

»Was?«

»Ich weiß nicht. Die waren komisch. Mich hätten sie früher oder später gehen lassen. Aber ...«

Vic hatte den Satz noch nicht zu Ende gesprochen, da bemerkte ich aus dem Augenwinkel heraus, wie sich je von links und von rechts zwei Männer näherten.

»Nicht umdrehen«, mahnte ich sie. »Wir kriegen Besuch.«

Vic wurde hektisch. Ihre Schritte beschleunigten sich.

Ich versuchte sie so unauffällig wie möglich meinem Tempo wieder anzupassen, doch Vic reagierte nicht.

»Hör auf damit!«, raunte ich ihr zu.

»Da vorne ist das Auto«, flüsterte sie.

»An dem wir vorbeilaufen werden«, knurrte ich zurück.

»Aber wenn wir da drinsitzen, können wir ...«

Erschrocken hielt sie inne. Zu unseren Verfolgern hatten sich vier weitere Herren gesellt. Diese kamen jedoch von vorne.

Wäre die Situation nicht so ernst gewesen, hätte man lachen können, wenn man sah, wie diese Möchtegern-Cops versuchten, einen auf Spezialeinheit zu machen und sich unbemerkt anzuschleichen. Dabei schrie alles an ihnen –ihr Aussehen, ihre Bewegungen, ihr Verhalten – nach:

»Seht her, Leute, wir sind Cops und wir sind auf Verfolgungsjagd!«

Äußerlich unbeeindruckt ging ich weiter. Nachdem die Männer uns jetzt auch entgegenkamen, war Vic wieder langsamer geworden.

»HALT!«, schrie einer von ihnen plötzlich.

Ich tat überrascht, blieb stehen und nahm die Hände hoch.

»Mach das Gleiche«, flüsterte ich Vic zu, die sich das natürlich nicht zweimal sagen ließ. Immerhin hatten diese Männer Waffen.

Zum ersten Mal war ich froh, dass Treason bei Hope war. Er würde sie schon davon abhalten, mit Vollgas auf uns zuzustürmen. – Falls er nicht in diese Sache verwickelt war, sagte ein Stimmchen in meinem Kopf.

»Was können wir für Sie tun, Officer?«, fragte ich.

»Sparen Sie sich das! Sie sind verhaftet!«, raunzte er uns entgegen.

»Interessant. Darf ich wenigstens wissen, warum?«

»Mach keine Faxen, Bürschchen, und dir wird nichts passieren«, kam es unfreundlich zurück.

Bürschchen. Pah! Diesem Menschen fehlte wohl ein Spiegel.

Ich registrierte, wie die Polizisten ihren Kreis um uns herum verengten. Aber das war gut so. Umso dichter sie beieinander standen, desto zögerlicher würden sie ihre Schusswaffen gebrauchen. Besonders gut ausgebildet schienen sie ja nicht zu sein. Oder – um fair zu bleiben – schon. Nur halt gemäß polizeilichem Standard.

Die Polizisten rückten immer näher. Der Unfreundliche hatte seine Handschellen gezückt und kam direkt auf mich zu.

»Sobald sich dir ein Ausweg bietet, rennst du so schnell wie möglich davon, okay?«, wisperte ich kaum hörbar zu Vic.

Sie bestätigte es mit einem fast unmerklichen Nicken.

Als der Polizist kurz vor mir stand und mir seine Handschellen anlegen wollte, schlug ich ihm mit meiner Handkante gegen seine Halsschlagader. Der Polizist sackte bewusstlos zusammen.

Augenblicklich griff der Rest nach Schlagstöcken oder Waffen, doch ich hatte schon den Nächsten gepackt, welchen ich schützend vor mich hielt.

Wir Improbas waren zwar darauf trainiert worden, uns mittels eines menschlichen Schutzschilds niemals von unserem Vorhaben abbringen zu lassen. Mit anderen Worten: Uns sollte ebenfalls egal sein, was mit unseren Brüdern passierte. Doch das galt zum Glück im Umkehrschluss nicht für Menschen. Sie hatten Hemmungen, anzugreifen, wenn jemand der ihren dabei in Mitleidenschaft gezogen werden konnte.

Ein Cop versuchte sich unbemerkt von hinten zu nähern, doch ich kickte quer nach oben und trat gezielt gegen seine Kehle. Der Nächste, der bewusstlos wurde. Fehlten nur noch sechs. Oder fünf, wenn man von dem in meinen Armen einmal absah.

Vic nutzte die Lücke und rannte weg. Schlaues Mädchen!

»Hören Sie: Ergeben Sie sich einfach und niemandem wird etwas passieren«, sagte einer der Polizisten.

»Das glauben Sie doch nicht im Ernst, oder?«, erwiderte ich trocken.

Wie auf Kommando gingen alle mit ihren Schlagstöcken auf mich los. Ich schubste den beiden Polizisten direkt vor mir meine Geisel in die Arme und setzte einen Polizisten nach dem anderen außer Gefecht, doch aus der Polizeiwache kamen immer neue gestürmt. Verdammt!

Ich versuchte mir einen Weg freizukämpfen, doch sie attackierten mich mittlerweile von allen Seiten.

Dann hörte ich ein Auto. Es war mein Wagen. Ganz sicher.

Ich versuchte mich umzublicken, um herauszufinden, wo ich hin musste, doch ich war restlos umstellt. Bestimmt an die zwanzig Polizeibeamte hatten mich umzingelt. Hier gab es keine Chance, sich durchzumogeln. Das schienen auch Hope und Treason so zu sehen, denn ich hörte zwei Autotüren schlagen und dann, wie das Gebrüll der Polizisten immer lauter wurde. Dazu Schmerzensschreie, Flüche und verzweifelte Versuche, per Walkie-Talkie noch mehr Mann anzufordern.

Ich kämpfte, was das Zeug hielt und wendete nach wie vor Taktiken an, die meine Gegner sogleich bewusstlos werden ließen. Nur so konnte ich sicher sein, hier doch noch irgendwie rauszukommen.

In dem ganzen Kampfgetümmel blickte ich auf und sah Treason das Gleiche tun. Auch Hope setzte mit zwei gezielten Schlägen einen nach dem anderen außer Gefecht.

Nachdem binnen kürzester Zeit eine ansehnliche Menge an Polizisten um uns herum verstreut lag, hielten die paar Verbliebenen mit einem Mal gebührenden Abstand.

»Ergeben Sie sich! Alle!«, forderte einer mit brüchiger Stimme. »Sonst –«

»Sonst was?«, pflaumte Treason ihn an und hob die Hand.

Der Polizist trat noch ein paar Schritte zurück.

»Werden Sie verhaftet«, setzte er kleinlaut nach, doch das konnte man nicht ernst nehmen.

Aus der Ferne hörte ich Polizeisirenen und auch die Rotorblätter eines Hubschraubers.

»Wir sollten fahren«, sagte ich und dirigierte Hope und Treason zum Wagen.

Die verbliebenen Polizisten schienen so fassungslos zu sein, dass sie ihre Schusswaffen komplett vergaßen.

Vic hatte bereits hinten Platz genommen und starrte uns mit offenem Mund und erschrockenem Gesichtsausdruck an.

Ich sprang auf den Fahrersitz. Der Schlüssel steckte noch. Hope krabbelte nach hinten, für Treason blieb der Beifahrersitz.

Dann setze ich den Wagen hektisch zurück, wendete ihn in einem riskanten Manöver und fuhr mit durchgetretenem Gaspedal in die andere Richtung davon.

»Heilige Scheiße! War das knapp!«, japste ich und atmete tief durch.

Hope und Treason nickten. Auch sie mussten erst einmal wieder zu Atem kommen.

Ich schaute in den Rückspiegel. Vics Gesicht war kreidebleich. Ihr Mund stand immer noch offen und sie machte den Anschein, als würde sie jeden Moment in Ohnmacht fallen.

»Alles klar bei dir, Vic?«, fragte ich deshalb.

Sie nickte lahm, doch ihr Gesichtsausdruck änderte sich nicht.

»Bist du sicher?«

Wie ein kurzes Nicken.

»Du wirkst so, als hättest du einen Geist gesehen. Ist wirklich alles gut? Du bist doch nicht verletzt, oder?«, erkundigte sich nun auch Hope.

Vic drehte sich langsam zu ihr. Ganz zaghaft schüttelte sie den Kopf.

Hope wollte den Arm um sie legen, doch Vic zuckte ängstlich zusammen.

»Was hast du?« Hope klang besorgt.

»Ich ... Ihr ... Bäm! Überall Fäuste! Überall Leichen!«, stammelte sie mit aufgerissenen Augen.

»Leichen?«, fragte Hope verwirrt. Doch mir schwante schon, was Vic damit sagen wollte. Natürlich hatte sie vom Auto aus nicht unterscheiden können, ob wir jemanden umgebracht oder einfach nur bewusstlos geschlagen hatten.

»Ihr ... Ihr habt eben, keine Ahnung wie viele, Polizisten umgebracht! Seid ihr verrückt? Was stimmt mit euch nicht?«, erklärte sie prompt. Ihre Stimme zitterte hörbar.

»Wir haben doch keinen umgebracht!«, rechtfertigte Hope sich entsetzt.

»Ach nein?! Da eben lagen gefühlte fünfzig Männer! Alle tot! Durch einen einzigen Schlag! Ihr ... ihr braucht keinen Blondinen-Mörder zu jagen! *Ihr* seid die Killer!« Vics Stimme überschlug sich fast vor lauter Aufregung.

»Beruhige dich, Vic. Ich versichere dir, die Männer sind nicht tot. Sie sind bewusstlos, das ist alles. Und das haben wir nur gemacht, weil Despair sonst niemals da rausgekommen wäre«, erklärte Hope in einem Tonfall, als würde sie mit einem verletzten Tier sprechen.

Vic schaute sie misstrauisch an. Ich hatte keine Ahnung, ob sie ihr ein Wort glaubte. Es sah nicht wirklich danach aus – jedenfalls nicht, wenn man nur nach ihrer Mimik ging. Doch nach und nach wurde ihre Atmung ruhiger und ich spürte, wie ihre negativen Gefühle nachließen.

»Ganz ehrlich, Vic: Ich schwöre bei allem, was mir lieb und teuer ist, dass wir keinen umgebracht haben«, versicherte Hope noch einmal und nahm Vics Hand. »Das war alles nur Selbstverteidigung. Mehr nicht.«

Vic schwieg einen Moment. Sie war wohl am Überlegen.

»Versprichst du es?«, fragte sie schließlich.

Hope nickte und hielt sich ihre rechte Hand aufs Herz. »Ehrenwort.«

Vic stieß einen tiefen Seufzer aus und ließ sich gegen die Rückbank sinken. Sie schien fix und fertig zu sein. Ich konnte das verstehen. Wenn man zuvor noch nie mit solch einem Kampfszenario in Berührung gekommen war, musste das alles unwirklich und erschreckend auf einen wirken.

Apropos erschreckend: Zum Glück war die Polizeidienststelle etwas außerhalb gelegen, so dass sich – zumindest, was ich mitbekommen hatte – kaum Schaulustige eingefunden hatten. Und etwaige Zeugen hatten sich hoffentlich flugs wieder verzogen. Es reichte schließlich schon, dass der Oberst und seine Gefolgschaft hinter uns her waren ...

Da die Polizeisirenen nach und nach immer leiser geworden waren, nahm ich zudem an – oder hoffte –, dass in dem ganzen Trouble tatsächlich niemand so richtig mitbekommen hatte, wie und in welche Richtung wir genau geflohen waren. Vermutlich waren sie ohnehin erstmal dabei, den Gesundheitszustand ihrer Kollegen zu checken. Wer wusste schon, ob die Polizisten auf die Schnelle einen Blick dafür hatten, ob jemand tot oder »nur« bewusstlos war. Wenn ich daran dachte, wie amateurhaft sie gekämpft hatten, ging ich nicht davon aus.

Auch den Hubschrauber hörte ich nicht mehr. Was für ein Glück! Den Polizeiwagen hätten wir bestimmt irgendwie entkommen können. Aber einem Hubschrauber? – Keine Chance!

Ich drosselte die Geschwindigkeit und wir fuhren im normalen Tempo zurück zu unserem Hotel. Etwas verwundert war ich schon, dass wir an keiner Straßensperre vorbeikamen. Waren sie nur nicht schnell genug gewesen? Oder *wollte* man das so? Merkwürdig ...

Wie lange wir noch im *Discretion* bleiben würden, sollten wir uns gut überlegen.

»Seid ihr euch eigentlich sicher, dass ihr nur auf der Erde seid, um die Menschheit mit euren Gefühlen zu unterstützen?«, fragte Vic plötzlich. Dabei starrte sie nachdenklich aus dem Fenster.

Hopes und mein Blick trafen sich im Rückspiegel. Auch Treason sah mich stirnrunzelnd von der Seite her an.

»Was meinst du, Vic?«, fragte ich als Erster.

»Nun ja ...«, begann Vic und stockte, offenbar unsicher, wie sie sich ausdrücken sollte.

»Sag's einfach, Vic«, half Hope ihr auf die Sprünge.

Sie nickte beherzt. »Ich meine ... Seht euch an: Ihr seid nur zu dritt gewesen und ihr habt vorhin eine Unmenge an Polizisten überwältigt. Findet ihr das nicht etwas ... *seltsam?*«

»Schätzchen, wir sind ausgebildet in so etwas«, erklärte Treason und versuchte ihre Bedenken auf seine Art ins Lächerliche zu ziehen.

Doch Vic ließ sich nicht beirren: »Das ist schon der erste Grund, der euch zu denken geben müsste. Warum lässt jemand Wesen – die ursprünglich einzig und allein für das Gute stehen sollten – so verdammt hart ausbilden?«, fragte sie.

»Damit wir uns gegen die Improbas wehren können«, erwiderte Hope automatisch. Doch noch während sie antwortete, schien ihr selbst bewusst zu werden, wie einstudiert ihre Antwort klang. Hätte man ihr dieselbe Frage noch vor zwei Wochen gestellt, hätte sie ihre Überzeugung garantiert mit voller Inbrunst dargelegt, doch jetzt spürte man förmlich, wie ihr Gehirn am Arbeiten war. – Genau wie meins.

»Das wäre ja noch einleuchtend. Auch wenn es da gewiss noch andere Methoden gegeben hätte, euch zu schützen. Aber was ist mit den Kerlen? Was haben die für einen Grund? Angst vor euch Probas kann es ja wohl nicht sein, oder?«, konterte Vic.

»Angst vor den Mädchen? Ich bitte dich!«, lachte Treason, doch genau in diesem Moment schien er etwas zu realisieren – und verstummte.

»Und außerdem: Habt ihr euch selbst schon mal kämpfen gesehen?«, fragte Vic ehrfürchtig.

»Ständig«, erwiderte ich. Wir hatten während unserer Ausbildungsphase den ganzen Tag über fast nichts anderes gemacht, als gegeneinander anzutreten und dem jeweils kämpfenden Paar zuzuschauen.

»Und euch ist dabei nie etwas aufgefallen?«, hakte sie nach.

»Nein?«, gab ich fragend zurück. Mir war nicht klar, auf was Vic hinauswollte.

»Verzeiht, wenn ich das so offen sage, aber das vorhin war kein normales Kämpfen. Das hatte auch nichts mehr mit Selbstverteidigung zu tun. Ihr habt die Polizisten gezielt ausgeschaltet. Und … wenn ich ehrlich bin: Das hat mir richtig Angst gemacht. Ich kam mir vor wie in einem Thriller.« Vic erbebte hörbar.

»Ich glaube, du interpretierst da zu viel hinein«, antwortete Treason, nachdem Hope und ich offensichtlich nicht wussten, was wir dazu sagen sollten. »Wir können ja auch nichts dafür, dass die Polizisten so schlecht ausgebildet sind, oder?«

Vic wandte sich mit ernstem Ton an Treason: »Nein, du verstehst das nicht. In meinem Leben lief nicht immer alles glatt und ich habe eine Zeit durchgemacht, in der ich zumindest öfter Zuschauer von Schlägereien und Straßenkämpfen gewesen bin. Und glaube mir: Dort ging es auch schon mal heiß her. Aber das hier? – Überhaupt kein Vergleich!«

»Natürlich nicht! Es ist etwas anderes, ob sich richtige Kämpfer zur Wehr setzen oder sich ein paar Möchtegern-Bad-Boys gegenseitig auf die Fresse hauen«, setzte Treason mittlerweile leicht ungehalten nach.

Aber Vic gab nicht klein bei.

»Du kannst es glauben oder nicht. Fakt ist: Ihr hättet die Polizisten genauso gut kaltmachen können und keiner hätte euch was entgegenzusetzen gehabt. Ich meine, mal ehrlich: Ihr wart zu dritt und sie zu was weiß ich wie viel! Was ist das für ein Größenverhältnis? Ihr hättet zehn der besten Kampfsportler an eure Stelle setzen können und sie hätten es nicht geschafft. Ganz abgesehen davon, dass sie euch noch aus ganz anderen Gründen nicht das Wasser reichen konnten.«

Wir alle waren verstummt. Selbst Treason sagte nichts mehr.

»Ihr wart blitzschnell! Man hat gar nicht wirklich etwas gesehen, da lagen – *zack, zack, zack* – fast alle am Boden. Außer denen natürlich, die ihr verschont habt. Aber selbst die hättet ihr zu Fall gebracht, wenn es nötig gewesen wäre. Ihr könnt mir erzählen, was ihr wollt: Aber hättet ihr mir nicht gesagt, dass ihr nicht von diesem Planeten seid, hätte ich es spätestens jetzt gewusst. Das, was ihr da getan habt, war nämlich alles andere als *menschlich*!«

Vic machte eine Pause. Ich glaubte, sie wollte, dass wir uns dazu äußerten. Doch ich musste gestehen, ich wusste beim besten Willen nicht, was. Und das schien nicht nur mir so zu gehen.

Da holte sie tief Luft: »Ihr seid die ultimativen Kampfmaschinen. Nicht in hundert Jahren Training könnte ein Mensch das erlernen, was ihr könnt.« Sie wartete kurz und schaute dabei nach und nach jedem von uns in die Augen.

Als keine Reaktion erfolgte, auch nicht von Hope, fuhr sie fort:

»Ich glaube, eure Spezies ist speziell für den Kampf entstanden oder gezüchtet worden. Und ich fürchte, euer Dasein auf der Erde hat einen viel tieferen Sinn, als hier jedem bewusst ist.« Damit beendete sie offenbar ihren Monolog und verstummte.

Wir erreichten das Hotel, ich bog in die Tiefgarage ab und parkte das Auto an der gewohnten Stelle. Dann lehnte ich mich gegen meinen Sitz. Das musste ich erst mal sacken lassen.

»Aber was ist mit unseren Fähigkeiten?«, fragte Hope schließlich, sichtlich verwirrt.

Ich wandte mir zu ihr um.

»Vielleicht nur ein netter Nebeneffekt?«, konterte Vic.

Hope schlug betroffen die Lider nach unten. »Aber wir sind doch gar nicht böse. Wir sind hier, um Gutes zu tun. Nicht Böses.«, murmelte sie traurig.

Hope tat mir leid. Zu gern hätte ich sie jetzt in den Arm genommen.

Ich war es ja gewohnt, als »böse« bezeichnet zu werden, aber Hope hatte daran bestimmt zu knabbern.

Jetzt war Vic es, die Hopes Hand nahm. Obwohl sie ein Mensch war, schien sie Hopes Gefühlschaos ebenfalls zu bemerken.

»Ich habe ja gar nicht gesagt, dass ihr böse seid. Schon gar nicht du, Hope.« Sie lächelte Hope aufmunternd an. »Ich bin nur der Meinung, dass eure bloße Anwesenheit und die damit verbundene Fähigkeit, Gefühle zu verstärken, nicht eure einzige Aufgabe hier sein kann. Ich kann mich selbstverständlich auch irren. Nur weil ich das vermute, muss es ja nicht stimmen. Es ist nur ... Das, was man euch erzählt hat, passt für mich irgendwie nicht zu dem, wie ihr erzogen und trainiert worden seid. Tut mir leid!«

Hope nickte langsam. »Ich weiß ehrlich gesagt nicht, was ich dazu sagen soll, Vic. Ich glaube, ich muss da erst einmal in Ruhe drüber nachdenken und meine eigenen Schlüsse daraus ziehen.«

Ich nickte unmerklich. Mir ging es genau wie Hope. Auch ich war gerade etwas überfordert. Ich wusste zwar, dass wir außergewöhnlich gute Kämpfer waren, aber mir war nie bewusst gewesen, was wir doch für einen krassen Gegenpart zu einem Menschen darstellten. Man selbst sah sich beim Kämpfen ja schließlich nicht. Man wusste nur, ob man überlegen war oder nicht. Und selbst, wenn ich im Bilde gewesen wäre, wäre ich – das musste ich mir eingestehen – nie auf die Idee gekommen, dass da eventuell mehr dahinterstecken könnte.

»Das geht euch jetzt allen so, was?«, erriet Vic unsere Gedanken.

Ich schaute zu Treason, der ebenfalls teilnahmslos auf dem Beifahrersitz saß und auf das Armaturenbrett vor sich starrte.

Er nickte lahm.

»Können wir hochgehen? Ich würde mich gerne ein bisschen hinlegen. Ich habe Kopfschmerzen«, sagte Hope.

»Natürlich«, antwortete ich prompt und Treason und Vic willigten ebenfalls sofort ein.

In unserem Zimmer angekommen, legte Hope sich tatsächlich aufs Bett und schloss die Augen. Eine Welle negativer Gefühle schwappte über mich hinweg. Sie machte sich garantiert Gedanken über das, was Vic alles gesagt hatte. Das war sicher viel für sie gewesen.

Eigentlich wollte ich mich dazulegen, doch Vic bedeutete mir mit einem Kopfnicken, dass Treason und ich ihr auf den Balkon folgen sollten.

Wir taten wie geheißen.

»Sorry, wenn ich jetzt irgendwie Stress in eure Gruppe gebracht habe«, entschuldigte sie sich zuerst.

»So ein Quatsch, Vic. Es war interessant, dass alles mal aus einem neutralen Blickwinkel heraus zu hören«, erwiderte ich. Sie brauchte sich wirklich keine Gedanken zu machen. Ich war nicht sauer auf sie. Eher nachdenklich oder sogar ein Stück weit verunsichert.

»Ich war nur so geschockt, als ich euch hab kämpfen sehen, da musste das einfach raus«, rechtfertigte sie sich. »Hope hatte ich ja schon mal gesehen. Und obwohl ich da schon immens beeindruckt gewesen bin, war das im Vergleich zu heute eine absolute Lappalie.«

»Wirklich, Vic. Du brauchst dich für rein gar nichts zu entschuldigen«, versicherte ich ihr noch einmal.

»Okay. Es ist nur: In eurer Gegenwart fühle ich immer so extrem, da kann man schon mal durcheinander werden.« Sie lächelte beruhigt. Dann wurde ihr Gesichtsausdruck schlagartig wieder ernst. »Ihr habt vermutlich auch ein viel größeres Problem.«

»Ein größeres?«, fragte Treason und seine Stimme war mehr ein Quieken.

»Zumindest Hope, ja. Durch das ganze Tohuwabohu haben wir den eigentlichen Grund unseres Ausflugs vollkommen vergessen«, sagte Vic.

»Die Leiche«, erwiderte ich sofort.

Vic nickte.

»Sag bitte nicht, dass es eine ihrer Schwestern war«, fügte ich hinzu. Ich hoffte es wirklich von ganzem Herzen.

Hope war stark. Keine Frage. Aber das Ganze schien sie sowieso schon mehr mitzunehmen, als sie sich selbst eingestehen wollte – oder als sie vor uns preisgeben wollte. Wer wusste also, wie sich solch eine Hiobsbotschaft noch auswirken würde?

»Nein, nein«, beruhigte Vic mich sofort.

Ich stieß einen tiefen Seufzer aus.

»Aber ...« Vic verstummte und schaute ins Zimmer zu Hope.

Treason verstand und ging auf leisen Sohlen zur ihr, um zu schauen, ob sie uns belauschte. Dann kam er wieder. Für so etwas war Treason wirklich hervorragend zu gebrauchen. Ich war mir sicher, keinen zu kennen, der sich so unauffällig und leise bewegen konnte.

»Sie schläft«, sagte er.

»Es war nicht nur eine Leiche«, erzählte Vic mit belegter Stimme.

Ich hob die Brauen und auch Treason machte einen leicht bestürzten Gesichtsausdruck.

»Aber du sagtest ja, keine Schwester, oder?«, hakte ich direkt nach.

»Nein. Keine Schwester«, versicherte Vic mir noch einmal.

»Gut«, antwortete ich erleichtert – soweit man bei so einer Nachricht überhaupt erleichtert sein konnte.

»Ja, wirklich gut«, pflichtete Treason mir bei. »Aber warum soll uns das dann jucken?«

Typisch Treason ...

Vic lehnte sich zu uns und winkte uns näher heran.

Wir steckten die Köpfe zusammen.

»Alle drei Leichen –«

»Drei?«, quiekte Treason.

»Scht«, ermahnte ich ihn.

»Drei?«, vergewisserte Treason sich nun im angemessenen Tonfall.

Vic nickte. Dann fuhr sie fort:

»Jedenfalls sahen sie Hope wirklich ähnlich. Ich meine, nicht wirklich. Wer Hope kennt, wüsste sofort, dass sie das nicht ist. Aber sie alle hatten langes weißblondes Haar, waren schlank, hatten helle Haut ...«

»Klar hatten sie helle Haut. Du hast dir Leichen angeguckt«, erwiderte Treason wie selbstverständlich.

Vic rollte mit den Augen. »Das ist mir schon klar.«

»Ich wollt es ja nur gesagt haben«, entgegnete Treason.

»Jetzt lass sie doch mal ausreden«, brachte ich ihn zum Schweigen.

Treason zog eine Grimasse, doch das interessierte mich nicht. Ich wollte viel lieber wissen, was Vic zu sagen hatte.

»Also: Es waren mittlerweile drei Leichen. Eine, die heute Morgen gefunden wurde und zwei weitere, die im Laufe des Vormittags noch gebracht wurden.«

»Und alle sahen Hope ähnlich«, wiederholte ich noch einmal, was sie zuvor schon gesagt hatte.

Vic nickte.

»Demnach können wir davon ausgehen, dass die erste Leiche auch kein Zufall war«, sagte Treason.

»Das habe ich nie bezweifelt«, kommentierte ich bitter.

»Allen drei Leichen war wieder etwas auf die Stirn geritzt«, erzählte Vic weiter.

Jetzt wurde es interessant …

»*Ich krieg dich! Bald hab ich dich! Es gibt kein Entkommen.*« Vic holte tief Luft. »Ich hab keine Ahnung, wie krank dieser Hate ist.« Sie blickte kurz auf ihren Unterarm, der immer noch verbunden war. Auch wenn sie es vielleicht nicht so sagen oder zugeben wollte: Sie schien sich durchaus vorstellen zu können, zu was Hate fähig war.

»Aber ihr solltet zusehen, dass er Hope auf gar keinen Fall in die Hände bekommt. Er scheint ja wirklich eine Ausgeburt der Hölle zu sein. Die Mädchen sahen schlimm aus. *Wirklich schlimm!* Es würde mir das Herz brechen, wenn Hope so etwas geschieht. Versprecht ihr mir das?«, bat Vic inständig.

Zum ersten Mal waren Treason und ich uns schlagartig einig:

»Er wird sie nie bekommen«, antworteten wir gleichzeitig.

Erschrocken darüber, schauten wir uns an und ich lächelte. Treason erwiderte es und hielt mir seine Faust für einen Fist Bump hin.

»Bros für Hope, okay?«, sagte er.

»Bros für Hope«, bestätigte ich.

Zum ersten Mal in meinem Leben spürte ich so etwas wie Verbundenheit mit Treason. Und im Gegensatz zu sonst, hatte ich nicht direkt das Gefühl, dass er mich sofort wieder hintergehen würde. Hope zuliebe.

»Danke«, flüsterte Vic. »Bleibt nur noch die Frage, wie wir das Hope beibringen.«

»Du willst es ihr sagen?!«, fragte Treason aufgebracht.

»Nicht?«, entgegnete Vic unsicher.

»Natürlich sagen wir es ihr!«, stellte ich mich auf Vics Seite. Ich konnte Hope doch nicht anlügen! Mal abgesehen davon, dass ich das auch unter gar keinen Umständen wollte.

»Und *was* willst du ihr sagen? Dass sie sich noch mehr vorsehen muss, weil Hate sie umbringen will? Sie macht sich mit Sicherheit ohnehin schon genug Gedanken. Danach wird sie keine ruhige Minute mehr haben!« Treason echauffierte sich richtig.

»Was hältst du denn stattdessen für das Beste? Ihr einfach nichts zu sagen und sie im Glauben lassen, dass alles in Ordnung sei?« Ich konnte nicht fassen, was ich da hörte.

Vic schaute angespannt zwischen uns hin und her, traute sich jedoch nicht, dazwischen zu gehen.

»Es ist sowieso nichts in Ordnung! Hope ist nicht dumm. Das wird ihr schon bewusst sein. Ich bin nur der Meinung, dass man sie nicht mit weiteren unnötigen Hiobsbotschaften schwächen sollte«, erwiderte Treason überzeugt.

Ich dachte kurz darüber nach. Mir selbst war vorhin ja bereits aufgefallen, dass Hope momentan viele negative Gedanken hatte. Aber ihr deswegen Informationen bewusst vorzuenthalten? Informationen, die sie direkt betrafen? Ich hielt das nicht für gut. Es war einfach nicht ehrlich.

»Ich bin dennoch der Meinung, dass sie ein Recht darauf hat, die Wahrheit zu erfahren«, entgegnete ich. Ob das wirklich gut war, wusste ich nicht. Ich wusste nur, dass ich – wenn mich das betreffen würde – auf jeden Fall die Wahrheit erfahren wollte.

»Warum willst du ihr das so direkt aufs Brot schmieren? Damit es ihr schlechter geht und sie sich verantwortlich fühlt? Auch eine Möglichkeit, seine Proba umzuschulen«, antwortete Treason sarkastisch.

Ich wollte etwas erwidern, ihm sagen, dass eine Umschulung von Hope mittlerweile das Letzte war, was ich wollte, doch in diesem Augenblick begann Hope sich zu regen.

Also schluckte ich meine Wut hinunter. Stattdessen ließ ich seine Worte sacken.

Was, wenn er am Ende Recht behielt?

12. Kapitel

Ich richtete mich verschlafen auf. War ich tatsächlich eingenickt? Nachmittags? Das war mir ja noch nie passiert. Aber bei den ganzen schlechten Nachrichten in der letzten Zeit war es wohl durchaus zu verzeihen, dass sich mein Körper mal eine Auszeit nahm.

Langsam schaute ich mich um und sah die anderen auf dem Balkon stehen. Ich fühlte mich, als hätte mich ein LKW überrollt. Mein Kopf brummte immer noch leicht, doch ich zwang mich, aufzustehen.

»Keine Müdigkeit vorschützen«, klangen Barrys Worte in meinen Gedanken. – Hach, Barry. Wenn du doch noch hier wärst, wäre Vieles bestimmt einfacher. Und klarer.

Despair schaute in meine Richtung.

Ich lächelte und er erwiderte es.

»Na? Was haltet ihr denn hier draußen für ein Kaffeekränzchen?«, fragte ich, nachdem ich zu ihnen gestoßen war.

»Wir wollten dich nicht wecken«, antwortete mir Treason.

Die anderen nickten beipflichtend.

»Wie lieb von euch. Aber das hättet ihr mal besser getan. Jetzt habe ich ja gar nicht mitbekommen, was ihr schon alles besprochen habt«, erwiderte ich mit einem verlegenen Lächeln.

»Ach, das war gar nicht so viel. Ich hatte –«, begann Vic, doch sie wurde von Treason unterbrochen:

»Sie hat uns von dem toten Mädchen erzählt«, sagte er ohne Umschweife.

Ich hielt die Luft an. *Das Mädchen.* Selbstverständlich hatte ich das nicht vergessen, doch wenn es eine meiner Schwestern gewesen wäre, hätte Vic es mir sofort erzählt. Nicht, dass mich das Schicksal der armen Toten nicht interessierte, doch ich musste gestehen, dass zumindest der ganz große

Schock ausgeblieben war. Dennoch wollte ich natürlich mehr darüber erfahren.

»Und? Sah sie wieder so aus wie ich?« Es sollte eigentlich locker klingen, doch meine Anspannung war mir deutlich anzumerken. So ein Mist! Ich wollte nicht, dass hier noch irgendjemand auf die Idee kam, mich in Watte packen zu müssen.

Ich blinzelte rüber zu Despair. Wenn seine Gedanken in diese Richtung gehen sollten, verbarg er es gut.

Vic tauschte einen kurzen Blick mit Treason.

Er nickte ihr zu.

Was sollte das denn jetzt? Brauchte sie neuerdings seine Erlaubnis, um mir etwas erzählen zu dürfen?

»Nein, Hope. Nicht wirklich. Sie war zwar auch blond, aber das könnte viele Gründe haben«, beantwortete Vic nun meine Frage.

»Hatte sie wieder etwas auf der Stirn stehen?«, fragte ich weiter.

»Nein.« Vics Antwort war kurz und knapp.

»Nein?« Ich wusste selbst nicht, warum ich so überrascht klang. Es war ja nur gut für das Mädchen. Doch insgeheim hatte ich etwas anderes vermutet.

»Okaaay ...«, erwiderte ich gedehnt und blickte zu Despair. Dieser hatte noch gar nichts gesagt.

»Geht es dir gut?«, fragte ich.

»Ja, klar. Warum fragst du?«, entgegnete er betont lässig. *Zu* lässig für meinen Geschmack.

Ich schaute ihn eindringlich an. »Weil du so still bist«, erwiderte ich unbeirrt.

Despair wich meinem Blick aus.

Ich schaute wieder zu Vic, die es ebenfalls nicht schaffte mir in die Augen zu sehen.

Nur einer hielt meinem Blick ohne Probleme stand: Treason.

»Okay, Leute. Was ist hier eigentlich los?«, fragte ich barsch.

»Was soll los sein?«, entgegnete Treason unschuldig.

»Tue nicht so! Ihr wisst genau, wovon ich spreche!«

Vic errötete leicht und Treason seufzte.

»Mir war klar, dass sie nicht darauf reinfällt«, sagte Despair selbstsicher.

»Auf was?«, hakte ich sofort nach, doch das wäre gar nicht mehr nötig gewesen. Despair begann zu erzählen. Davon, dass es eben nicht »nur« eine Leiche war, Details über ihr Aussehen und den grauenvollen Inschriften auf ihren Stirnen.

»Wow«, brachte ich leise hervor. Ich hatte schnell gemerkt, dass hinter Vics Geschichte und den nicht zufriedenstellenden Antworten mehr steckten musste. Doch dass es nun so weit ging, damit hatte ich nicht gerechnet.

Ich setzte mich auf einen der Stühle, die auf dem Balkon standen, und versuchte, die Story erst einmal zu verdauen.

»Seht ihr, ich hab's euch gesagt!«, meinte Treason plötzlich. »Ich wusste, dass sie das nicht verkraftet. Auch ohne die Quintessenz zu sein, spüre ich ihre ganzen negativen Gefühle. Oder willst du das etwa abstreiten, Despair?« Treason setzte ein rechthaberisches Schnauben hintendran.

Despair jedoch reagierte gar nicht darauf. Er hockte sich vor mich und sah mir in die Augen. »Kann ich irgendetwas tun, damit es dir besser geht?«

Ich erwiderte seinen Blick und schüttelte sanft den Kopf. »Nein. Das wird schon wieder. Es kommt halt nur nicht alle Tage vor, dass jemand in dieser Form Jagd auf mich macht«, gestand ich.

Despair senkte schuldbewusst den Blick.

Prompt tat mir mein zynischer Kommentar leid. So war das gar nicht gemeint gewesen.

»Ich wollte nicht … Es ist halt alles ein bisschen viel auf einmal«, entschuldigte ich mich.

Da nickte Despair verstehend. »Du brauchst keine Angst zu haben, Hope. Ich passe auf dich auf.« Dann nahm er meine Hand und küsste zart meinen Handrücken.

Ich rang mir ein Lächeln ab.

»Ich kotz gleich«, mischte sich Treason ein.

»Also ich finde das total süß«, verteidigte Vic Despair.

Treason stieß einen tiefen Seufzer aus und rollte dazu mit den Augen. »Weiber!«

»Es gibt aber etwas, was mir viel mehr Gedanken macht als die Leichen«, sagte ich zu Despair.

Aufmerksam sah er mich an.

Auch Vic und Treason schauten gespannt zu mir.

»Die Sache mit den Leichen kann ich nachvollziehen. Ich fürchte auch, dass das nicht aufhört, solange Hate mich nicht hat – oder wir ihn nicht haben.«

»Da magst du wohl Recht haben«, bestätigte Despair meine Vermutung.

»Aber ...«, begann ich.

»Aber?«, fragte Despair.

»Nun ja ...«, druckste ich herum. »*Du* hast doch Vic abgeholt. Warum wurdet *ihr* angegriffen? Ich meine, ich war ja gar nicht dabei. Und dann auch noch von Polizisten? Wenn Hate hinter mir her ist, was hat das mit der Polizei und euch zu tun? Wie hängt das alles zusammen? Das ergibt doch gar keinen Sinn!«

Despair schien nicht überrascht hinsichtlich meiner Äußerung zu sein. Es wirkte eher so, als hätte ich endlich das ausgesprochen, worüber er schon die ganze Zeit nachdachte.

»Ich weiß es nicht, Hope«, antwortete er dann. »Ich könnte es mir nur so erklären, dass der Oberst dahintersteckt und sie mich gewissermaßen einkassieren sollten. – Für ihn.«

»Das kann der Oberst? Einfach mal so eine ganze Polizeistation befehligen?«, fragte ich erstaunt.

Die Polizei gehörte doch zu den Guten! Würden sie für den Oberst arbeiten, hätten die Improbas nicht jahrelang Jagd auf uns machen müssen, sondern uns einfach ausliefern lassen können. Das dachte ich aber lieber nur. Ich wollte Despair nicht schon wieder auf unser früheres Missverhältnis aufmerksam machen.

»Eigentlich kann er das nicht, nein«, erwiderte Despair nachdenklich. »Er kennt zwar in diversen Positionen Leute, die dabei helfen, uns zum Beispiel vor Verhaftungen zu schützen, doch *so* weitreichend waren seine Beziehungen nie. Das hätte er sonst viel deutlicher raushängen lassen.«

»Das ist in der Tat sehr merkwürdig«, bestätigte nun auch Treason und rieb sich grübelnd das Kinn.

»Wer könnte denn sonst noch ein Interesse daran haben, euch gefangen nehmen zu wollen?«, beteiligte sich Vic an der Diskussion.

»Wie kommst du darauf, dass sie uns nur gefangen nehmen wollten?«, fragte Treason.

»Weil sie uns sonst schon von weitem hätten erschießen können«, beantwortete Despair seine Frage.

»Du weißt genauso gut wie ich, dass das nicht der Stil unseres Obersts ist«, erwiderte Treason kalt. »Wie war das? *Wer nicht pariert, wird filetiert.*«

»Bitte was?!«, hakte ich nach. Solch einen dämlichen Spruch hatte ich ja noch nie gehört.

Despair nickte. »Das stimmt. Das war immer die Devise unseres Obersts. Wer nicht gehorcht, wird umgebracht.«

Ich schluckte. »Das klingt ganz schön hart.«

»So ist er«, entgegnete Despair ernst.

Ich schüttelte entsetzt den Kopf. Was war dieser sogenannte Oberst nur für ein Unmensch? Hatte ich anfangs noch ziemlichen Respekt im Sinne von Angst vor ihm gehabt, fand ich ihn mittlerweile nur noch krank. Man musste ihm dringend das Handwerk legen. Dringend!

»Dann fällt euer Oberst als Initiator des Angriffs also weg?«, fragte Vic.

Treason und Despair nickten langsam. Sie schienen beide darüber nachgedacht zu haben, waren aber offensichtlich zu keinem befriedigenderen Ergebnis gekommen.

»Wer könnte es sonst gewesen sein? Denkt nach«, forschte Vic weiter.

»Das, Vic, gilt es herauszufinden«, antwortete Despair.

»Wie ist demnach unser weiteres Vorgehen?«, fragte ich.

»Ich würde sagen, zuerst finden wir Hate und machen ihn unschädlich. Danach kümmern wir uns um diese dubiose Polizistensache«, entgegnete Treason fest entschlossen. Despair wirkte allerdings nicht sehr überzeugt davon. Sein zweifelnder Blick sprach Bände.

»Hast du einen anderen Plan?«, wandte ich mich deshalb an ihn. Despair bei sowas zu Rate zu ziehen, hatte sich bis jetzt immer als äußerst klug erwiesen. Er war einfach umsichtiger, reifer als sein Bruder und seine Gabe, eine

Sache aus verschiedenen Blickwinkeln heraus zu betrachten – sprich: das Für und Wider zu bestimmen –, war hier definitiv vonnöten.

»Nein, Hope. Ich fürchte, wir müssen genau das tun, was Treason gesagt hat. Vorher finden wir keine Ruhe«, erwiderte er ernst.

»Du hörst dich aber nicht sehr überzeugt an«, bemerkte ich.

Despair nickte lahm. »Das bin ich auch nicht.«

»Und warum, wenn ich fragen darf?«

»Stellt euch das mal nicht zu einfach vor. Wir können Hate nicht einfach aufsuchen und ihn in eine Zelle sperren lassen. Das würde er nie mitmachen!«, gab Despair zu bedenken.

»Könnt ihr ihn nicht einfach genauso außer Gefecht setzen, wie ihr es bei den Polizisten gemacht habt?«, fragte Vic interessiert.

Doch Despair schüttelte den Kopf. »Hate ist ein Untier. Seine Kampfkünste beruhen nicht auf Technik, sondern ausschließlich auf bloßem Hass und Gewalt. Er schlägt einfach zu und wenn das auch noch in Rage passiert – und er wird in Rage sein, verlasst euch darauf –, hat man ein ernstzunehmendes Problem. Zudem ist er körperlich in Bestform. Sein ganzer Körper besteht aus Muskeln und dementsprechende Nehmerqualitäten hat er auch«, erklärte er.

»Aber irgendeine Schwachstelle muss er doch auch haben?«, fragte ich hilflos.

»Durch seinen antrainierten Stiernacken schon mal nicht die Stelle am Hals«, erwiderte Despair knapp. Er sprach von der Stelle, auf die man eigentlich nur mit zwei Fingern zu schlagen brauchte und der Angreifer ging zu Boden. Barry hatte mir das damals ganz besonders gut eingebläut.

»Aber ... Selbst wenn er solch ein Muskelprotz ist, irgendwie müssen wir –«, begann ich, doch Despair unterbrach mich:

»Sein Körper ist lediglich gutes Kapital, um solche Taten durchzuführen, Hope. Unser Problem mit ihm ist ein anderes ...«

Fragend schaute ich ihn an.

»Gefährlich ist, wer Schmerzen kennt. Nicht, wer Muskeln hat«, erläuterte Despair.

»Und was sollen wir dann machen?« Ich traute mich gar nicht, meine Frage richtig laut auszusprechen. Irgendwie schien die Situation total verfahren.

»Wir brauchen einen Plan. Einen *guten* Plan«, entgegnete Despair und ließ seinen Blick von einem zum anderen schweifen.

»Schau mich nicht so an! Du bist hier der Denker«, wimmelte Treason ihn direkt ab.

Despairs Blick wanderte zu mir.

»Ich würde sagen, wir nutzen aus, dass wir in der Überzahl sind. Mag sein, dass er mit einem von uns spielend fertig wird. Aber wenn wir ihn zu dritt attackieren, bin ich doch sehr sicher, dass er seine Mühe mit uns haben wird«, schlug ich vor.

Despair überlegte kurz. »Das wird vermutlich der beste Vorschlag sein, den wir kriegen können. Zudem sind solche Muskelmassen auch langsam. Vielleicht hätten wir so wirklich eine Chance?«, räumte er ein.

Ich freute mich. Nicht, weil Despair meinen Vorschlag gut fand, sondern weil er Hoffnung hatte. Das spürte ich ganz deutlich.

Ich lächelte versonnen – auch wenn es gar nicht zu der ernsten Situation passen wollte.

»Und ich werde gar nicht erst gefragt? Warum? Weil ich nur ein Mensch bin?«, schmollte Vic.

Verdutzt sah Despair sie an.

»Nein, Vic. Wir haben dich einfach schon genug in Gefahr gebracht und ich möchte auf gar keinen Fall, dass so etwas wie heute Mittag noch einmal passiert«, antwortete ich für Despair.

»Hättest du denn einen Vorschlag?«, fragte Treason neugierig.

Vic nickte erhaben. »Sonst hätte ich mich wohl nicht zu Wort gemeldet.«

Despair wurde hellhörig. »Und der wäre?«

»Ich könnte ihn zum Beispiel vergiften.«

»*Was?!*«, rief ich erschrocken. »Du willst dich schon wieder selbst in Gefahr begeben? Ihm persönlich über den Weg laufen?« Ich deutete auf ihren Arm, der immer noch verbunden war. »Ist dir das nicht genug? Das kommt überhaupt nicht in Frage!«, entschied ich.

Vic verzog das Gesicht und verbarg ihren geschundenen Arm hinter dem Rücken.

»Vielleicht solltest du meinen persönlichen Disput mit ihm eher als meinen eigenen Grund ansehen, so etwas tun zu wollen«, erwiderte sie.

»Aber ... Vic ...« Hilfesuchend blickte ich zu Despair.

»Hope hat Recht, Vic. Das ist wirklich gefährlich. Und Hate ist entgegen dem, was die Leute oft aufgrund seines äußeren Erscheinungsbilds vermuten, kein Idiot«, unterstützte er mich.

»Jetzt mal langsam, Leute. Lasst sie doch erst einmal erzählen, wie sie sich das gedacht hat. Vielleicht sind wir hinterher alle überrascht?«, schlug Treason sich auf Vics Seite.

»Du Feigling! Das sagst du nur, um deine eigene Haut zu retten und um nicht gegen Hate antreten zu müssen«, kommentierte Despair Treasons Einwand direkt und ich musste zugeben, dass ich exakt das Gleiche gedacht hatte. Wieso musste es mit Treason immer so sein?

Unbeeindruckt davon, begann Vic von ihrer Idee zu erzählen: »Also, ich hatte mir das folgendermaßen gedacht ... Ich werde Hate anrufen, seine Nummer habe ich ja noch ...«, Vic versuchte sich an einem sarkastischen Grinsen, »und werde ihm sagen, dass ich Hope gefunden habe.«

Despair knirschte mit den Zähnen.

»Natürlich nur zum Schein. Ich werde mich dann mit ihm treffen und ihn zu Hopes angeblichem Aufenthaltsort führen. Und entweder ramme ich ihm dann eine Spritze in den Hals, während er am Autofahren ist, oder ich lasse mich vorher auf ein Getränk einladen und tue ihm unbemerkt etwas in seinen Drink«, erklärte Vic weiter.

Treasons Augen glitzerten vor Begeisterung. »Du willst ihn also so richtig schön veraschen?«, amüsierte er sich.

»Stell dich mal weiter weg von Treason. Ihr habt eindeutig zu viel Kontakt«, erwiderte Despair daraufhin scharf.

Ich war der gleichen Meinung. Und ich war irritiert von Treasons plötzlicher Begeisterung. Wie war das doch gleich? *Jeder kann alles sein, was er möchte?* Und: *Ich will zu den Guten gehören?* Warf man dann ein unschuldiges Mädchen einem Löwen einfach so zum Fraß vor? Hm ...

»Selbst wenn du es schaffst und Hate die Spritze setzen kannst, wird er ausholen und deinen Kopf am Beifahrerfenster zerschmettern, bevor sie auch nur ansatzweise wirkt«, erwiderte Despair mit einer seltsamen Klarheit. So wie er es gesagt hatte, bestand kein Zweifel, dass es so kommen würde.

»Dann misch ich ihm eben etwas ins Getränk«, gab Vic patzig zurück.

»Vic, keiner hier will dir etwas. Wir machen uns nur Sorgen um dich. Schau mal: Was heute geschehen ist, könnte mit Hate ebenfalls passieren. Nur, dass das wesentlich schlimmer enden könnte«, versuchte ich zu erklären.

»Aber euren Kamikaze-Plan haltet ihr für besser, ja?«, fragte sie.

»Ich hab einen Vorschlag zur Güte«, entgegnete Despair auf einmal. »Die Mischung macht's.«

Fragend sah ich ihn an. Auch Treason schien nicht zu wissen, worauf er hinauswollte. Vic ebenfalls nicht.

»Vic, du bestellst Hate an einen von uns ausgesuchten Ort. Diesen Ort werden wir im Vorfeld entsprechend präparieren, um unsere Chancen zu erhöhen. Du wirst aber nicht dort sein, sondern wir. Okay?«

Vic überlegte kurz, dann nickte sie. Sie war einverstanden. Ich glaubte, sie wollte sich gar nicht unbedingt persönlich an Hate rächen. Sie wollte uns einfach nur helfen.

»Und was genau tun wir dann mit Hate, wenn er in unsere ›Falle‹ getappt ist?«, wollte ich wissen.

»Das müssen wir uns noch überlegen. Aber uns wird sicher etwas Besseres einfallen, als Vics Leben dabei aufs Spiel zu setzen«, antwortete Despair.

Ich lächelte Despair dankbar an. Er hatte mal wieder alle Fliegen mit einer Klappe geschlagen. Er bot Vic die Chance an, zu helfen, sorgte aber gleichzeitig dafür, dass sie sich nicht selbst in Gefahr brachte.

Despair war wirklich toll!

Den restlichen Abend verbrachten wir damit, uns einen geeigneten Schlachtplan zurechtzulegen, bis wir irgendwann alle todmüde in unsere Betten fielen. Oder in Treasons Fall auf die Couch.

**

Am nächsten Morgen war ich die erste, die wach wurde. Despair lag wie schon die letzte Nacht neben mir und hatte einen Arm schützend um mich gelegt.

Ich lächelte. Despairs Art hatte einfach ihren ganz eigenen Charme.

Vorsichtig versuchte ich mich aus seiner Umklammerung zu befreien, da ich vor Tatendrang nur so platzte. Bevor ich nämlich eingeschlafen war, hatte ich mir noch lange Gedanken über meine Schwestern, die toten Mädchen und meine Rolle in diesem ganzen schlimmen Schauspiel gemacht.

Die Mädchen taten mir furchtbar leid und ich fühlte mich tatsächlich ein Stück weit verantwortlich dafür, was ihnen widerfahren war. Doch kam ich auch zu dem Entschluss, dass es ihnen rein gar nichts half, sie einfach nur zu bemitleiden. Ich musste etwas tun. Nur so konnte ich weitere potentielle Opfer schützen! Und die Weichen hatten wir gestern Abend alle schon dafür gestellt. Leider war uns keine bessere Idee mehr eingefallen, als Hate einfach zusammen anzugreifen. Wenn man allerdings bedachte, dass wir erstens zu dritt waren und wir zweitens auch noch den Überraschungsmoment auf unserer Seite hatten, würden wir es schaffen.

Hate erwartete vielleicht, dass Vic mittlerweile bei mir war, ja. Aber dass wir von Despair und Treason unterstützt würden und dass die beiden jetzt sogar *zusammen*arbeiteten – damit rechnete er nie im Leben.

Selbst Despair hatte später mit einem »Könnte klappen.« die Diskussionsrunde beendete, was mich nur noch überzeugter werden ließ.

Ich machte einen erneuten Versuch, aufzustehen, doch Despair zog mich näher an sich heran.

»Nein«, murmelte er verschlafen und verstärkte seinen Griff.

Ich musste schmunzeln. Despair wirkte für gewöhnlich immer so unnahbar. Oft hartherzig. Teilweise schon arrogant. Und jetzt? Jetzt hatte er mich liebevoll umschlungen, mir vor dem Einschlafen ganz sanft meinen Arm gestreichelt und war einfach nur süß. Ich war mir sicher, dass ich keinen kannte, auf den der Spruch »Harte Schale, weicher Kern« besser zutraf, als auf ihn. Und das Schöne war: Ich war mir ebenfalls hundertprozentig sicher, dass das hier der wahre Despair war. Er brauchte halt nur seine Zeit, um warm zu werden, um Vertrauen zu fassen. Und nachdem, was er in seinen jungen Jahren schon alles hatte durchmachen müssen, konnte ihm das auch keiner verübeln.

Ich blickte ihn an, sah, wie er friedlich dalag und gleichmäßig atmete. Und wieder fragte ich mich, was genau der Oberst ihm wohl alles angetan hatte. Doch ich traute mich nicht, ihn danach zu fragen. Das schien mir pietätlos. Zudem wollte ich Despair auf gar keinen Fall in eine unangenehme Situation bringen.

Zärtlich strich ich ihm eine schwarze Strähne aus der Stirn. »Lässt du mich bitte aufstehen?«, flüsterte ich. Selbstverständlich hätte ich mich auch einfach befreien können, doch ich wollte diese wohlige Atmosphäre nicht zerstören.

Despair schnaubte unwillig, zog dann aber seinen Arm zurück.

»Danke«, wisperte ich und gab ihm einen Kuss auf die Stirn. Da packte Despair mich blitzschnell am Nacken, hatte sich in Windeseile aufgesetzt und küsste mich flüsterzart auf den Mund.

Völlig perplex ließ ich es erst einmal geschehen. – Nicht, dass ich mich sonst gewehrt hätte, aber ich wäre auch nicht ganz so passiv gewesen.

Despair grinste mich frech an.

Ich warf ihm einen tadelnden Blick zu. Dieser Schelm! Offensichtlich war er schon wacher, als er offenbart hatte.

»Was möchtest du frühstücken?«, fragte er unschuldig, ohne meinen Blick zu kommentieren.

»Irgendetwas, was schnell geht«, erwiderte ich.

Fragend hob er die Brauen.

»Na, du weißt schon. Wir haben heute schließlich viel vor und umso eher wir mit unserem Vorhaben beginnen, desto eher besteht die Möglichkeit, dass wir das Problem aus der Welt schaffen können«, erklärte ich.

»Wo du Recht hast ... Trotzdem werde ich ein leckeres Frühstück bestellen. Nicht wieder kalte Pizza, wie –«

»Das hab ich gehört!«, maulte Treason schläfrig.

Despair lachte. »Sorry, Mann. Aber kalte Pizza zum Frühstück ist echt pervers!«

»Niemand hat gesagt, dass ich das nicht bin«, murrte Treason.

»Das wäre auch eine Lüge«, entgegnete Despair trocken.

Wieder zwang sich ein Lächeln auf meine Lippen. Ich hatte ja bereits registriert, dass Despair immer losgelöster wurde, umso mehr Zeit wir miteinander verbrachten. Aber seit gestern schien sich irgendetwas verändert zu haben. Ich wusste nicht, was der Grund war, doch ich freute mich darüber. Und ich war jetzt schon tierisch gespannt darauf, wie Despair war, wenn er seinen kompletten Eispanzer abgelegt hatte.

»Ich will einen heißen Kakao«, meldete sich Vic zu Wort. »Bitte.«

»Mir egal, was du bestellst. Hauptsache es ist schon tot, wenn es auf meinem Teller liegt«, scherzte Treason und streckte sich.

»Bist du sicher, dass du keinen konkreten Wunsch hast?«, fragte Despair mich erneut.

»Ich muss vermutlich sowieso warten, bis alle fertig sind, hab ich Recht?«, murrte ich entgeistert.

»Selbstverständlich«, entgegnete Despair.

»Okaaay ... Dann hätte ich gern ein Croissant und dazu Karamelltee.«

Despair nickte und griff nach dem Telefon, um zu bestellen. Wenig später brachte uns der Zimmerservice das gewünschte Essen hinauf und wir ließen es uns schmecken – trotz der gefährlichen Mission, die auf uns wartete.

Nachdem wir alle gesättigt und abmarschbereit waren, schauten wir zu Vic.

»Jetzt?«, fragte sie.

Alle nickten.

Vic nahm ihr Handy und begann zu wählen. Die Wunde an ihrem Arm war zwar schon halb verheilt, doch Hate hatte ganze Arbeit geleistet. Vic würde Narben zurückbehalten. Definitiv.

Sie hatte den Lautsprecher an und wir alle konnten das Freizeichen hören.

Ich war gespannt wie ein Flitzebogen. Was würde Hate sagen? Würde er auf Vics Vorschlag, sich mit ihr in einem abgelegenen Waldstück zu treffen, eingehen? Was taten wir überhaupt, wenn er nein sagte?

Mit jedem weiteren Tuten stieg die Anspannung. Die Luft war zum Zerreißen gespannt.

Endlich nahm jemand ab:

»Hallo, sie sind verbunden mit der Telefonnummer ...«

Vic legte auf. Irritiert sah sie uns an. »Und jetzt?«

Ich hatte keine Ahnung. Mein Blick wanderte hin zu Despair.

Dieser zuckte jedoch auch nur ratlos mit den Schultern. »Vielleicht probierst du es in zehn Minuten einfach noch einmal?«, schlug er vor.

»Das wird nicht nötig sein«, antwortete Treason daraufhin.

Wir alle sahen zu ihm.

Er stand vor dem Fenster und starrte wie gebannt nach unten auf die Straße.

»Was meinst du?«, fragte Despair, sprang auf und eilte zu ihm, Vic und ich folgten.

Unten vor dem Hotel hielt ein großer bulliger Hummer. Ein ebenso bulliger, dunkelhaariger Kerl stieg aus.

Vic stolperte rückwärts und stand zitternd im Zimmer. »Das ist er, oder?«, stammelte sie.

Ich hatte keine Ahnung, wie Hate aussah, deswegen schaute ich fragend zu Treason und Despair.

»Ich würde behaupten, ja«, meinte Despair. »Von hier oben lässt sich das schlecht sagen.«

»Du kannst das »Würde« weglassen, Alter. Das *ist* Hate«, klärte Treason uns auf.

»Oh mein Gott! Wie hat er uns nur gefunden?« Vic begann panisch zu werden.

Wenn ich mir sie so betrachtete, war es vielleicht ganz gut, dass wir unseren eigentlichen Plan nicht verfolgen konnten. Ich spürte wieder, wie unendlich leid es mir tat, Vic in diese ganze Sache mit reingezogen zu haben. Hate hatte sie übel zugerichtet. Von meiner armen Katze ganz zu schweigen. Kein Wunder, dass sie jetzt solche Angst vor ihm hatte.

»Was machen wir denn jetzt, was machen wir denn jetzt«, plapperte sie unentwegt vor sich hin, während sie ziellos durch das Zimmer lief.

»Beruhige dich, Vic. Hate wird dir nichts tun. Dafür werden wir sorgen«, versuchte ich sie zu beschwichtigen, doch das klappte leider nur mäßig.

Despair ging hinüber zum Telefon und wollte Toni noch einmal zusätzlich anweisen, wirklich *niemanden* zu uns hochzulassen, da klingelte es bereits.

Wir schauten uns an. Dann nahm Despair den Hörer ab.

»Ja?«, meldete er sich und stellte den Lautsprecher an, damit wir mithören konnten. Sein Tonfall klang neutral.

»Hier unten wartet ein Herr auf Sie, Mr Carter. Er ist ziemlich ... wie soll ich es höflich formulieren? *Ungeduldig?*«, berichtete Toni.

»Egal, was Sie tun: Lassen Sie ihn auf keinen Fall nach oben«, forderte Despair unmissverständlich.

»Ich fürchte, Sir, darauf habe ich keinen Einfluss mehr«, klagte der alte Portier.

»Sagen Sie ihm, wir kommen runter!«, befahl Despair.

»Ich ...«

Man hörte ein Rumpeln und ein Poltern. Dann den entsetzten Schrei einer Frau. Vermutlich eine Mitarbeiterin.

»Despair? Wir müssen reden! Komm sofort runter! Und bring deine neue Freizeitbeschäftigung mit!«, meldete sich Hate plötzlich zu Wort. Seine Stimme war tief und rau. Genauso, wie man sie sich bei solch einem Typ vorstellte.

»Hüte deine Zunge, Hate!«, erwiderte Despair kalt. »Und Hope werde ich sicher nicht mitbringen!«

»Schön. Von mir aus. Dann bleib du oben und schick sie allein herunter!« Jeder Satz, den Hate aussprach, hörte sich an wie eine Drohung.

Ich stand immer noch neben Vic und tätschelte ihr beruhigend den Rücken. Oder eher mechanisch?

»Mach dich nicht lächerlich, Hate. Wir wissen beide, dass das so nicht funktionieren wird«, mahnte Despair.

»Wo ist das Problem, Arschloch?«, giftete dieser los.

Obwohl ich eigentlich nicht leicht zu beeindrucken war, war ich doch entsetzt über die Aggressivität, die von ihm ausging. – Aber gut. Es war *Hate.* Was hatte ich anderes von ihm erwartet?

»Lass uns ein Treffen auf neutralem Boden vereinbaren«, schlug Despair vor, doch Hate ging gar nicht darauf ein:

»Entweder, sie kommt runter, oder ich komme rauf«, stellte er Despair vor die »Wahl«.

Despair wollte noch etwas erwidern, da hörte man, wie der Hörer vermutlich zur Seite geworfen wurde und wie eine Mitarbeitern hektisch hinter Hate her plärrte:

»Sir! Warten Sie! Sie können da nicht einfach ... BLEIBEN SIE STEHEN!«, schrie sie.

Dann eine Männerstimme: »Mister, ich muss Sie bitten ... Argh!«

Wieder war ein Rumpeln zu vernehmen.

»Er hat den Generalschlüssel!«, rief der Mann noch. Dann wurde das Gespräch unterbrochen.

Despair sah mich entsetzt an. »Das war Toni!«

»Was ist jetzt?«, rief Vic panisch. »Kommt er hoch?«

»Ich fürchte ja«, antwortete Despair. »Schnell! Auf den Balkon! Von da aus können wir auf das Dach klettern und rüber zum nächsten Hotel springen.«

»Bist du verrückt?«, fragte Vic schockiert. »Ich spring doch nicht von Dach zu Dach!«

»Die Dächer sind an einer Stelle maximal einen Meter auseinander. Das wirst du schon schaffen«, entgegnete Despair ungeduldig.

Ich packte Vic kurzerhand am Arm und wollte mit ihr zum Balkon, als Treason sich uns in den Weg stellte.

»Es tut mir, aber das kann ich leider nicht zulassen«, sagte er ernst.

»*Was?!*« Ich traute meinen Ohren nicht.

»Treason, bist du wahnsinnig geworden?« Despair schob uns zur Seite und stellte sich vor ihn. Doch dieser wich keinen Millimeter zurück.

»Wenn du nicht augenblicklich aus dem Weg gehst, dann ...«

»Es ist doch nur zu deinem Besten!«, verteidigte sich Treason.

»Red keinen Müll, Treason! Ich zähle bis drei! Wenn du bis dahin –«

»Ich tue dir einen Gefallen. Wirklich!«, versuchte Treason es noch einmal.

Von was um alles in der Welt redete er da?!

»Eins, zwei, dr...«

In diesem Moment holte Treason aus und schlug nach Despair. Dieser hatte sich jedoch blitzschnell weggeduckt und versetze ihm einen kräftigen Schlag in die Seite.

Treason gab einen schmerzerfüllten Laut von sich und sackte zu Boden.

»Ich wusste es. Du bist und bleibst ein mieser Verräter! Wie konnte ich nur jemals deine Anwesenheit hier dulden?«, warf Despair ihm erbost an den Kopf. »Hope, Vic, kommt!«, forderte er uns auf und deutete auf die Balkontür.

Vic und ich eilten hinüber. Despair wollte uns folgen, da umklammerte Treason sein Bein.

»Spinnst du jetzt komplett? Lass mich sofort los!«, wütete Despair, doch Treason hielt ihn weiterhin fest.

»Warte doch mal ab!«, jammerte er.

»Auf was? Dass Hate gleich im Zimmer steht? Das ist doch nicht zu fassen!« Despair packte Treason am Genick, welcher daraufhin wie ein Ferkel zu kreischen begann – und doch nicht losließ.

»Lauft! Ich schüttele ihn schon ab!«, wies Despair uns an und gerade, als wir aus der Balkontür verschwinden wollten, bollerte es gegen die Zimmertür.

»Aufmachen!«, herrschte uns von draußen jemand an. Es war Hate. Oh. Mein. Gott.

Ich schaute zu Vic, der die Fassungslosigkeit ins Gesicht geschrieben stand. Dann blickte ich zu Despair, der immer noch auf relativ humanem Weg versuchte Treason loszuwerden.

Ich war hin- und hergerissen, ob ich mit Vic fliehen oder ob ich bei Despair bleiben sollte. Zu zweit hätten wir definitiv die besseren Chancen gehabt.

»Haut endlich ab!«, rief Despair. Doch noch bevor ich mich sowieso dafür entschieden hätte Despair *nicht* alleinzulassen – Ich konnte es einfach nicht und wer wusste schon, ob auf den Dächern nicht ein anderer »Bruder« auf uns wartete ... –, kündigte ein Klicken das Entriegeln der Zimmertür an.

Ich hielt die Luft an, Vic stand wie versteinert neben mir. Despair und Treason erstarrten ebenfalls.

Langsam öffnete sich die Tür.

Ein großer junger Mann stand mit dem Rücken zu uns, den Blick in den Flur gerichtet.

»Hate?«, fragte Despair langsam.

»Wer sonst?«, knurrte dieser zurück.

Despair schien etwas perplex.

Auch ich wusste nicht so ganz, was ich davon halten sollte. Eigentlich hatte ich gedacht, dass sich Hate – sobald er oben war – auf uns stürzen würde. Und jetzt schaute er uns nicht einmal an?!

Vic neben mir rührte sich keinen Millimeter. Sie atmete sogar so flach, dass man selbst das kaum registrierte.

Treason ließ derweil Despair los und richtete sich wieder auf. »Alter! Du hast mir echt weh getan!«, maulte er in alter Treason-Manier.

»Selbst schuld«, gab Despair knapp zurück.

Hate stand immer noch mit dem Rücken zu uns in der Tür.

»Was willst du, Hate?«, fragte Despair.

»Euch warnen«, antwortete er.

»Vor dir?«, rutschte es mir heraus und sofort schlug ich mir mit der Hand vor den Mund – eigentlich Vics typische Geste, doch in dieser Situation und bei diesem kranken Muskelprotz vor uns war mein oftmals vorlautes Mundwerk wirklich fehl am Platz.

»Ich hab euch doch gesagt, dass es nur zu eurem Besten ist«, schnaufte Treason.

»Vor wem willst du uns warnen?«, fragte Despair.

»Love«, kam als Antwort.

»*Love*?«, fragte ich überrascht. »Was hast du mit ihr gemacht? Du ... du ... kranke Bestie!«

»ICH mit IHR?« Da drehte sich Hate zum ersten Mal um. Vor Entsetzen brachte keiner von uns einen Ton heraus.

Hates Gesicht war komplett geschwollen. Seine Nase schien gebrochen und war mit einem Tape fixiert. Zudem hatte er unzählige blaue Flecken, ein Veilchen und tiefrote Würgemale an seinem Hals.

»Teufel! Hate! Was ist denn mit dir passiert?«, rief Despair schockiert.

»Das war sie!«, erwiderte Hate.

»Wer?«

»Love! Die Alte ist irre! Seht euch vor, sie ist auf 'nem regelrechten Killer-trip!«

Ich stand einfach nur da und wusste nicht, was ich dazu sagen sollte. Vor-erst. Dann konnte ich meinen Mund doch nicht halten.

»Darüber wunderst du dich? Nachdem, was du ihr alles angetan hast?«, polterte ich drauflos.

Despair kam zu mir und legte seine Hand auf meine Schulter. Er wollte mich wohl beruhigen, doch Hates Äußerung ärgerte mich gerade dermaßen, dass ich mich nicht zurückhalten konnte. Oder wollte.

»Ich habe nur Befehle ausgeführt!«, entgegnete er starr, was mich aber nur noch mehr zur Weißglut trieb. Immerhin war er doch derjenige gewesen, der meine beste Freundin tagelang gequält und keine Ahnung was alles noch angetan hatte. Aber jetzt rumjammern, wenn ein Echo kam? Das war ja wohl das Letzte!

Obwohl ich zugeben musste, dass ich vom Ausmaß ihrer Attacke selbst erschrocken war. Sie hatte wohl einen guten Lehrer gehabt. Und damit mein-te ich nicht Barry ...

»Und du warst nicht in der Lage, selbst mal dein Hirn zu benutzen und zu erkennen, dass das eventuell *falsch* sein könnte, was du da tust? Love war ein herzensguter Mensch! Verdammt! Sie ist *die Liebe!* Sie hätte dir als letzte etwas angetan!« Meine Stimme erstarb gegen Ende des Satzes. Wenn ich daran dachte, wie Love sich in der letzten Zeit benommen hatte, ihren Abschieds-brief vor Augen, und wie sie von Selbstvorwürfen geplagt wurde, kamen mir die Tränen. Nur: Weinen wollte ich nicht. Nicht in dieser Situation!

»Ich weiß, dass es ein Fehler war, okay?«, blaffte Hate aggressiv zurück.

»Und warum hast du sie dann nicht freigelassen, sondern ihr irgendwel-che Drogen in den Arm gepumpt, damit sie sich nicht mehr wehren konnte?« Meine Augen begannen zu brennen. Ich versuchte mich wirklich zusammen-zureißen, doch das alles noch einmal verbal Revue passieren zu lassen, fiel mir mehr als schwer.

»*Drogen?*« Kurz schien Hate verblüfft, doch dann lächelte er mitleidig. »Das waren keine Drogen, ihr Stümper. Das war ein Beruhigungsmittel.«

»Ein Beruhigungsmittel? Soll das etwa besser sein? Damit du mit ihr machen kannst, was du willst?«, echauffierte ich mich.

»Das war zu ihrem Schutz, du dämliche Scheißkuh!«, tobte er.

»Zu ihrem Schutz? Willst du mich verarschen?!«

Vic, Treason und Despair standen im Raum und verfolgten mit offenen Mündern unser Wortgefecht.

»Nein, das will ich nicht! Unser Oberst hat Gefallen an ihr gefunden. Weil sie so stark und unzähmbar war. Er meinte, sie sei viel stärker als ich und –«

»Und dann warst du eifersüchtig?«, unterbrach ich ihn aufgebracht.

Hate rollte entnervt mit den Augen. »Der Oberst verlangte von mir fast stündlich einen Lagebericht und immer, wenn ich ihm erzählte, wie unbeugsam sie ist, wollte er, dass ich noch mehr tue, um sie zu brechen.«

»Und? Hat dir das wenigstens Spaß gemacht?«, fragte ich angewidert.

»Verdammt! Ich sollte sie vergewaltigen!«, fuhr Hate mich an. Ihm standen plötzlich Tränen in den Augen.

Fassungslos starrte ich ihn an. Auf einmal herrschte Totenstille.

Hate stand vor uns, seine Unterlippe bebte.

Keiner wusste, was er sagen sollte.

Da fasste ich mir ein Herz: »Und? Hast du …?« Ich schluckte schwer und wusste nicht, ob ich die Antwort wirklich hören wollte.

»Natürlich nicht!!!«, schrie Hate so ungehalten, dass ich zusammenzuckte.

Ich atmete tief durch. Was für ein Glück! Was für ein großes, großes Glück, dass ihr wenigstens dieses Schicksal erspart geblieben zu sein schien.

»Ich habe daraufhin angefangen, sie heimlich mit Beruhigungsmitteln vollzupumpen. Damit sie vollkommen weggetreten war, falls der Oberst sich wieder etwas Neues ausgedacht hatte«, fuhr er fort.

»Warum hast du das für sie getan?«, fragte ich. Meine Stimme brach.

»Ich mag niemanden, Hope. Ich hasse jeden! Aber am meisten mich selbst. Dafür, dass ich so schwach war. Dafür, dass ich mich nicht wehren konnte. Dafür, dass dieser *Mensch* so viel Macht über mich hatte und immer noch hat.

Ich lasse diese Wut an anderen aus und ja, es verschafft mir Genugtuung, andere genauso zu demütigen, wie es mein Leben lang mit mir gemacht wurde. Wenn ich sehe, dass andere genauso schwach sind, fühle ich mich besser.« Hate schluckte schwer.

»Und warum hast du dann Love geholfen?«, fragte ich leise.

»Love hat mich einfach an mich selbst erinnert. Kein Wesen kommt böse zur Welt. Auch ich nicht. Es sind die Umstände, die uns formen. In meinem Fall unser Oberst. Du darfst ihn nicht unterschätzen. Er ist unglaublich schlau. Er hat schon früh unsere jeweiligen Charakterzüge erkannt – und uns dann genau ins Gegenteil geschult. Er war der Meinung, wenn einer bereits eine Präferenz für ein bestimmtes Gefühl hat, kann man sich das zu Nutze machen. Und genauso war es ja auch«, erzählte er. Seine Stimme klang plötzlich gar nicht mehr aggressiv. Sie war schwer von Kummer.

Ich wischte mir eine Träne aus dem Augenwinkel. Es war schrecklich für mich, anhören zu müssen, was diese Jungs alles durchstehen mussten.

Entschlossen trat ich auf Hate zu.

Despair versuchte mich am Arm festzuhalten, doch mit einer gekonnten Bewegung entwand ich mich ihm.

»Nicht, Hope!«, sagte er und ging hinter mir her, doch ich ignorierte ihn.

Ich stand nun unmittelbar vor Hate. Dieser große, bullige Kerl wirkte mit einem Mal gar nicht mehr so furchteinflößend. Ich blickte ihn an, stellte mich auf die Zehenspitzen – und umarmte ihn einfach.

Hate ließ es geschehen und bewegte sich nicht.

Ich wusste im ersten Moment nicht, ob ihm das unangenehm war, oder ob er mich nur nicht zurück umarmte, weil er Despair nicht beunruhigen wollte.

Dann spürte ich auf einmal positive Gefühle. Er schien sich zu freuen – oder vielmehr, dankbar zu sein. Ja, Hate war dankbar. Wie herzzerreißend, wenn sich jemand so über eine einfache Umarmung freute.

Für mich war so etwas nie »besonders« gewesen. Barry hatte uns immer gut behandelt. Wie schlimm es für die Jungs gewesen sein musste, so etwas nie erfahren zu haben … Einfach unvorstellbar!

»Danke«, flüsterte ich ihm ins Ohr.

Da schob er mich von sich weg. »Das habe ich nicht verdient«, erwiderte er.

»Du hast Love geholfen«, erinnerte ich ihn.

»Anfangs war es ein Helfen. Ja.«

Etwas irritiert sah ich ihn an.

»Danach war es ein Muss«, gestand er.

»Was soll das heißen?«

»Wenn sie bei Bewusstsein war, hatte sie immer öfter unberechenbare Ausraster«, erklärte Hate.

Ich nickte wissend und fasste mir ungewollt an meine Kehle. Ich hatte schließlich selbst so einen am eigenen Leib erfahren.

»Sie ist dann vollkommen außer sich, unterscheidet nicht mehr zwischen Freund und Feind. Sie ist selbst auf Loyalty losgegangen, als ich sie zu ihr brachte – in der Hoffnung, dass sie Love wieder etwas normalisieren könnte.«

Despair und ich warfen uns vielsagende Blicke zu. Mit einem Mal kroch mir Gänsehaut über den ganzen Körper. Love hatte doch nicht etwa ... Oder doch?

»Was???«, fragte Treason schockiert. »Sie hat meine Loyalty angegriffen?«

Hate nickte.

»Und was hast du dann gemacht?«, fragte Treason erzürnt.

»Ich habe sie natürlich wieder von ihr runtergeholt, ihr eine Spritze gegeben und sie danach wieder an die Infusion angeschlossen«, erwiderte Hate.

Ich tastete hinter mich. Ich wollte mich setzen, doch da war nichts. Despair verstand und stellte sich so hin, dass ich mich anlehnen konnte.

»Das ... das ist ... viel«, sagte ich langsam.

»Wie auch immer. Ich wollte euch nur warnen. Sie hat – als sie so blind auf mich eingedroschen hat – immer wieder von Schuld gefaselt und dabei deinen Namen genannt, Hope. Und da es für sie offenbar ein Leichtes war, mich ausfindig zu machen, wird es ihr bei dir bestimmt noch besser gelingen. Und schneller.«

Ich nickte zaghaft. Natürlich wäre das kinderleicht für sie. Sie brauchte lediglich anzurufen und schon wäre ich zur Stelle. Aber ...

»Bist du dir wirklich sicher, dass sie *meinen* Namen gesagt hat?«, fragte ich mit erstickter Stimme.

Hate nickte.

Hilfesuchend blickte ich zu Despair. »Warum?«

»Ich verstehe deine Verwunderung. Schließlich war ich das Hassobjekt. Aber seit ihr sie befreit habt, muss mit ihr irgendetwas geschehen sein«, antwortete Hate für ihn.

Ungläubig sah ich Hate an. Was sollte denn *nach* ihrer Befreiung geschehen sein?

»Entweder ist mit ihr zunächst das passiert, was mit jedem in den Kellerräumen unseres Quartiers geschieht: Sie hat gehofft, Hope. Gehofft, dass du sie schnell wieder heraus holst. Aber du kamst nicht. Und jetzt, wo sie Zeit hat, darüber nachzudenken, hat sie den Hass und die Verzweiflung, die sich in ihr aufgestaut haben, auf dich projiziert und macht dich für ihr Leid verantwortlich«, fuhr er fort.

»Oder?«, fragte ich vorsichtig. Konnte es noch schlimmer kommen?

»Oder unser Oberst hat eine Methode gefunden sie zu beeinflussen und ihre Wut anderweitig zu kanalisieren«, antwortete Hate.

Ich schluckte schwer.

»Mit anderen Worten: Er könnte Love – meine beste Freundin – auf mich *abgerichtet haben?*« Meine Stimme klang genauso fassungslos, wie ich mich fühlte. Jedoch wusste ich nicht, wie ich das Ganze beschönigender hätte ausdrücken sollen.

»Wäre möglich«, bestätigte Hate.

»Oh ...«, machte ich und hielt mich an Despair fest. Ich hatte gerade das Gefühl, meine Knie wären weich wie Butter geworden. Hoffentlich behielt Hate nicht Recht ...

»Warum tust du das für uns?«, meldete sich nun endlich Despair zu Wort. Er hatte Hates Worte stirnrunzelnd verfolgt.

Hate sah ihn an. Er schien zu überlegen.

»Ich bin kein Idiot, Despair. Umso mehr ich spüre, dass die Gegenparts an Kraft verlieren, desto mehr spüre ich auch, wie sich jeder um mich herum verändert. Wie wir uns verändern. Klar: Macht zu haben ist einerseits geil. Aber sie ist zu stark, Despair. Sie ist wie ein großes schwarzes Loch, das alles nach und nach in sich aufsaugt, und davor habe ich Angst«, erwiderte Hate.

»Wirklich? Ich hatte immer den Eindruck, dass du nichts gegen so viel Macht hättest«, konterte Despair ungerührt.

»Hatte ich auch nicht. Als sie noch von mir ausging. Ich bin aber schon längst nicht mehr Träger dieser Macht. Unser Oberst hat ein neues Spielzeug und wir sollten verhindern, dass sie die Endlösung durchführt«, antwortete Hate ehrlich.

Despair nickte. Er hatte zwischenzeitlich seinen Arm um mich gelegt und verstärkte seinen Griff bei diesen Worten.

»*Endlösung?*«, fragte ich vorsichtig. Noch so eine Hiobsbotschaft?

»Erinnerst du dich noch, was ich dir über die Säuberung erzählt habe?«, fragte Despair mich.

Ich nickte.

»Die Endlösung ist die letzte Stufe. Sie beinhaltet die Eliminierung *aller* mit dem Projekt vertrauter oder in Berührung gekommener Personen und Wesen.«

»*Aller?* Das heißt, ihr auch?«

»Wir auch«, bestätigte Despair. »Und alle anderen, die irgendwie Kontakt mit uns hatten.«

»Was?!«, fragte ich schockiert. »Warum das denn?«

»Du wirst ausgelöscht. Komplett von diesem Erdball ausradiert. Und das umfasst auch die Erinnerungen von diversen Personen«, erklärte Despair.

Hate nickte zustimmend.

Ich dachte sofort an das Kinderkrankenhaus, an die Palliativstation, das Frauenhaus und alle anderen, mit denen ich jemals Kontakt hatte. Und das waren eine ganze Menge.

Mir wurde schlecht.

»Wie können wir das stoppen?«, fragte ich eilig.

»NOCH ist die Endlösung nicht ausgerufen. Sonst hätte sie mich nicht nur verprügelt, sondern direkt umgebracht. –Wobei es mich sowieso wundert, dass sie das nicht getan hat. Ihre Hände hatte sie schließlich schon passend platziert«, antwortete Hate und rieb sich über seine Würgemale.

»Und das bedeutet?«, hakte ich nach.

»Wir müssen Love einfach so schnell wie möglich finden und ...«, Despair schluckte, »... sehen, was wir mit ihr machen.«

»Du meinst, *umbringen*?«, fragte ich beklommen.

»Nicht unbedingt. Wir müssen sie aber auf jeden Fall in Sicherheitsverwahrung nehmen und versuchen, sie wieder zurückzuschulen«, antwortete er. Leider klang er wenig überzeugt.

»Geht das denn?«, fragte ich hoffnungsvoll.

»Um ehrlich zu sein, habe ich keine Ahnung«, entgegnete Despair. Dann sah er zu seinen Brüdern.

»Keine Ahnung«, murmelte Treason ebenfalls.

»Ich weiß es auch nicht, aber ich weiß, wo wir die Antwort finden könnten«, sagte Hate.

Ich wurde hellhörig. Love konnte vielleicht geholfen werden? »Wirklich?«

»Ich war öfter in der Wohnung des Obersts.« Hate senkte den Blick. »Da gibt es einen Tresor. Darin befinden sich jede Menge Unterlagen und Aufzeichnungen über uns.«

Erstaunt sah ich ihn an. »Was sind das für Unterlagen? Hast du sie gelesen?«, wollte ich wissen.

»Bist du verrückt?! Als der Oberst bemerkte, dass ich sie bloß gesehen hatte, wurde ich ... bekam ich eine Strafe«, beendete Hate den Satz.

»Woher hat euer Oberst solch wichtige Unterlagen?«, fragte ich. Denn das war doch überhaupt die Frage: Wie sollte so ein Typ an derartige Papiere herankommen? Und vor allem: Was stand darauf? Waren das tatsächlich geheime Informationen über uns? Oder waren es nur Fälschungen, um die Jungs zu Dingen zu bewegen, die sie sonst nie freiwillig getan hätten?

Zwangsläufig musste ich gerade auch an das Gespräch mit Treason im Hotelgarten denken. Da hatte ich mich schon gewundert, woher er so viel über uns und unsere Fähigkeiten wusste. So ganz abwegig schien es also nicht zu sein.

»Ich weiß es nicht, Hope. Der Oberst hatte aber dafür gesorgt, dass ich mir nie wieder Gedanken darüber gemacht habe ...«, erwiderte Hate leise.

»Wenn wir schon bei Wie, Was, Wo und Warum sind: *Wie* hast du uns eigentlich gefunden?«, fragte Despair.

Hates Blick schnellte kurz zu Treason. Dann sah er wieder zu Boden.

»Treason? Im Ernst?! Du hast uns verpfiffen? Ich wusste es!«, wandte Despair sich aufgebracht an ihn.

»Sorry, Mann! Ich hätte es dir schon erklärt, aber du wolltest ja nicht zuhören!«, entgegnete Treason.

»*Erklären*? Du hast nach mir geschlagen!«, schnappte Despair zurück.

»Weil du mir sowieso nicht zugehört hättest! Und mir sowieso nicht geglaubt hättest! Wie du mir nie etwas glaubst! Und das schien mir die einzige Methode zu sein, dich am Türmen zu hindern!«, erwiderte Treason leicht gekränkt.

Despair blies aufgebracht Luft zwischen den Lippen hervor und sah Treason abwartend an.

»Ich hatte Kontakt zu Hate aufgenommen, weil in den Zeitungen immer mehr Berichte von Totschlag und Massenschlägereien drinstanden. Ich dachte, das wäre sein Verdienst und wollte ihn dazu beglückwünschen«, rechtfertigte er sich.

»Beglückwünschen?«, schnaubte Despair und bedachte Treason mit einem geradezu tödlichen Blick.

»Natürlich nicht wirklich. Ich wollte nur recherchieren, was da los war, weil ... weil Love ja wegen mir weg ist, und so sichergehen, dass sie nicht wieder bei Hate ist«, erklärte er. Und fügte in Richtung Hate ein »Nichts für ungut, Alter!« hinzu.

Despairs Blick blieb starr.

»Und so kamen wir ins Gespräch und ja ... jetzt ist Hate hier«, beendete Treason seine kurze und undurchsichtige Erklärung.

»Weißt du, was du damit riskiert hast?«, blaffte Despair Treason an.

»Ich wusste, dass er Hope nichts tut. Hate hatte mir das versichert und ich hätte es gespürt, wenn er nicht die Wahrheit gesagt hätte.«

»Du bist nicht Lie!«, erwiderte Despair wütend.

»Hate aber auch nicht«, konterte Treason.

Despair schnaubte mürrisch.

Ich konnte seinen Unmut verstehen. So etwas hinter unser aller Rücken zu machen war schon echt hammerhart. Dazu sein falsches Bemühen, Hate in eine »Falle« zu locken ... Alles vor dem Hintergrund, dass er sich wegen Love schuldig fühlte – was ja an und für sich nicht verkehrt war.

»Ich mach mich dann mal wieder ...«, sagte Hate und wollte gehen, doch drei Mann riefen »Halt!«.

Treason, Despair. Und sogar ...

»Vic?« Ich sah sie erstaunt an. Mich hatte sowieso gewundert, dass sie sich die ganze Zeit über so still verhielt und bei Hates Anblick nicht in Ohnmacht gefallen war. Oder hatte seine Story etwa all ihre Wut verrauchen lassen?

»Er kann ruhig bleiben. Das ist nicht der Typ, der bei dir in der Wohnung war. Er war zwar auch groß, dunkelhaarig und muskulös, aber Hate war es nicht«, antwortete sie.

»Nein?« Überrascht sah ich zu Despair und Treason. »Wessen Nummer ist das dann? Von einem eurer anderen Brüder?«

Treason, Despair wie auch Hate warfen einen Blick auf Vics Unterarm. Die einheitliche Reaktion war ein ratloses Schulterzucken.

»Ich für meinen Teil habe aber auch nicht alle Nummern meiner Brüder im Kopf«, erklärte Treason.

Ich nickte verstehend. Ich kannte von uns Mädels auch nicht alle auswendig.

»Könntet ihr dann bitte mal in euren Handys nachschauen?«, fragte ich.

Treason, Despair und Hate taten, worum ich sie gebeten hatte, doch alle verneinten eine Übereinstimmung.

Hate hielt Vic seine Pranke hin. »Gib mal dein Handy«, wies er sie an. Ohne zu zögern leistete Vic Folge. Auch, wenn Hate nicht derjenige gewesen war, der Vic misshandelt hatte, schien sie trotzdem gehörigen Respekt vor ihm zu haben.

Hate drückte auf Wahlwiederholung und stellte das Handy laut. Es tutete.

»Hallo, Sie sind verbunden mit der Nummer ...« Ich seufzte vernehmlich. *»Der gewählte Gesprächspartner ist im Moment leider nicht erreichbar. Wenn Sie eine Nachricht hinterlassen möchten, sprechen Sie bitte nach dem Piepton.«*

Piep!

»Ey Arschloch! Wäre besser, du meldest dich. Sonst werde ich dich finden.« Dann legte Hate auf.

Ich schluckte. Hates Drohung hatte erschreckend ernst geklungen.

»Was denn? Wollt ihr wissen, wer das war oder nicht?«, blaffte er in die Runde.

»Natürlich, Hate«, bestätigte Treason sofort. Oder sollte ich es lieber *gehorsam* nennen?

Despair hingegen zog argwöhnisch die Brauen nach oben. Auf ihn schien Hate nicht so eine Wirkung auszuüben.

»Es wäre besser gewesen, du hättest von deinem *eigenen* Handy aus angerufen. Vic möchte bestimmt nicht, dass dieser Typ sich noch mal bei *ihr* meldet«, entgegnete er.

Kurz schaute Hate verdutzt. Das hatte er wohl nicht bedacht. So leicht ließ er sich jedoch nicht aus der Fassung bringen.

»Sie ist doch jetzt sowieso bei euch, oder? Was soll ihr dann schon passieren ...« Hate drehte sich um und wollte gehen. Wieder.

Doch dieses Mal fasste ich ihn am Arm und hielt ihn fest.

Bei meiner Berührung zuckte Hate zusammen, als hätte ich ihn geschlagen.

»Alles okay?«, fragte ich.

Hate nickte. »Ich mag es nur nicht, wenn mich jemand urplötzlich einfach berührt«, erwiderte er streng.

Sofort ließ ich Hate wieder los.

»Sorry«, erwiderte ich. »Aber ... möchtest du nicht bei uns bleiben?«

»Wieso sollte ich das wollen?« Hates Blick wurde misstrauisch.

Perplex über diese Reaktion wusste ich erst einmal keine passende Antwort. Ich hatte mit etwas weniger Kompliziertem gerechnet. Einem Ja oder Nein.

»Weil du vielleicht einen Freund brauchst?«, stellte ich schließlich als Gegenfrage und sah ihn aufmerksam an.´

Hate schien über meine Antwort nicht weniger überrascht zu sein als über meine Umarmung vorhin. Doch schnell fing er sich wieder:

»Ach ja? Und du glaubst wirklich, dass von euch jemand mit mir befreundet sein will?«

Alles, was Hate sagte, kam unfreundlich rüber. Zum einen, *wie* er es sagte, zum anderen tat seine tiefdunkle Stimme ihr Übriges dazu.

»Warum nicht?«, entgegnete ich.

»Ja, warum nicht ...«, sinnierte Hate. »Treason? Vic?«, sprach Hate die beiden an, die sofort mit einem viel zu überschwänglichen »Ja, natürlich« antworteten. »Gibt es hier auch jemanden, der ja sagen würde UND der KEINE Angst vor mir hat?«

»Ja, ich«, erwiderte ich und schaute ihm dabei fest in die Augen.

Hate machte eine schnelle Handbewegung direkt vor meinem Gesicht, was mich minimal nach hinten weichen ließ.

»Und wie du Angst vor mir hast«, sagte er.

»ICH habe keine Angst vor dir«, meldete Despair sich auf einmal zu Wort.

Hate sah kurz verwirrt aus. Dann schlüpfte er in seine Rolle zurück.

»Das glaub ich dir sogar, Bruder. Aber du willst auch nicht mit mir befreundet sein. Ich habe viele böse Dinge getan. Auch dir«, erwiderte er kalt, doch ich meinte sogar ein Fünkchen Wehmut heraushören zu können.

»Wenn du weiterhin so ein Arsch bist, dann sicher nicht«, gab Despair ihm ohne Umschweife Recht. »Aber Menschen ändern sich und –«

»Einmal belehrt, für alles andere gesperrt«, leierte Hate den Satz herunter, den sie offenbar alle zu Genüge eingetrichtert bekommen hatten.

»Schau dir deine Brüder an, Hate: Findest du, dass sie noch genauso sind wie früher?«, fragte ich.

Hate schaute sich Treason und Despair an.

»Despair war noch nie so, wie der Oberst ihn haben wollte. Und Treason? Das ist jawohl Auslegungssache. Immerhin hat er mir *verraten*, wo ihr euch befindet. Also ja«, antwortete er stur.

Ich seufzte.

»Außerdem: Wer sagt, dass ich mich überhaupt ändern möchte? Wenn ich nicht mehr Hate bin, wer bin ich dann?«, fragte er.

Auch wenn es nur betont salopp klingen sollte, sagte es eigentlich alles aus. Nicht *wir* waren es, die Angst hatten. *Hate* war es.

»Du hast doch schon längst angefangen, dich zu verändern«, erwiderte ich schwermütig.

Dieses Gespräch war wirklich anstrengend. Außerdem hatte ich das Gefühl, dass ich solch ein ähnliches vor gar nicht allzu langer Zeit schon einmal mit Despair geführt hatte.

»Stimmt. Ich bin schwächer geworden«, räumte Hate ein.

»Wie sagtest du vorhin? Das ist Auslegungssache, oder?«

»Was meinst du damit?«, fragte er.

»Du hast meiner Schwester viele schlimme Dinge angetan. Aber du hast gemerkt, dass es falsch war. Und dann hast du sie vor noch Schlimmerem bewahrt«, entgegnete ich.

»Ich mag Vieles sein, Hope. Ich bin auch schon als Vieles tituliert worden. Aber ein Vergewaltiger bin ich definitiv nicht!«, sagte Hate daraufhin und schaute mich dabei dermaßen intensiv an, dass ich nicht den leisesten Zweifel an seinen Worten hegte. Zudem schwebten sie wie ein kleines Déjà-vu im Raum. Despair hatte sich vor nicht allzu langer Zeit ähnlich geäußert. Die zwei schienen mehr gemeinsam zu haben, als es auf den ersten Blick deutlich wurde.

»Das war der erste Schritt in die richtige Richtung, Hate. Wenn du diesem Weg folgst, wirst du am Ende bestimmt noch von dir selbst überrascht sein«, antwortete ich, diesen Gedanken beiseite schiebend, und schenkte ihm ein aufmunterndes Lächeln.

»Und wie soll ich das bitte machen?« Er klang nicht so überzeugt, wie ich es mir gewünscht hätte, doch er schien sich immerhin mit der Thematik auseinanderzusetzen.

»Vielleicht möchtest du uns ja helfen?« Meine Frage wirkte eher wie eine Bitte.

»Euch helfen?«, erwiderte er, als wäre »Jemandem helfen« das Utopischste auf der ganzen Welt.

»*Freunde* helfen einander«, murmelte ich und senkte den Blick. Ich wusste nicht, was ich sonst noch dazu sagen sollte.

»Ich lass dir ein Zimmer fertig machen«, beendete Despair unsere Unterhaltung.

Überrascht sah ich ihn an. Gerade von Despair, der für gewöhnlich gegen alles und jeden war und jedem misstraute, hätte ich das nicht erwartet. Andererseits konnte ich seine Entscheidung absolut nachvollziehen. Hate stand zu dem, was er war und was er getan hatte. Und auch, wenn er sich nicht so reuevoll angehört hatte wie Treason, hatte er ihm gegenüber einen entscheidenden Vorteil: Alles was Hate sagte, klang grundehrlich. –Wütend, aber ehrlich. Bei ihm hatte ich mich kein einziges Mal fragen müssen, ob ich seinen Worten Glauben schenken konnte. Und das war garantiert auch der Grund, warum Despair so entschieden hatte.

»Ja, Alter. Wäre cool, wenn du dabei wärst«, mischte sich nun auch Treason ein.

Hate schaute skeptisch umher.

»Ich finde es höchst anständig von dir, dass du uns gewarnt hast«, setzte Vic noch eins oben drauf. Dann ging sie zu ihm. »Darf ich?«, fragte sie.

Hate stand wie versteinert vor ihr. Man sah förmlich, dass er von der ganzen Situation total überfordert war. Er zuckte unschlüssig mit den Schultern, da ihm offensichtlich nicht klar war, was Vic meinte.

Sie ließ sich davon jedoch nicht beeindrucken, stellte sich auf die Zehenspitzen und umarmte den Hünen herzlich.

Hate stand immer noch wie eine Litfaßsäule vor ihr und bewegte sich keinen Zentimeter. Doch ich spürte ganz deutlich seine positiven Gefühle.

»Danke dafür«, sagte Vic und drückte ihn noch einmal fester. Sie behandelte ihn einfach wie einen ganz normalen Menschen – und das war vermutlich das Geheimnis.

13. Kapitel

Despair

Ich war auf dem Weg zu Toni. Wenn ich für Hate ein Zimmer organisieren wollte, sollte ich das nach seinem glanzvollen Auftritt besser persönlich machen.

»Mr Carter«, rief Toni erleichtert. »Es tut uns unheimlich leid! Nachdem dieser Irre an uns vorbeigestürmt war und unsere Security ausgeknockt hatte, haben wir direkt die Polizei gerufen. Doch bis jetzt ist keiner erschienen.«

»Das ist schon in Ordnung, Toni. Mein Bruder war etwas aufgebracht, doch wir konnten ihn schnell wieder beruhigen. Bitte entschuldigen Sie vielmals die Unannehmlichkeiten!«, antwortete ich.

»Das war Ihr Bruder?!«, fragte der alte Mann bestürzt.

»Halbbruder. Ja.«

»Oh, Mr Carter. Da bin ich aber froh, dass Sie offenbar aus besserem Hause stammen.«

Ich schaute ihn an.

»Verzeihen Sie meine Offenheit«, fügt er etwas beschämt hinzu. »Was kann ich für Sie tun?«

»Ist schon okay, Toni.« Ich konnte ihm seine Reaktion kaum verübeln. Wie musste Hates Verhalten auf normale Menschen wirken, die allesamt keine Ahnung hatten, dass sie es mit dem leibhaftigen Hass zu tun hatten?

»Ich wollte nur mal nachsehen, ob hier unten alles in Ordnung ist«, erwiderte ich, anstelle meines eigentlichen Vorhabens.

Nein, ich hatte mich nicht gegen Hate entschieden – wobei ich zugeben musste, dass ich von meiner eigenen Toleranz ihm gegenüber immer noch ganz überrascht war. Hate hatte viel falsch gemacht in seinem Leben. – Hatten wir alle … Und gerade ich war in letzter Zeit ständig mit ihm aneinandergeraten. Er war einfach unausstehlich geworden! Allerdings wusste ich auch, dass tief in seinem Inneren eine ehrliche Haut steckte, und somit vertraute ich ihm jetzt schon mehr als ich Treason jemals vertrauen würde.

Natürlich fragte ich mich, ob es klug von mir war, wie ich entschieden hatte. Aber Treason hatte ausnahmsweise einmal Recht: Hate war nicht Lie.

Ich wusste, dass ich Hate gegenüber für mich ungewohnt nachsichtig war. Und das, obwohl er mit Abstand der Schlimmste von uns allen war.

Doch ich erinnerte mich auch an einen Hate aus Kindertagen. An einen Hate vor der geglückten Konditionierung. Und dieser Hate war einmal mein bester Freund gewesen. Und vielleicht konnte ich ihm helfen, diesen Weg dorthin wieder zu finden. So wie Hope mir geholfen hatte ...

»Es ist alles in Ordnung, Mr Carter. Der Schock sitzt zwar noch tief, aber solange es unseren Gästen an nichts fehlt, geht es uns ebenfalls gut«, erwiderte Toni mit einem bemühten Lächeln. Doch ich sah ihm deutlich an, dass das nur Fassade war und er in Wirklichkeit ganz anders dachte. Selbst wenn ich blind wie ein Maulwurf wäre, hätte spätestens jetzt sein regelrechtes Gefühlschaos ihn verraten.

»Im Übrigen wollte ich Sie auch in Kenntnis darüber setzen, dass wir wieder auschecken«, teilte ich ihm mit.

Schlagartige Erleichterung war zu spüren.

Na, schönen Dank auch ... Wobei ich mir bei Toni sicher war, dass seine Reaktion nur auf Hate bezogen war. Bei den Mädels von der Rezeption, die ständig tuschelnd die Köpfe zusammensteckten, war ich mir da allerdings nicht so sicher.

»Wieder nur ein kurzer Besuch, Mr Carter?«, resümierte Toni.

»Ja, Toni. Vielen Dank für Ihre verschwiegene Gastfreundlichkeit«, verabschiedete ich mich, gab ihm die Hand und sah ihm dabei eindringlich in die Augen.

»Natürlich, Mr Carter. Jederzeit wieder.«

Ich bezahlte alles, ließ sogar noch einen kleinen Obolus für die Unkosten von Hates Ausraster zurück und machte mich auf den Weg zurück nach oben.

Hate, Treason, Vic und Hope saßen verhältnismäßig entspannt im Zimmer und unterhielten sich. Das hieß: Alle außer Hate waren entspannt. Bei ihm konnte man diese Umschreibung nicht wirklich verwenden. Er saß ziemlich steif und förmlich auf seinem Stuhl, aber er bemühte sich.

»Hast du ein Zimmer für Hate bekommen?«, fragte Vic.

Ich schüttelte den Kopf.

»Nein?!« Das war Hope. Sie schien überrascht und gleichzeitig leicht verärgert zu sein.

»Wie nein?! Ich kläre das!«, schnaubte Hate wütend und sprang auf, doch ich hielt ihn zurück:

»Alles in Ordnung, Mann. Ich wollte dir gar kein Zimmer buchen«, klärte ich ihn auf.

»Nein?« Hate hatte versuchte tough zu klingen, doch seine sonstige »Scheiß-egal«-Einstellung kam nicht richtig durch. Ganz im Gegenteil: Ich bildete mir sogar ein, dass er leicht verletzt klang.

»Nein. Wir werden alle gehen«, erwiderte ich.

Fragende Blicke erreichten mich.

»Der Portier hat die Polizei gerufen und –«

»Die Bullen? Wo ist das Problem? Als wenn wir die nicht in der Hand hätten ...«, unterbrach Hate mich.

»HATTEN, Hate. HATTEN«, gab ich zurück.

Grundsätzlich hatte Hate schon Recht: Bis jetzt konnten wir uns in polizeilichen Angelegenheiten immer auf unseren Oberst verlassen. Er regelte alles. Und wenn ich sagte alles, meinte ich alles! Egal, was wir ausgefressen hatten: Es folgten nie Konsequenzen. Bis jetzt ...

»Was willst du damit sagen?«, grollte er.

»Wir wurden vorhin von einer Gruppe Polizisten angegriffen«, erläuterte ich.

Hate zog irritiert die Brauen nach oben. »Ihr wurdet *was*? Das glaub ich nicht!«

»Doch, es stimmt, Hate«, pflichtete Treason mir bei.

»Und warum?«, fragte dieser ungläubig.

»Sie wollten mich festnehmen«, antwortete ich lapidar.

»*Dich*?!« Hate kam aus dem Staunen nicht mehr heraus. »Warum denn ausgerechnet dich?«

»Ich habe keine Ahnung, Hate. Aber es schien ein abgekartetes Spiel zu sein.«

»Steckt ihr dahinter?«, wandte Hate sich barsch an Hope und Vic.

»Wir?«, echote Hope empört.

»Nein, Hate. Sicher nicht. Treason und Hope kamen Vic und mir zu Hilfe und sie wurden daraufhin genauso attackiert«, erklärte ich.

»Und wer, vermutest du, steckt dahinter?«, wollte Hate wissen.

»Ich habe keine Ahnung. Eigentlich hatte ich gehofft, dass du uns das verraten könntest. Du hattest doch bestimmt noch bis vor kurzem Kontakt zu unserem Oberst, oder?«

»Weißt du was, Despair? Ich würde es dir sagen. Wirklich. Aber wie ich vorhin schon bemerkt habe: Ich bin nicht mehr des Obersts erste Wahl. Ich denke da eher an Love und würde ihr an eurer Stelle mal einen Besuch abstatten. Sie scheint jetzt seine Marionette zu sein«, erwiderte Hate.

Ich nickte. Ich nahm zwar nicht an, dass sie etwas mit dem Polizistenangriff zu tun hatte, aber die Sache mit den verschwundenen Schwestern, den toten Mädchen und der Umstand, dass sie Hate mehr oder weniger krankenhausreif geschlagen und dabei angeblich immer wieder Hopes Namen gesagt hatte, reichten durchaus, um bei ihr mal nach dem Rechten zu sehen.

»Was meinst du, Hope?«, fragte ich sie.

Hope schaute kurz zu Hate, musterte ihn. »Ich denke, es kann nicht schaden, sie wenigstens mal zu besuchen ...«, bestätigte sie. Dann blickte sie wieder zu Hate. »Ich glaube aber, es ist besser, wenn du nicht mitkommst. Ich möchte sie nicht unnötig aufregen, weißt du?«

Hate nickte lahm.

»Ich bleibe besser bei Hate. Ich hatte nicht den Eindruck, als könnte Love mich besonders gut leiden«, entschuldigte sich Vic.

War das mutig – oder leichtsinnig?

Ich sah zu Hate hinüber. Ob es gut war, dass sie bei ihm bleiben wollte, konnte ich nicht sagen. Andererseits konnte ich ihre Entscheidung sehr wohl nachvollziehen, erinnerte ich mich doch nur zu gut daran, wie Love zumindest verbal auf sie losgegangen war.

»Ist das okay für dich?«, fragte ich Hate.

»Wenn es nicht anders geht«, erwiderte er.

»Ich bleibe auch bei Vic und Hate. Auf die irre Schrulle hab ich echt keinen Bock«, teilte Treason uns mit. Er war wieder einmal sehr hilfreich. Nicht.

Ich presste Luft zwischen den Lippen hervor. Hate und Treason wollten also auf jemanden aufpassen. Auf jemanden, der Hope sehr am Herzen lag. Es war nicht so, dass sich alles in mir gegen diese Vorstellung sträubte, aber richtig wohl fühlte ich mich dabei nicht.

»Ist das auch okay für dich, Hope?«, sprach ich sie deshalb direkt an.

Sie hatte sofort gecheckt, auf was ich hinauswollte und wandte sich sogleich an Treason und Hate: »Wollt ihr Vic etwas antun, während wir weg sind?«, fragte sie unvermittelt.

Die Verblüffung über diese unverblümte Frage stand den beiden ins Gesicht geschrieben.

»Nein«, kam als Erstes die tiefe, raue Antwort von Hate.

»Nein, Hope. Was denkst du denn? Ich dachte, wir wären jetzt alle so etwas wie Freunde?«, erwiderte Treason mit leicht beleidigtem Unterton.

Ich runzelte die Stirn, glaubte ich ihm doch für meinen Teil grundsätzlich nicht, wenn er so dick auftrug. Aber Hope ...

»In Ordnung, ich vertraue euch«, sagte sie und beide nickten ihr gleichzeitig zu.

»Fahrt am besten schon mal ins *Mont Silence*. Dort könnt ihr einchecken und auf uns warten, okay?«, sagte ich zu Treason und Hate.

»In den feudalen Schuppen willst du? Da steigen doch nur alte Leute ab!«, beschwerte sich Treason. »Können wir nicht in ein cooles Hotel gehen?«

»Und warum steigen da alte Leute ab?«, stellte ich als Gegenfrage.

»Weil es da stinklangweilig ist? Weil da nichts, aber auch gar nichts los ist? Weil nicht weit entfernt ein Friedhof ist, damit die Gäste, die dort für gewöhnlich unterkommen, nicht so weit weggebracht werden müssen?«, ereiferte sich Treason.

Hope schmunzelte.

Ich verkniff es mir.

»Richtig!«, war meine kurze Antwort.

»Und das soll gut sein?«, fragte er ungläubig.

»Es ist abseits, es ist still, es ist anonym. Niemand wird euch da vermuten«, versuchte ich ihm meine Wahl schmackhaft zu machen. »Oder wusstet ihr, dass das meine zweitliebste Bleibe ist?«

»Alter! Du bist dort schon abgestiegen? Wie uncool du einfach nur bist!«, jammerte Treason, willigte dann aber ein dorthin zu fahren.

»Also ich mag es ruhig ...«, versuchte Vic mich zu unterstützen, doch das funktionierte nicht.

»Ja, ja, ich hab doch schon zugestimmt, dass wir hinfahren«, meckerte Treason und Vic zuckte ergeben mit den Schultern.

»Ich hab's versucht«, sagte ihr Blick und ich nickte ihr dankbar zu.

Hate war da zum Glück weniger kompliziert. Er hatte von Anfang an eingewilligt. Aber Hate ähnelte in diesem Punkt auch eher mir. Er schätzte keine großen Menschenmassen, war vielmehr der Einzelgänger und blieb lieber für sich. Quasi der perfekte Gast fürs *Mont Silence*.

»Hast du eine Idee, wo wir Love finden können?«, wandte ich mich an Hope.

Eigentlich war das mehr eine rhetorische Frage gewesen, doch zu meiner Überraschung bejahte sie diese sofort.

»Echt?«, hakte ich nach.

Sie grinste. »Ich vermute es zumindest.«

»Seid ihr wirklich sicher, dass ich nicht mitkommen soll?«, fragte Hate.

»So wie du aussiehst, könntest du ihnen sowieso nicht helfen«, rutschte es Treason heraus, der sich daraufhin sofort auf die Unterlippe biss und einen vernichtenden Blick von Hate kassierte.

»Ups! Das war nicht so gemeint, Hate. Sorry, o du großer, alles vernichtender, plattmachender Hate!«, säuselte er.

Hate rollte mit den Augen. »Vielleicht solltet ihr Treason besser mitnehmen«, wandte er sich mit genervter Stimme an uns.

»Keine Chance, Hate. Den hast du jetzt an der Backe«, erwiderte ich ungerührt. Innerlich musste ich jedoch lachen. Wäre Hate *wirklich* sauer, hätte er ihm schon längst eine verpasst.

»Na gut. Ich hab ja auch nur versprochen, Vic nichts zu tun.« Hate ließ seine Fingerknöchel knacken, woraufhin Treason den Mund zuklappte, jedoch prompt einen heftigen Hustenanfall bekam.

Hope lachte, doch ich schloss eine gewisse »Überreaktion« Hates Treason gegenüber gar nicht mal aus.

»Ich glaube, *ich* pass besser auf die zwei großen Jungs hier auf, was?«, meldete sich Vic noch einmal zu Wort.

»Du bist die Beste«, antwortete Hope und drückte sie.

Ich zückte mein Handy und reservierte bei meinem Ansprechpartner im *Mont Silence* zwei Zimmer für uns. Eins für Treason und Hate und eins für Vic und Hope. Wo ich übernachtete, ließ ich dann Hope entscheiden.

»Wir sollten aufbrechen«, sagte ich schließlich. Umso länger wir hierblieben, desto mehr riskierten wir, doch noch den hergerufenen Polizisten über den Weg zu laufen. Und wer wusste, ob sie uns vielleicht ähnlich schlecht gesonnen waren wie die von gestern.

»Kann ich mich darauf verlassen, dass ihr wirklich in das Hotel fahrt?«, fragte ich Hate.

Er nickte.

»Sonst ruf ich dich einfach an und verpetz die beiden«, antwortete Vic mir schmunzelnd und schielte zu Hate und Treason, die völlig unbeeindruckt neben ihr standen.

»Danke«, erwiderte ich, doch das war nur höflichkeitshalber. Sollten Treason und Hate wirklich andere Pläne schmieden, würde sie rein gar nichts dagegen tun können, und ihr Handy hätte sie dann sicher auch nicht mehr ...

Wir verabschiedeten uns voneinander und begaben uns zu unseren Autos.

Während Treason bereits ausparkte und Vic mit Hate ging – ich nahm an, dieser wollte lieber mit seinem eigenen Wagen fahren –, wandte ich mich an Hope:

»Und? Was meinst du, wo Love sein könnte?«, fragte ich und startete den Motor.

»Es gibt eigentlich nur einen Ort, der infrage kommt. Wo eigentlich alle meine Schwestern sein müssten, wenn sie in der Lage wären, ihren Aufenthaltsort selbst zu bestimmen«, entgegnete sie überzeugt.

»Und der wäre?« Jetzt war ich aber neugierig. Hope klang wirklich sehr sicher.

»In unserem Stützpunkt.«

Mein Fuß schwebte über dem Gaspedal, doch ich trat es nicht durch, sondern blickte sie stattdessen ungläubig an.

»In eurem Stützpunkt? Dem Stützpunkt, wo wir euch gekidnappt haben?!«

War das ihr Ernst? So doof konnte doch niemand sein!

Hope schien meine Gedanken zu erraten. »Ich weiß, dass dies nicht die intelligenteste Wahl ist. Aber erinnerst du dich noch an deine eigenen Worte? Dass ihr damals keine Alternative gesehen habt? Ich fürchte, das geht meinen Schwestern genauso. Sie sind nicht dumm. Wahrhaftig nicht. Jede ist auf ihre Art einzigartig und jede hat auch ihre Vorzüge, von denen man sich durchaus eine Scheibe abschneiden könnte. Aber sie sind dort aufgewachsen, haben nie woanders gelebt und sind auch nicht mal rausgekommen. Ich würde behaupten, sie wissen einfach nicht, wo sie sonst hinsollten ...«

»In irgendein Hotel vielleicht?«, antwortete ich sarkastisch. Sooo schwer konnte die Überlegung doch nicht sein.

»Für dich wäre das klar, für mich wäre das klar. Aber meine Schwestern sind – sollte Barry uns richtig über unseren Heimatplaneten in Kenntnis gesetzt haben – typische Sensianer. Sie legen zwar keinen besonderen Wert auf Familie, aber sie brauchen feste Strukturen. Einen bekannten und geregelten Ablauf in gewohnter Umgebung. Ähnlich wie ein Job bei Menschen. Nur ... extremer, würde ich sagen. So seltsam sich das vielleicht auch anhört«, entgegnete Hope.

Zuerst wollte ich argumentieren, dass das der größte Schwachsinn war, den ich je gehört hatte, aber wenn ich genauer darüber nachdachte: Hate könnte auch so ein Exemplar sein. Sicher: Er war am meisten gequält worden, doch er hatte auch mit Abstand am längsten gebraucht, bis er sich eine eigene Wohnung gesucht hatte. Selbst heute verbrachte er die meiste Zeit in unserem Keller. Übernachtete sogar oftmals dort! Und das, obwohl er wahrlich keine schönen Erinnerungen damit verbinden konnte.

»Du sagst gar nichts mehr«, riss Hope mich aus meinen Gedanken.

»Ich hatte nur gerade überlegt, dass du vielleicht wirklich Recht haben könntest«, erwiderte ich.

»Lass es uns einfach probieren, okay?«, bat sie mich sanft.

»Einverstanden.«

Sie lächelte und ich erwiderte es.

Bedächtig fuhr ich aus der Tiefgarage heraus. Wenn die Polizei zwischenzeitlich doch noch gekommen war, wollte ich gewappnet sein.

Ich bog langsam auf die Straße und schaute mich um. Es schien alles ruhig zu sein.

»Ob du den Weg kennst, brauche ich wohl nicht zu fragen«, sagte Hope und grinste mich schief an.

Verlegen schüttelte ich den Kopf. Auch wenn ich ihn in meinem Leben nur einmal gefahren war, würde ich ihn niemals wieder vergessen. Außerdem fand ich mich in dieser Gegend gut zurecht und die Fahrt dauerte von hier aus maximal eine halbe Stunde.

»Wie gehen wir vor, wenn Love tatsächlich da ist und wirklich so aggressiv ist, wie Hate sagte?«, fragte Hope auf einmal unsicher.

»Du meinst, wenn sie auf uns losgeht?«

Hope nickte schüchtern. Ich merkte, dass es ihr unangenehm war, so über ihre Schwester zu sprechen, doch das war auf jeden Fall eine berechtige Sorge, über die man sich vorher austauschen sollte. Und waren wir mal ehrlich: Wenn man sich Hate so ansah, war die Überlegung gar nicht so abwegig ...

»Dann setzen wir sie außer Gefecht«, antwortete ich so sachlich ich konnte.

»Und wenn –«, begann Hope, doch ich unterbrach sie:

»Wir sind zu zweit, Hope. Wenn du dich überwinden kannst, ihr Paroli zu bieten, sehe ich da kein Problem.«

Hope nickte. Und an der Art, wie sie nickte, erkannte ich genau, dass ich den Nagel auf den Kopf getroffen hatte.

Hope hatte keine Angst, dass sie schwächer als Love war, oder nicht gut genug kämpfen konnte. Sie hatte vielmehr Angst davor, dass sie es im Notfall nicht übers Herz bringen würde, die Hand gegen ihre Schwester zu erheben. – Wie damals, im *Snuggling in*, als sie von ihr gewürgt wurde.

»Wir schaffen das, Hope«, betonte ich nochmals und suchte nach ihrer Hand, die locker auf ihrem Oberschenkel ruhte.

Dankbar schaute sie mich an. »Wer hätte gedacht, dass *du mir* irgendwann mal Mut machen musst«, antwortete sie und seufzte.

»Und wer hätte gedacht, dass wir irgendwann mal gemeinsame Sache machen würden«, erwiderte ich.

»Das stimmt.« Sie lächelte. Diesmal überzeugter.

»Sollte Love nicht aggressiv auf uns reagieren, was machen wir dann mit ihr?«, fragte ich.

»Mit ihr reden?«, stellte Hope als Gegenfrage.

Zweifelnd sah ich sie an. *Reden* ... Ich glaubte nicht, dass das bei Love noch half. Doch ich ließ mich gern vom Gegenteil überzeugen.

»Ich weiß, was du denkst«, antwortete Hope auf meinen Blick hin.

»Ach ja?«

»Du fragst dich, was wir tun, wenn sie nicht mit sich reden lässt ...«

»So ähnlich, ja«, stimmte ich zu. »Und? Hast du schon einen Plan?«

Hope schüttelte sanft den Kopf. So ganz ehrlich sah es jedoch nicht aus.

»Bist du sicher?«, hakte ich deshalb nach.

»Na ja ... keinen *richtigen* Plan«, erwiderte sie leise.

»Sondern?«

Hope wand sich. Es fiel ihr ganz offensichtlich schwer, mir diese Frage zu beantworten.

Auffordern schaute ich sie an.

»Ich hätte nur eine absolute Notlösung, welche ausschließlich im schlechtesten aller Fälle in Betracht gezogen werden könnte«, erwiderte sie daraufhin zögerlich.

Ich seufzte. »Schaffst du es auch, etwas weniger um den heißen Brei herumzureden?«

Hope senkte den Blick. »Na ja, ich bin ja oft in Krankenhäusern unterwegs. Und ich kenne dort auch sehr viele Menschen.«

»Und was soll das bitteschön bringen?« Ich runzelte die Stirn. Was hatte das mit dem eigentlichen Thema zu tun? Wollte sie Love im Krankenhaus unterbringen, damit ihre künftigen Opfer direkt behandelt werden könnten? Beispielsweise ihre Zimmergenossinnen?

»Auch Ärzte ...«, fügte sie hinzu.

»Hope! Bitte! Sag's einfach«, forderte ich sie auf.

»Fast jedes Krankenhaus hat auch eine Psychiatrie oder wenigstens eine psychiatrische Abteilung.«

Meine Augen wurden groß. »Du willst deine Schwester in die Klapse einweisen lassen?« Ich hätte viel erwartet, aber DAS nicht! Greed war früher einmal kurzzeitig dort gelandet, weil die Staatsanwaltschaft es für bedenklich hielt, diesen Kleptomanen ohne Behandlung weiter auf freiem Fuß zu lassen. Und selbst für unseren Oberst war es schwer gewesen ihn dort wieder rauszubekommen.

»Fällt dir etwas Besseres ein?«, fragte sie unglücklich.

Ich brauchte gar kein Sensianer zu sein, um zu spüren, dass ihr diese Entscheidung selbst zuwider war. Doch aufgrund meiner Fähigkeit merkte ich es natürlich doppelt und dreifach.

»Nein«, gab ich zu.

Hätte ich noch ein Zuhause, wüsste ich sofort, wo wir sie unterbringen könnten. Aber weder mein Platz beim Oberst noch mein eigenes Haus waren unter den gegebenen Umständen mittlerweile noch eine Option.

»Hoffen wir einfach, dass es nicht so weit kommt«, sagte sie, darum bemüht möglichst euphorisch zu klingen, doch das klappte mehr schlecht als recht.

Ich bog in die Straße ein, die zum Stützpunkt führte, und parkte direkt vor dem Eingang.

»Wir sind da«, sagte ich unnötigerweise. Hope sah das natürlich selbst. Es war auch mehr der Versuch gewesen, die Anspannung, die sich mittlerweile im Wagen ausbreitete, etwas zu lösen. Doch nachdem wir beide aus den Autofenstern heraus das Haus betrachteten, wurde es eher schlimmer als besser. Das Anwesen wirkte total verlassen. Es brannte kein Licht, alle Fenster waren geschlossen und vor der Haustür lag loses Blattwerk herum. Zudem häufte sich Werbung im Briefkasten und vor der Haustür standen zwei Blumenkübel, deren Inhalt komplett verdorrt war.

»Scheint nicht so, als wenn jemand hier wäre«, sprach Hope meine Gedanken aus.

»Nein. Und jetzt?«

»Wir gehen trotzdem mal rein. Vielleicht hat Love uns eine Nachricht hinterlassen. Oder eine der anderen.«, antwortete Hope.

Ich nickte.

Wir stiegen aus, gingen zur Haustür und öffneten sie. Hope hatte nicht lange nach dem versteckten Ersatzschlüssel suchen müssen – noch ein Indiz dafür, dass sich höchstwahrscheinlich niemand im Haus aufhielt.

Und richtig: Drinnen schien es noch stiller zu sein als draußen. Irgendwie eine beklemmende Atmosphäre.

»Hallo?«, rief Hope. »Ist hier jemand?«

Keine Antwort.

»Love?«, rief sie hinterher.

Wieder nichts.

»Lass uns einfach mal in jedes Zimmer einen Blick reinwerfen und dann überlegen, wie wir weiter vorgehen«, sagte ich, um einen lockeren Tonfall bemüht.

Hope nickte.

Nach und nach suchten wir die Zimmer im Erdgeschoss nach möglichen Anhaltspunkten ab, doch außer dem typischen Weiberkram fanden wir nichts.

»Nach oben«, sagte Hope und ich folgte.

Doch auch hier wurden wir nicht fündig. Zimmer für Zimmer kontrollierten wir. Vergebens.

Schließlich blieb am Ende des Flurs nur noch ein Zimmer übrig.

Hope folgte meinem Blick. »Das ist das Zimmer von Barry. Oder *war*«, erklärte sie mit geknickter Stimme.

»Soll ich allein nachschauen gehen?«, bot ich an. Dieser Barry schien eine wichtige Person für sie gewesen zu sein und wenn ihr das schwerfiel, konnte ich das auch allein machen.

»Ist schon gut. Vielleicht fällt mir ja sonst was Wichtiges ins Auge.«

Ich nickte, drückte die Türklinke hinunter und öffnete die Tür. Vorsichtig schob ich den Kopf hindurch. Da dieses Zimmer das einzige war, bei dem die Tür tatsächlich zu war, wollte ich trotz aller Stille hier im Haus nicht leichtsinnig werden.

Ich ließ den Blick durch den Raum schweifen. Alles ruhig.

Da schubste ich die Tür ganz auf, so dass Hope ebenfalls hineinschauen konnte.

»Hier ist auch niemand«, befand ich.

Hope stieß einen tiefen Seufzer aus. »Das hätte ich nicht gedacht. Wo soll sie sonst sein?«

»Möglicherweise hat Love dazu gelernt und sich ebenfalls ein Hotel gesucht? Prinzipiell könnte das dann überall sein«, erwiderte ich.

Wieder ein Seufzer von Hope.

»Ich schau mal auf Barrys Schreibtisch nach. Vielleicht finde ich dort etwas, das wir gebrauchen können.«

Hope ging an mir vorbei zu dem Schreibtisch. Ich hörte das Rascheln von Papier.

»Hm ...«, machte sie.

»Hast du was?«, fragte ich.

»Nein. Aber ich habe den Eindruck, dass hier –« Sie stieß einen spitzen Schrei aus.

»Was ist?!« Ich eilte zu ihr hin. Hope war um den Schreibtisch herumgegangen und starrte fassungslos auf den Boden.

Vor uns lagen Modesty und Greed. Bewegungslos. Voller Blut. Aufeinandergestapelt wie Schlachtvieh.

Da die Front des Schreibtischs bis auf den Boden ging, hatte man das von vorne nicht sehen können.

»Ach du Scheiße!«, kommentierte ich und bückte mich zu ihnen hinunter, um den Puls zu fühlen. Doch ich stutzte, als mir ein kleiner Papierfetzen auf Modestys Körper ins Auge fiel.

»*Wir sehen uns*«, stand darauf geschrieben.

Hope hatte sich ebenfalls hinuntergebeugt und nahm den Zettel an sich.

»Das ist Loves Handschrift«, sagte sie. Ihre Stimme klang brüchig. Ich glaube, sie konnte sich selbst gerade nicht entscheiden, ob sie losweinen sollte oder einfach zu geschockt war für irgendeine Gefühlsregung.

»Hate hat also nicht gelogen«, flüsterte sie. Der Tonlage nach zu urteilen, hatte sie sich für die Variante »zu geschockt für irgendeine Gefühlsregung« entschieden.

»Nein, hat er nicht«, bestätigte ich – obwohl ich das nie bezweifelt hatte.

Wie Hate selbst sagte: Er war alles Mögliche. Aber kein Vergewaltiger. Und auch kein Lügner.

»Wir müssen dringend etwas tun!«

Überrascht sah ich Hope an. Ihre Stimme strotze plötzlich nur so vor Entschlossenheit.

»Ich ...«, begann ich, da hörte ich ein leises Stöhnen. »Hast du das auch gehört?«, fragte ich Hope.

»Was?«

Ohne zu antworten suchte ich hastig nach Modestys Puls. Das hatte ich ja eben schon vorgehabt, obwohl ich nicht ansatzweise dachte, dass einer von ihnen noch unter uns weilen könnte – so übel, wie sie zugerichtet waren.

»Sie lebt tatsächlich noch!«, rief ich. Dann fühlte ich schnell Greeds Puls. »Er auch!« Und obwohl ich ihn in letzter Zeit gar nicht mehr leiden konnte, war ich froh darüber.

»Ruf sofort den Notarzt«, wies ich Hope an. Das brauchte ich ihr nicht zweimal zu sagen. Sie wühlte sofort auf Barrys Schreibtisch und fischte das Telefon unter dem ganzen Papierkram hervor. Zwei Freizeichen später hatte Hope den Notdienst am Telefon:

»Hallo? Wir benötigen dringend einen Krankenwagen. Ja. Ja. Zwei Personen. Eine Person bewusstlos. Die andere ...«

Sie schaute mich fragend an.

»Die auch«, sagte ich einfach, obwohl ich ja einen von beiden stöhnen gehört hatte. Aber um das genauer zu erklären, fehlte jetzt die Zeit.

»Die ist auch bewusstlos. Außerdem ist hier alles voller Blut. – Nein. Ich glaube, es war ein Überfall. Okay. South 51st Avenue ... Genau. Bitte beeilen Sie sich!« Dann legte Hope auf.

»Sie kommen«, sagte sie. Ich spürte ihre Erleichterung.

»Hilf mir«, forderte ich sie auf und bedeutete ihr, Modestys Arme zu ergreifen. Ich nahm ihre Füße und zusammen zogen wir sie von Greed herunter.

»Können wir sonst noch irgendetwas tun?«, fragte Hope.

»Ich denke, den Rest überlassen wir lieber den Rettungskräften«, erwiderte ich. Ich hätte mich zwar schon um die offensichtlichen Wunden kümmern können, doch die waren wohl nicht das Problem. Immerhin musste es ja einen Grund haben, dass die beiden bewusstlos waren und bevor ich mehr ruinierte, als zu helfen, ließ ich es lieber.

Wir warteten auf den Rettungswagen, der innerhalb der nächsten zehn Minuten eintraf.

»Hallo? Wir sind von der *Mayo Clinic*. Sie haben uns benachrichtigt?«, rief uns jemand von unten zu. Gut, dass wir die Haustür nur angelehnt hatten.

Ich wollte ihnen gerade entgegenlaufen, da hatte Hope ihnen schon zugerufen:

»Hier oben! Kommen Sie einfach hoch!«

Ich rollte mit den Augen. Sie wusste doch gar nicht, wen sie da jetzt herbefohlen hatte. Doch darüber schien sich Hope keine Gedanken zu machen. Sie saß nach wie vor neben Modesty und hielt ihre schlaffe Hand.

Ich stellte mich aufrecht hin und schaute den Flur hinunter. Um die Ecke kamen gerade vier Rettungskräfte im Laufschritt gerannt. Jeweils zwei von ihnen hatten eine Trage bei sich.

»Hier entlang«, sagte ich und winkte sie zu Hope durch.

»Ach, du liebe Güte!«, rief der eine Sanitäter. »Und ihnen geht's gut? Haben sie den Überfall noch mitbekommen?«

»Bitte?«, fragte ich.

»Nun ja, die Wunden sind ja noch recht frisch. Das Ganze scheint also noch nicht allzu lange her zu sein«, erklärte er.

Stimmt! Jetzt, wo er mich darauf hingewiesen hatte, fiel mir das selbst auf. Hope und ich blickten uns an.

»Das hieß, der Überfall muss erst vor kurzem stattgefunden haben?«, fasste sie noch einmal zusammen.

»Genau, Miss.«

Die Sanitäter leisteten so gut sie konnten erste Hilfe und packten Modesty und Greed danach auf ihre Tragen.

»Wir kommen mit«, sagte Hope.

»Lady, nur für Familienangehörige«, klärte der Sanitäter Hope auf.

»Ich bin ihre Schwester!«, entgegnete sie empört.

»Okay, okay. Verzeihen Sie, Miss«, entschuldigte er sich sofort.

Die zwei Sanitätertrupps machten sich mit Modesty und Greed auf den Weg nach unten. Hope wollte ihnen wie beabsichtigt folgen, da hielt ich sie zurück:

»Kann ich dich eventuell allein mit ihnen fahren lassen?«, fragte ich.

»Wieso alleine?« Erschrocken sah sie mich an.

»Wenn das erst kurz vor unserem Eintreffen passiert ist, haben wir vielleicht Glück, und Love rennt noch hier draußen herum«, erwiderte ich.

Entgeistert schaute sie mich an. »Ich möchte nicht, dass du hierbleibst. Am Ende passiert dir noch etwas und –«

»Mir passiert nichts, Hope. Mit Love werde ich schon fertig«, beruhigte ich sie. Ich hatte zwar keine Ahnung, wie dieses kleine Persönchen es geschafft hatte Hate dermaßen zuzurichten, doch ich war mir sicher, dass ihr das bei mir nicht gelingen würde. Woher ich diese Gewissheit nahm? – Zum einen glaubte ich, dass sie Hate einfach nur unglücklich überrascht hatte, zum anderen fehlte ihr bei mir schlichtweg der Grund. Besser noch: Ich hatte ihr mehrfach geholfen und vielleicht dachte sie ja daran, bevor sie mir eine verpassen wollte.

»Denk daran, wie sie Hate zugerichtet hat«, mahnte Hope.

»Keine Sorge, ich pass schon auf«, versicherte ich ihr noch einmal. »Wer weiß, wann wir wieder die Chance dazu kriegen.«

»Mir wäre lieber, du würdest mit mir fahren«, sagte sie, nach wie vor wenig überzeugt von meinem Vorhaben.

»Ich werde mich hier nur kurz umsehen. Dann komme ich direkt nach«, beteuerte ich.

»Versprochen?«

»Versprochen!«

»Miss? Wir wollen los. Kommen Sie? Oder wollen Sie doch nachkommen?«, rief einer der Sanitäter nach Hope.

»Nein, nein, ich bin schon da«, rief sie zurück. Dann legte sie ihre Hand um meinen Nacken und zog mich ein Stück zu sich hinunter. »Wehe, du brichst dein Versprechen«, drohte sie, gab mir einen sanften Kuss und schaute mir zum Abschluss noch einmal eindringlich in die Augen.

»Niemals«, hauchte ich an ihren Lippen.

Dann eilte Hope zur Tür hinaus.

Ich folgte ihr in einem gewissen Abstand. Wenn der Sanitäter Recht hatte und der Täter – oder Love – erst kurz vor uns dagewesen war, könnte ich sie vielleicht noch erwischen.

Da mein Auto das einzige war, was bei unserer Ankunft hier gehalten hatte, müsste sie zu Fuß gekommen sein. Oder mit dem Taxi. Und da in der Zwischenzeit bis auf den Rettungswagen kein weiteres Auto vorgefahren war, musste sie folglich auch zu Fuß verschwunden sein.

Bedächtig schlich ich zuerst um das Gebäude herum und suchte nach Spuren – im besten Fall Fußabdrücke. Doch der Boden war so staubtrocken, dass eine ganze Herde Büffel hier entlangrennen könnte, ohne dass man etwas davon sehen würde.

Ich ließ meinen Blick schweifen. Viel freies Feld. Eigentlich ein perfekter Standort, wenn man nicht von Feinden überrascht werden wollte. Wieso sie uns seinerzeit nicht bemerkt hatten, war mir nach wie vor ein Rätsel. Aber unser Oberst hatte das vorausgesagt. Er meinte, dass die Probas sich mittlerweile so in Sicherheit wiegten, dass sie gar nicht mehr damit rechnen würden. Und er hatte Recht behalten.

Ich lief noch einmal um das Gebäude herum, da entdeckte ich ein kleines Waldstück. Zielstrebig steuerte ich darauf zu.

Wenn man sich hier irgendwo verstecken wollte – oder zu entkommen versuchte, ohne viel Aufsehen zu erregen –, führte der einzig mögliche Weg durch dieses Wäldchen.

»Love?«, rief ich einfach mal. Vielleicht antwortete sie ja.

»Ich bin's! Despair! Komm raus, wenn du da bist!«, forderte ich sie auf.

Es tat sich nichts.

Da ging ich ein Stück in den Wald hinein.

»Love?«, versuchte ich es noch einmal.

Doch niemand meldete sich.

Was hatte ich auch gedacht? Hatte ich wirklich erwartet, dass sie noch hier war und herauskam, wenn ich sie darum bat?

Ich schüttelte über mich selbst den Kopf. Was für ein Unsinn, Despair!

Frustriert drehte ich mich um und wollte zurück zu meinem Wagen gehen, da hörte ich hinter mir ein Knacken.

Achtsam fuhr ich herum.

»Love? Bist du das?«

Wieder ein Knacken, doch ich konnte weder jemanden sehen, noch ausmachen, woher das Geräusch kam.

Reiß dich mal zusammen, Despair!, mahnte ich mich selbst. Vermutlich war das nur der Wind und du hörst hier gleich die Flöhe husten.

Ich schritt weiter in Richtung Wagen, da vernahm ich es wieder. Diesmal warf ich nur noch sicherheitshalber einen schnellen Blick über meine Schulter – nach wie vor war nichts zu sehen.

Als ich den Kopf wieder nach vorne gedreht hatte, hörte ich ganz deutlich, dass hinter mir irgendetwas aus dem Unterholz gesprungen kam. Alarmiert schnellte ich herum und sah noch, wie irgendjemand vor mir davonlief.

Ich versuchte hinterherzurennen, doch mit diesen ganzen Ästen und Zweigen war das gar nicht so einfach. Zumal die Person auch noch verdammt schnell laufen konnte.

»Bleib stehen!«, rief ich ihr hinterher, doch sie entfernte sich immer weiter von mir.

»Love!«, versuchte ich es noch einmal, doch sie rannte und rannte.

»Wenn du glaubst, dass dich deine Kapuzenjacke vor einer Identifizierung schützt, muss ich dich enttäuschen: Wir haben Modesty und Greed bereits gefunden. Und deinen Zettel!«, schrie ich, da sie mittlerweile einiges an Metern zurückgelegt hatte.

Meine Schritte wurden langsamer, bis ich zurück ins Gehen verfiel. Wahnsinn! Konnte die laufen!

Zum ersten Mal wünschte ich mir, dass Treason hier war. Er war alles andere als ein guter Kämpfer, doch er konnte rennen wie der Blitz. Er hätte Love garantiert eingeholt.

Ich ging zurück zu meinem Wagen und fuhr zu Hope ins Krankenhaus. Hoffentlich hatte sie wenigstens bessere Nachrichten.

14. Kapitel

»Sie kommt doch durch, oder?«, fragte ich, als ich hinten im Krankenwagen mitfuhr und auf den scheinbar leblosen Körper von Modesty schaute. Greed war in dem anderen Rettungswagen untergebracht worden.

»Dazu kann ich leider noch nichts sagen. Die äußeren Verletzungen scheinen nicht so schwerwiegend zu sein, aber man wird ja auch nicht ohne Grund ohnmächtig«, antwortete der Sanitäter.

Ich nickte. Das war mir schon klar.

»Sie wollten also Ihre Schwester besuchen und haben die beiden dann dort so vorgefunden?«, erkundigte er sich.

»Ja«, antwortete ich knapp.

»Und Sie haben wirklich niemanden gesehen?«, bohrte er weiter.

»Nein, niemanden.«

»Aha ...«, machte er skeptisch.

Ich sagte nichts dazu, sondern hielt weiterhin Modestys Hand.

»Was für ein Glück für ihre Schwester und den jungen Mann, dass Sie *rein zufällig* vorbeigekommen sind«, sagte der Sanitäter dann.

Ich schaute auf. »Guter Mann, was versuchen Sie mir hier zu sagen?«, fragte ich leicht erbost. Hatte der sie noch alle?

»Nichts. Ich mache nur deutlich, dass ich es schon sehr merkwürdig finde. Den Verletzungen nach zu urteilen, hätten Sie sich mit dem angeblichen Täter ja die Türklinke in die Hand geben müssen.«

Ich knirschte mit den Zähnen. Das war ja wohl nicht zu fassen!

»Was für eine bodenlose Frechheit, mir so etwas zu unterstellen!«, fauchte ich.

»Beruhigen Sie sich. Ich habe nicht gesagt, dass *Sie* das waren. Ich glaube auch nicht, dass Sie dazu in der Lage wären ...« Der Sanitäter machte eine kurze Pause. »Bei Ihrem Freund allerdings ...«

»Was ist mit ihm?« Meine Stimme klang mittlerweile extrem unfreundlich. –
Offenbar *so* unfreundlich, dass der Sanitäter wieder etwas zurückruderte:

»Na ja, er machte jetzt nicht den freundlichsten Eindruck auf mich ...«

»War er etwa unhöflich? Daran kann ich mich gar nicht erinnern«, erwiderte ich schnippisch.

»Das nicht, aber schauen Sie sich ihn doch mal an: düsterer Blick, durchtrainierter Körper ... Von ihm könnte ich mir das schon vorstellen.«

Ich zog die Brauen nach oben. »Ist das wirklich Ihr Ernst?«, fragte ich fassungslos.

»Nein, aber –«

»Dann gibt es ja wohl auch kein Aber«, würgte ich den Sanitäter ab und wir verbrachten die restliche Fahrt schweigend miteinander.

Endlich waren wir am Krankenhaus angekommen. Die Türen wurden bereits von außen geöffnet und ich sprang aus dem Wagen heraus.

»Würden Sie bitte vorne zur Anmeldung gehen und alle notwendigen Daten hinterlassen?«, fragte der Sanitäter mich nun regelrecht schüchtern.

»Natürlich«, antwortete ich, immer noch leicht angefressen von seinen Kommentaren über Despair.

»Vielen Dank. Ich werde Ihnen Bescheid geben, auf welchem Zimmer Sie Ihre Schwester finden können.«

»Danke«, erwiderte ich knapp.

Ich betrat das Krankenhaus durch den Haupteingang. Modesty und Greed waren auf ihren Liegen durch einen Seiteneingang hineingebracht worden. Zielstrebig steuerte ich auf die Anmeldung zu. Ich kannte die *Mayo Clinic*. Hier hatte ich schon öfter ausgeholfen.

»Oh, Marry! Wie schön dich zu sehen«, empfing mich Jada, die Oberschwester, mit meinem Menschennamen, als sie mich sah.

»Hallo Jada«, grüßte ich zurück.

»Phil hat dich schon hundertmal versucht zu erreichen, doch er meinte, du hättest dein Handy ausgeschaltet. Was für ein Glück, dass es endlich geklappt hat!«

»Phil?«, fragte ich verdutzt nach.

Phil war einer der Pfleger hier. Er war supernett.

»Ja, weißt du das denn nicht?«

Ich schüttelte den Kopf. »Nein, Jada. Ich habe mein Handy verloren. Ich habe keine Ahnung, wo es ist«, erklärte ich.

»Und warum bist du dann hier?«, fragte sie erstaunt. »Du wolltest doch erst nächste Woche wiederkommen? Das heißt nicht, dass ich mich nicht jetzt schon darüber freuen würde.« Sie zwinkerte mir zu.

»Eine meiner Schwestern ist überfallen worden und wurde eben eingeliefert«, antwortete ich niedergeschlagen. Jadas Augen wurden groß. »Schon wieder?«, rief sie bestürzt.

»Was heißt *schon wieder*?«, fragte ich sie unsicher.

»Ach, stimmt ja. Wenn Phil dich nicht erreichen konnte, weißt du es ja noch nicht«, erwiderte Jada, nun ebenfalls ganz zerstreut.

»Weiß ich *was* noch nicht?« So langsam wurde mir unwohl.

Jada seufzte schwer. »Komm einfach mit«, sagte sie.

Beklommen folgte ich Jada in den Fahrstuhl – und sah mit Entsetzen, dass sie den zweiten Stock gewählt hatte. Die Intensivstation. Dort, wo Modesty und Greed mit Sicherheit auch hingebracht werden würden.

Ich schluckte schwer.

Jada sah mich mitleidig an. »Komm«, murmelte sie, legte den Arm um meine Hüfte und schob mich mit sich.

Gehorsam trottete ich neben ihr her.

Dann blieb sie an einem Zimmer stehen. Hier oben war alles komplett verglast, damit man sofort sehen konnte, was darin vor sich ging, und ob ein Patient Hilfe brauchte.

Ich schaute in das Zimmer. »Das ist ja Love!!!«, entfuhr es mir.

»Wer?«, fragte Jada irritiert.

»Ähm ... Sophia meinte ich natürlich. Love ist nur mein Spitzname für sie. Weil sie immer so lieb ist«, redete ich mich heraus.

Jada lächelt gerührt.

»Was ist passiert? Wer hat sie hergebracht? Seit wann liegt sie hier? Kann ich zu ihr?« Ich überschlug mich fast vor lauter Fragen.

»Eigentlich nicht. Wir mussten sie aufgrund der Schwere der Verletzungen in ein künstliches Koma versetzen«, erwiderte Jada zögerlich.

Flehend sah ich sie an.

»Okay, aber nur ganz kurz«, ließ sie sich erweichen.

»Danke«, flüsterte ich. Ich war zu geschockt, um normal sprechen zu können.

Hastig zog ich einen Kittel an, den Jada mir hinhielt, und befestigte einen Mundschutz. Dann betrat ich den Raum. Das ganze Piepsen und die Geräusche des Beatmungsgeräts verursachten mir eine Gänsehaut – eigentlich lächerlich, wenn man bedachte, wie viel Zeit ich in Krankenhäusern verbrachte. Doch es war definitiv ein Unterschied, ob dort jemand Fremdes lag, oder jemanden, den man liebte.

Ich ging hinüber zu Love. Ihr Gesicht und ihre Arme waren übersät von Schwellungen und Blutergüssen.

»Love?«, flüsterte ich, nahm ihre Hand und drückte sie leicht. Ich wusste, dass sie mich rein theoretisch nicht wahrnehmen konnte, doch ich hatte mal gelesen, dass Komapatienten durchaus mitbekamen, wenn jemand für sie da war.

Behutsam streichelte ich ihren Handrücken. »Es wird alles wieder gut, Love. Wir kriegen das wieder hin«, wisperte ich und ein Kloß bildete sich in meinem Hals. Genau diese Worte hatte ich schon mal zu ihr gesagt. Und was war passiert? Nun lag sie mit schweren Verletzungen im Krankenhaus und war ins künstliche Koma versetzt worden.

Eine Träne stahl sich aus meinem Augenwinkel. Warum hatte ich sie gehen lassen? Warum hatte ich nicht darauf bestanden, dass sie bei mir blieb? Ich hätte das alles verhindern können …

Ich seufzte schwer. Was für ein Scheißtag!

Jada steckte den Kopf zur Tür hinein. »Kommst du bitte wieder heraus? Nicht, dass ich Ärger bekomme«, bat sie mich.

Ich nickte.

»Mach's gut, Love«, flüsterte ich. »Ich komm dich sobald ich kann wieder besuchen …« Zum Abschied drückte ich noch einmal sanft ihre Hand. Dann verließ ich das Zimmer.

»Bitte folge mir, Schätzchen. Ich mach dir erst mal einen heißen Kakao«, sagte Jada und führte mich in das Schwesternzimmer. Zum Glück waren alle anderen irgendwo auf Station. Ich wusste nicht, ob ich so viele neugierige Blicke jetzt hätte ertragen können.

Langsam ließ ich mich auf einen der Stühle gleiten.

»Du wusstest nicht, dass deine Schwester ins Krankenhaus gekommen war?«, versuchte Jada ein Gespräch zu beginnen, nachdem sie mir eine dampfende Tasse hingeschoben hatte.

Ich schüttelte sanft den Kopf.

»Wann wurde sie denn eingeliefert?«, fragte ich.

»Heute Vormittag.«

»Heute Vormittag?«, wiederholte ich. Eigentlich war das keine Frage, sondern eher ein innerliches Realisieren. Dann konnte sie Modesty gar nicht angegriffen haben! Aber wieso lag dann der Zettel dort? Mit ihrer Handschrift drauf? Wer war es sonst gewesen? Und wer hatte Love das Gleiche angetan?

»Ja«, erwiderte Jada geduldig und riss mich damit aus meinen Gedanken.

»Weiß man, was genau passiert ist?«, fragte ich.

»Nein, Schätzchen. Das wissen wir nicht. Sie war nicht mehr ansprechbar. Ein Passant hat sie in einem Park entdeckt und uns alarmiert. Hätte er sie nicht gefunden, wäre sie jetzt höchstwahrscheinlich tot«, erklärte Jada. »Und ich gehe davon aus, dass dieser Jemand, der ihr das angetan hat, das auch fest beabsichtigt hatte«, fügte sie noch hinzu.

Ich presste die Lippen zusammen. »Was ist … Was war …«, begann ich, doch ich wusste nicht, wie ich den Satz formulieren sollte.

Jada legte ihre Hand auf meine und drückte diese mitfühlend. »Natürlich haben wir direkt die Polizei informiert«, sagte sie.

Ich schluckte schwer. »Die Polizei?«

Jada nickte. »Deine Schwester wurde weder ausgeraubt, noch war es eine Handlung sexueller Art. Sie vermuten, dass sie einfach zur falschen Zeit am falschen Ort war.«

Jada lächelte teilnahmsvoll, doch es prallte einfach an mir ab. Ich hatte nur im Kopf, was Despair und Hate mir über die Endlösung erzählt hatten. War sie doch ausgerufen worden? War das der Anfang? Wollte der Oberst uns alle tot sehen?

Die Tür öffnete sich und Phil kam herein.

»Hallo, Marry«, grüßte er mich, doch ich hatte nur ein müdes »Hi« für ihn übrig. Normalerweise war ich nicht so unfreundlich. Schon gar nicht zu Phil. Doch gerade im Moment hatte ich keinen Nerv für unverbindlichen Small Talk.

»Ähm ... ich hab gesehen, dass noch eine Schwester von dir überfallen wurde«, sagte er und setze sich zu mir.

Ich nickte lahm.

»Das muss ganz schön hart für dich sein. Ich verfolge zwar schon die ganze Zeit über in den Nachrichten, dass die Kriminalität in unserem Land urplötzlich enorm angestiegen ist, aber wenn man dann fast selbst betroffen ist – oder in deinem Fall direkt – nimmt es doch ganz andere Ausmaße an«, erzählte Phil.

Ich schaute auf und blickte in seine treuen Hundeaugen. Phil war wirklich ein guter Mensch. Immer so ruhig und verständnisvoll. Doch wenn er wüsste, was hier tatsächlich abging, wäre er das sicher auch nicht mehr.

»Hab ein bisschen Verständnis. Das muss enorm viel für sie sein«, half Jada mir und erklärte damit meine Wortkargheit.

Phil nickte. »Ich wollte dir auch eigentlich nur mitteilen, dass wir deine Schwester und ihren Freund leider ebenfalls auf die Intensivstation bringen mussten. Das heißt, den Freund deiner Schwester. Deine Schwester selbst ist bereits im OP. Sie hat eine sehr schwere Kopfverletzung und muss sofort operiert werden.«

Ich schlug die Hände über dem Kopf zusammen. Das durfte doch alles nicht wahr sein! Was musste dieser Oberst für ein krankes Schwein sein, dass er zwei unschuldige Mädchen beinahe totschlug? Und was hatte er davon? Jetzt, wo seine zwei stärksten Improbas ihm sowieso nicht mehr untergeben waren, machte das doch gar keinen Sinn mehr! – Oder doch?

Phil legte beruhigend seine Hand auf meinen Rücken.

In diesem Moment kam eine weitere Männerstimme dazu. »Hi«, grüßte diese freundlich.

Ich drehte mich um und sah Despair in der Tür stehen.

»Despair«, rief ich, sprang auf und warf mich ihm in die Arme.

»Wow! Was für eine Begrüßung!«, scherzte er und lächelte danach Jada und Phil zu. »Tut mir leid, dass ich hier so einfach reinplatze. Aber man sagte mir, dass ich meine Freundin hier finden würde.« Das Wort »Freundin« betonte er etwas stärker. Vermutlich wegen Phil.

»Kein Problem. Ich glaube, Sie sind genau im richtigen Moment gekommen. Marry braucht jetzt Beistand«, antwortete Jada.

Despair legte die Arme um mich und drückte mich an sich. Es tat so unglaublich gut, sich an ihn zu schmiegen.

»Sind noch irgendwelche formellen Dinge zu klären?«, fragte Despair.

»Nein. Wir haben ja alle Daten von Marry«, erwiderte Jada sanftmütig. »Wenn ihr möchtet, könnt ihr nach Hause fahren. Für heute ist hier sowieso nichts mehr auszurichten.«

»Ich gebe dir dann Bescheid, Marry, wie es deinen Schwestern geht«, sagte Phil.

»Ich habe mein Handy verloren«, klärte ich ihn ebenfalls auf.

»Kein Problem. Du kannst auch mich anrufen«, bot Despair an.

»Sie gehören nicht zur Familie«, entgegnete Phil finster.

»Sie dürfen mich aber gerne über meinen Bruder informieren. Am Empfang sagte man mir, er wurde auf die Intensivstation verlegt. Ich reiche dann mein Handy an Marry weiter«, erwiderte Despair auf einmal extrem förmlich. – Gut, verübeln konnte man es ihm nicht. Phil verhielt sich gerade wirklich eigenartig. So kannte ich ihn gar nicht.

»*Sie* können sich auch von dem behandelnden Arzt informieren lassen«, gab Phil schnippisch zurück.

»Das wäre wahrscheinlich sowieso klüger. Der wüsste wenigstens, wovon er spricht«, konterte Despair kalt.

»Jungs! Meint ihr nicht, ich habe gerade andere Sorgen?«, ging ich patzig dazwischen.

»Sorry«, murmelte Despair und auch Phil entschuldigte sich leise.

»Phil, könntest du mich bitte über Despairs Handy anrufen, sobald es etwas Neues gibt? Nur solange, bis ich wieder ein eigenes habe, okay?«, bat ich ihn.

Phil seufzte. »In Ordnung. Aber nur, weil du es bist.«

»Danke.«

»Dann fahrt mal nach Hause, ihr beiden. Der Tag war sicherlich lang genug«, verabschiedete uns Jada.

»Danke, Ma'am«, erwiderte Despair.

»Ja, danke, Jada. Und dir natürlich auch, Phil.«

Mit diesen Worten verabschiedeten wir uns und machten uns auf den Weg ins Hotel.

***

»Eine gute Nachricht habe ich aber für dich«, sagte Despair, während wir in sein Auto stiegen.

»Ach wirklich?«, entgegnete ich wenig überzeugt. Wobei es ja eigentlich gute Nachrichten sein müssten. Denn noch schlimmer konnte es ja nicht mehr werden. Hoffte ich zumindest ...

»Ich habe Love gesehen. Sie war noch da. Leider war ich zu langsam«, räumte er leicht geknickt ein.

»*Love?!* – Love liegt ebenfalls im Krankenhaus. Auf der Intensivstation!« Es kam angreifend rüber – was überhaupt nicht meine Absicht war. Aber das alles machte mir schwer zu schaffen.

Despairs Augen wurden groß. »Bitte was?!«, fragte er ungläubig. »Bist du dir da sicher?«

»Ich hab ihre Hand gehalten. Reicht das?«, seufzte ich.

»Ich ... ähm ... Ja ...«, stammelte er offensichtlich verwirrt und startete den Motor.

»Du konntest das nicht wissen. Als Jada mir Love gezeigt hat, warst du noch nicht da«, erklärte ich.

»Und ... ist sie ...«, begann er.

»Sie ist genauso zugerichtet wie Modesty«, beantwortete ich das, was er vermutlich fragen wollte.

Despair nickte lahm. »Das ... kommt jetzt ... überraschend«, erwiderte er abgehakt.

Diesmal nickte ich.

»Aber es hat trotzdem etwas Gutes«, entgegnete er dann.

Zweifelnd sah ich ihn an. Was sollte denn daran noch gut sein?

»So wissen wir, dass Love es nicht war.«

»Das stimmt«, pflichtete ich ihm bei. »Und auch, wenn es mir das Herz bricht, sie so da liegen zu sehen, bin ich dennoch froh, dass sie nicht Verursacher dieses ganzen Übels war.«

»Und wir wissen noch etwas«, sagte Despair.

»Tun wir das?«, fragte ich.

»Das würde ich mal behaupten, ja. Jetzt bleibt nämlich nur noch einer übrig, der es gewesen sein könnte«, erklärte Despair.

»Du sprichst vom Oberst«, schlussfolgerte ich.

Despair nickte.

»Und was ist mit deinen anderen zwei Brüdern? Cruel und Lie?«, gab ich zu bedenken.

»Lie war das ganz bestimmt nicht. Er ist ein verlogenes Aas, ja, aber viel zu soft, um jemanden mit bloßen Händen halbtot zu schlagen.«

»Und Cruel?«, hakte ich nach.

»Der wäre eine Möglichkeit«, räumte Despair ein.

»Na ja, aber das ist immerhin eine überschaubare Menge, oder?« Ich lächelte. Lächelte, weil ich trotz allem gerade so etwas wie Glück empfand, und ich lächelte über die Absurdität dieses Gesprächs.

Hatte Despair – die Verzweiflung – es tatsächlich geschafft, *mir* Hoffnung zu schenke?

Wieder fragte ich mich, ob es mich überhaupt ohne ihn geben konnte.

»Danke«, hauchte ich.

»Wofür?«

»Weil du bist, wie du bist«, erwiderte ich und legte meine Hand auf sein Knie.

Despair lächelte mich an. »Ohne dich wäre ich nicht das, was ich bin«, flüsterte er.

Ein wunderbares Gefühl von Verbundenheit und Zusammengehörigkeit füllte mich aus. Und wenn ich mir Despair so betrachtete, in seine mittlerweile warmen dunklen Augen schaute, war ich mir sicher, dass er genauso empfand.

***

Despair fuhr in eine Tiefgarageneinfahrt hinein.

»Sind wir da?«, fragte ich überrascht. Ich hatte das gar nicht mitbekommen.

»Ja. Das ist das *Mont Silence*«, kündigte Despair das Hotel wie ein Showmaster an.

Ich lächelte.

Neugierig schaute ich aus dem Fenster und erblickte Hates und Treasons Fahrzeuge.

»Deine Brüder sind hier«, sagte ich.

»Ich weiß«, antwortete Despair. »Ich wäre sonst benachrichtigt worden, wenn sie nicht aufgetaucht wären«, erklärte er.

Fragend schaute ich ihn an.

»Ich habe doch die Zimmer reserviert, erinnerst du dich?«

»Schon, aber was hat das eine mit dem anderen zu tun?« Der Zusammenhang erschien mir nicht ganz schlüssig.

»Das habe ich bei Samuel, dem Portier gemacht. Und gleichzeitig um Info gebeten, sollten meine Gäste nicht eintreffen«, erzählte Despair, als wäre das vollkommen selbstverständlich.

»Misstrauisch bist du wohl gar nicht«, fasste ich sein Verhalten zusammen.

Despair grinste entschuldigend. »Vorsicht ist die Mutter der Porzellankiste, oder?«

»Da hast du wohl Recht. Kennst du hier eigentlich alle Portiers persönlich?«, fragte ich. Es sollte eigentlich mehr ein Foppen werden, weil es schon irgendwie gewöhnungsbedürftig war, welche Kontakte er in seinem jungen Alter pflegte, doch es kam tatsächlich als Frage aus meinem Mund.

»Ein paar. Ich musste ja schließlich irgendwohin, als ich noch kein Eigenheim hatte und vom Oberst oder meinen Brüdern eine Pause brauchte«, erklärte er. Die Leichtigkeit in seinem Gesicht war verschwunden.

Ich schluckte. Wenn Despair über seine Kindheit sprach, klang alles daran immer verdammt traurig. Sofort tat es mir leid, dass ich – wenn auch nicht absichtlich – das Thema darauf gebracht hatte.

»Schon okay«, sagte Despair, da er meinen Gesichtsausdruck offenbar richtig interpretiert hatte. »Jetzt zahlt es sich aus, oder?«

Ich rang mir ein Lächeln ab. Doch ich fand die Gründe, wie es dazu kam, alles andere als witzig.

Nachdem wir aus dem Auto ausgestiegen waren und uns bei der Rezeption anmeldeten, grüßte uns besagter Samuel freundlich:

»Mr Carter, wie schön, Sie endlich einmal wiederzusehen!«

Eigentlich hatte ich mir die Improbas immer als unbeliebt und unfreundlich vorgestellt. Aber das war jetzt schon der zweite, der Despair offenbar gerne wiedersah. Und an seinen Gefühlen merkte ich, dass das keine leeren Floskeln waren, sondern er es wirklich ernst meinte.

»Finde ich auch, Samuel«, erwiderte Despair und begrüßte den Portier mit Handschlag. Dieser war wesentlich jünger als Toni aus dem anderen Hotel und schien auch ziemlich locker drauf zu sein.

»Und dann auch noch in solch hübscher Begleitung«, zwinkerte Samuel mir zu und hielt mir seine Hand hin.

Ich lächelte ihn freundlich an und wollte ihm meine Hand geben, da nahm er sie und führte sie kurzerhand zu seinen Lippen für einen Handkuss.

»Samuel ist ein alter Casanova«, klärte Despair mich auf.

»Da wäre ich jetzt nicht von selbst drauf gekommen«, erwiderte ich und grinste Casanova Samuel an.

»Schau dir mal unsere Hautfarben an, Despair. Ihre Haut wirkt gegen meine wie die einer Elfe«, philosophierte der Portier.

Despair grinste frech. »Samuel, du bist schwarz. Gegen dich wirke sogar *ich* wie ein Elf!«

Samuel lachte laut. »Du weißt doch, dass du mein Lieblingself bist!«

»Schon klar …«, murrte Despair aus Spaß.

»Er ist nur eifersüchtig auf dich«, flüsterte Samuel mir zu.

Ich schüttelte lächelnd den Kopf.

»Ich hab dir dein Lieblingszimmer reserviert. Ich hoffe, das ist okay?«, fragte Samuel.

»Und das andere?«

»Ist direkt daneben. Wie du es wolltest«, antwortete Samuel.

»Perfekt! Danke!«, erwiderte Despair.

»Immer wieder gern. Wirklich schön, dass du dich noch mal hier blicken lässt.«

»Immer wieder gern«, wiederholte Despair Samuels Worte. Dann gingen wir zum Fahrstuhl.

»Der scheint echt nett zu sein«, sagte ich zu Despair.

»Samuel hat schon viel getan für mich«, erklärte er.

»Lass dir nichts erzählen. Es war anders herum. Ich bin Despair für den Rest meines Lebens dankbar. Und das aus gutem Grund.«

Samuel war hinter uns aufgetaucht und hatte offenbar unsere kurze Unterhaltung mitangehört.

»So?«, fragte ich neugierig.

»Ich komme ursprünglich aus Südafrika und bin wegen des Bürgerkriegs hierher geflüchtet. Despair habe ich aus Zufall getroffen und prompt hat er mir geholfen.«

»Wir müssen jetzt weiter«, versuchte Despair ihn abzuwürgen, doch Samuel dachte gar nicht daran den Schnabel zu halten. »Despair hat mir über einen Bekannten diese Arbeitsstelle hier besorgt. Anfangs war ich noch Aushilfe in der Küche, aber nachdem Despair fast jeden Abend mit mir Englisch geübt und mir die Sprache beigebracht hat, konnte ich mich hocharbeiten. Und heute bin ich Chefportier«, erzählte er stolz.

Ich schaute Despair an, doch er wich meinem Blick aus.

»Lady, so bezaubernd Sie sind, aber sollten Sie ihm das Herz brechen, breche ich Ihnen dafür auch etwas«, flüsterte Samuel in meine Richtung. Der lustige Kerl klang plötzlich überraschend ernst.

»Lass den Scheiß«, beschwerte Despair sich und boxte Samuel auf die Schulter.

Ich nahm Despairs Hand und verschränkte meine Finger mit seinen. »Da machen Sie sich mal keine Sorgen«, beruhigte ich Samuel und dieser nickte mir lächelnd zu.

Dann betraten Despair und ich den Aufzug und fuhren ins oberste Geschoss.

Ich schaute zu Boden und schüttelte lächelnd den Kopf.

»Was ist? Wegen Samuel? Hör mal, den kannst du nicht –«

»Es ist nicht wegen Samuel«, unterbrach ich Despair.

»Weshalb dann?«

»Wegen dir.«

Despairs Blick wurde unsicher. Dann schaute er weg.

»Ich verstehe nicht, wie du jemals auf den verrückten Gedanken kamst, ein schlechter Sensianer zu sein«, klärte ich ihn auf. »Bis jetzt freuen sich alle Leute, denen wir begegnen, dich wiederzusehen. Und als ich das eben so hörte ... So etwas macht man nur, wenn man ein gutes Herz hat. Ein *verdammt* gutes Herz.«

Despair erwiderte nichts. Ihm schien diese Unterhaltung unangenehm zu sein. Auch das war mir schon öfter aufgefallen: Despair konnte mit Nettigkeiten und Lob schlecht umgehen. Ich konnte mir schon vorstellen, woran es lag. Nämlich daran, dass er Anerkennung und lobende Worte nie kennenlernen durfte. Dazu kam, dass er wohl von Grund auf ziemlich bescheiden war – was für eine seltene und wunderbare Eigenschaft!

Bereitwillig wechselte ich das Thema, da ich ihn nicht weiter unnötig in Verlegenheit bringen wollte: »Ihr Improbas scheint ein Faible für das Obergeschoss zu haben, was?«, stellte ich fest.

»Wie kommst du darauf?«, fragte Despair, offenbar dankbar für den Themenwechsel.

»Nun ja, Treason wohnt im Obergeschoss, gestern waren wir im Obergeschoss untergebracht, heute wieder ...«, zählte ich auf.

»Das liegt daran, weil es dort die besseren Fluchtmöglichkeiten gibt«, erklärte er mir.

Klar. Was auch sonst ... Despair: Praxisorientiert wie immer.

»Ich dachte eher, es liegt an der schönen Aussicht«, neckte ich ihn, was Despair ein Lächeln entlockte.

»Vielleicht finden wir Zeit, sie demnächst mal zusammen zu genießen«, antwortete er.

Etwas verblüfft schaute ich ihn an. War das etwa ein Flirtversuch?

Despair zwinkerte mir zu und grinste. Hatte er jetzt *mich* drangekriegt?

Ich schmunzelte über mich selbst.- Tja, Hope: Um Despair zu foppen, musst du wohl etwas früher aufstehen, sagte ich zu mir selbst.

Die Fahrstuhltüren öffneten sich. Despair ging voran und führte mich zu unserem Zimmer. Er klopfte.

»Hate? Vic? Treason?«, rief er.

Man hörte, wie von innen die Tür entriegelt wurde, und ein junger, ebenfalls dunkelhaariger Mann machte uns auf.

»Cruel!«, rief Despair entsetzt und schob mich mit einer Handbewegung hinter sich.

»Tach, Despair«, sagte Cruel schroff.

Despair entwand mir seine Hand und man sah förmlich, wie seine Muskeln sich anspannten.

»Alles okay, Despair! Komm rein!«, kam es von drinnen. Es war Treason.

Unschlüssig stand Despair vor dem Zimmer. Da erschien auch Hate an der Tür.

»Kommt rein. Wir erklären euch alles drinnen«, sagte er und schob Cruel kurzerhand beiseite, so dass wir Platz hatten.

Despair ging vor.

Ich folgte.

Erst als er Vic und Treason ganz relaxt auf der Couch sitzen sah, entspannte er sich wieder ein wenig.

»Was willst du hier?«, fragte Despair ohne Umschweife.

»Seht ihr, ich hab's euch gesagt. Ich verpiss mich besser wieder«, antwortete Cruel direkt.

»Nirgendwo gehst du hin!«, sagte Treason. »Wir werden es ja wohl schaffen, uns wenigstens kurz zu unterhalten, oder?«

Cruel schnappte Treason am Kragen und hob ihn ein Stück vom Boden hoch.

»Bitte«, fügte Treason kleinlaut hinzu.

Da setzte ihn Cruel wieder ab.

»Hach, wie ich das hasse, wenn ihr immer gleich grob werden müsst«, moserte Treason.

Vic kicherte und winkte mir fröhlich zu.

Etwas irritiert stand ich neben Despair. Was sollte das hier alles?

»Gut. Wenn von euch keiner will, fange ich einfach mal an«, flötete Treason.

»Ich bitte darum«, kam es von Despair barsch.

»Das kann ja heiter werden«, seufzte Treason. »Aber gut. Der Sensianer wächst mit seinen Aufgaben.«

»Dann hattest du offensichtlich noch nicht viele«, kommentierte Cruel Treasons Größe. Er war in der Tat der Kleinste von allen.

»Lass Treason in Ruhe, wenn du schon nicht für dich selbst sprechen kannst«, nahm Despair Treason in Schutz.

Treason schaute hilflos in meine Richtung, doch ich nickte ihm aufmunternd zu.

»Gut, Gentlemen. Wir beruhigen uns jetzt erst einmal alle und dann erzähl ich euch, warum wir plötzlich Zuwachs bekommen haben, okay?«, schlug Treason vor.

»Ich bin gespannt«, erwiderte Despair.

»Also, nachdem ich mich ein bisschen mit Hate über die momentanen Zustände in unserem Quartier unterhalten habe und er mir erzählte, wie unser allseits beliebter Oberst mittlerweile drauf ist, dachte ich mir, warum bündeln wir unsere Kräfte nicht und gehen gemeinsam gegen ihn vor.«

Niemand sagte etwas.

»Deshalb bin ich einfach hergegangen und habe versucht Lie zu erreichen, doch sein Handy war ausgeschaltet. Daraufhin bat ich Hate, Cruel anzurufen, was er auch tat. Wie ihr ja merkt, haben wir nicht das beste Verhältnis. Somit war das die einfachste und möglicherweise von Erfolg gekrönte

Lösung. Cruel erzählte dann, dass Lie im Krankenhaus liegt und nicht ansprechbar ist. Er vermutete, dass der Oberst dahinter steckt, doch wir erzählten ihm, dass wir die Schuldige bereits ausfindig gemacht haben und ihr schon auf dem Weg zu ihr seid.«

»Lie liegt auch im Krankenhaus?!«, riefen Despair und ich gleichzeitig.

»Ähm ... was bedeutet *auch*?«, hakte Treason vorsichtig nach.

»Erzähl erst fertig, dann sind wir dran«, forderte Despair.

»Eigentlich gibt's da nicht mehr viel zu erzählen. Nachdem Cruel gehört hat, dass wir die Schuldige haben, wollte er helfen.«

»Helfen klingt doch gut«, warf ich in die Runde, nachdem immer noch keiner etwas sagte.

»*Helfen?* Du weißt schon, welches Impro Cruel hat, oder? Er steht für die Unbarmherzigkeit und spielt sich nur allzu gern als Richter auf. Als Richter ohne Gnade, um genau zu sein«, klärte Despair mich auf.

»Gerade deswegen könnte er uns doch bei unserem Vorhaben von Nutzen sein, oder?«, fragte ich.

»Nun ja, Cruel ist an sich nicht verkehrt. Das kann man ihm nicht vorwerfen. Natürlich ist er ätzend. Wie wir alle. Oder wie wir alle gewesen sind. Doch er ist auch fair. Solange man sich nichts zu Schulden kommen lässt, hat man seine Ruhe vor ihm. Wenn man allerdings nach seinem Rechtsempfinden – und das scheint manchmal etwas anders zu sein, als das von Normaldenkenden – einen Fehler begangen hat, will man ihn nicht zum Feind haben. Und wenn ich das so sage, meine ich das auch so«, antwortete Despair und redete dabei über Cruel, als wäre dieser gar nicht anwesend.

»Dann passt das ja. Ich glaube auch nicht, dass euer Oberst großartig Gnade verdient hat«, erwiderte ich – und war selbst erschrocken, wie gleichgültig meine Worte klangen. Doch wenn ich daran dachte, was dieser Mann den Jungs – und nun womöglich auch meinen Schwestern – alles angetan hatte, konnte ich ihm leider nichts Besseres wünschen.

»Jetzt klärt uns aber mal auf: Wie kommt ihr jetzt darauf, dass doch der Oberst hinter alledem steckt und nicht Love?«, fragte Treason.

»Weil jetzt tatsächlich kein anderer mehr übrig ist«, erwiderte Despair.

»Wie meinst du das?« Auch Hate und Vic schauten Despair nun gespannt an.

»Wir waren im Stützpunkt der Mädels und haben nach Love gesucht. Dabei fanden wir Modesty und Greed – übel zugerichtet und bewusstlos.«

»Wie Lie«, warf Cruel ein.

»Wir haben dann dafür gesorgt, dass sie ins Krankenhaus kamen, und dort hat eine weitere Überraschung auf uns gewartet. Love war schon dort – auf der Intensivstation, wo die anderen beiden auch hingekommen sind.«

Treason klappte der Mund auf. Auch Hate schaute ihn ungläubig an.

»Bist du sicher, Alter«, fragte Treason schließlich.

»Fragt Hope«, verwies Despair auf mich.

»Ja, ich war dort und habe ihre Hand gehalten«, bestätigte ich Despairs Worte.

»Wer hat es denn geschafft, diese Irre auszuknocken?«, fragte Hate.

Ich zog leicht verärgert die Brauen nach oben. Ich mochte es nicht, wenn jemand so über Love sprach – egal, was sie getan hatte.

»Wir können sagen: Modesty, Greed, Love und Lie liegen alle bewusstlos im Krankenhaus. Und bis auf Honesty, Mercy und Loyalty ist der Rest hier, oder?«, fasste Despair zusammen.

Ich bestätigte seine Aussage durch ein Nicken.

»Wäre es denn theoretisch denkbar, dass Honesty, Mercy oder Loyalty so etwas tun?«, fragte Cruel.

»Niemals!«, antworteten Treason, Vic, Despair und ich gleichzeitig.

Ich lächelte. Sollten wir uns wirklich zu so etwas wie einer Gemeinschaft hinentwickeln?

»Seid ihr sicher?«, hakte Cruel wenig überzeugt nach.

»Totsicher. Dafür verbürge ich mich persönlich. Keinesfalls würden sie so etwas tun, schon gar nicht mit ihren eigenen Schwestern«, erklärte ich im Brustton der Überzeugung.

»Sehr glaubhaft, wenn eine Proba das sagt«, erwiderte Cruel skeptisch.

»Alle Sensianer waren schlimm zugerichtet. Die drei Mädchen hätten nicht ansatzweise die Kraft dazu«, half Despair mir und überzeugte mit diesem Argument letztendlich auch Cruel.

Da die Jungs – außer Despair vielleicht – alle leicht machomäßig ange-
haucht zu sein schienen, war das mit Sicherheit die für sie glaubhafteste
Begründung. Und so furchtbar weit hergeholt war es ja auch nicht … Der
Betreffende war wirklich mit äußerster Brutalität vorgegangen und das hätten weder Honesty, Mercy noch Loyalty körperlich und geistig »leisten« können. Dazu waren sie viel zu lieb! Selbst nach ihrer Gefangenschaft noch.

»Bleibt nur noch eins«, sagte Cruel.

»Und das wäre?«, wollte Despair wissen.

»Warum schlägt der Oberst sie nur halbtot? Er weiß doch genau, wie man
Leute komplett aus dem Weg räumt.«

Ja, das war eine echt gute Frage. Ich sah in die ratlosen Gesichter der anderen. Keiner schien darauf eine plausible Antwort zu haben.

»Dann müssen wir ihm wohl oder übel einen Besuch abstatten und das
herausfinden«, antwortete Despair.

Hate und Treason nickten. Auch Cruel gab sich einverstanden.

»Bleibst du über Nacht?«, fragte Despair Cruel.

»Ja, ich schlafe drüben bei Hate und Treason. Ich hab gehört, du hast hier
jetzt dein eigenes Schlafplätzchen.«

Despair schaute fast unmerklich zu mir herüber.

»Das hat er. In der Tat«, antwortete ich für ihn.

***

Nachdem Hate, Cruel und Treason unser Zimmer verlassen hatten, unterhielt
ich mich noch kurz mit Vic und fragte sie, ob sie den Tag gut verlebt hatte.

»Ja. Absolut. Hate und Treason sind – man mag es kaum glauben – zwei
richtige Gentlemen. Hate hat deine Tasche für mich hochgetragen und Treason kam etwas später. Er hatte für uns alle extra Kaffee und Gebäck besorgt«,
erzählte sie stolz.

»Na, das hört sich ja ganz gut an«, antwortete ich.

Mich plagte ehrlich gesagt schon das schlechte Gewissen, dass ich sie mit
zwei wildfremden Kerlen alleingelassen hatte. Umso erleichterter war ich zu
hören, dass alles reibungslos verlaufen war.

Dann fiel mein Blick auf Vics Verband. »Aufgrund deiner Stimmung vermute ich mal, dass Cruel nicht der Typ war, der bei mir eingebrochen ist, oder?«, fragte ich vorsichtig.

»Nein«, bestätigte sie. »Er ist wie alle Kerle hier. Etwas merkwürdig, aber im Grunde nett. Glaube ich zumindest.«

Ich wollte noch etwas darauf erwidern, als Despair die Stimme erhob:

»Moment! Treason ist nicht direkt mit euch zum Hotel gefahren?«, fragte er.

»Nein?«, erwiderte Vic fragend.

Auch mir war nicht klar, warum ihn das interessierte.

»Wie lange musstet ihr auf ihn warten?«

»Keine Ahnung. Zehn Minuten vielleicht?«, entgegnete Vic.

»Sicher?«

»Ich meine schon, ja«, antwortete Vic.

»Hast du noch einen von den Kaffeebechern?«, fragte Despair.

Vic nahm einen und hielt ihn hoch.

Despair warf einen kurzen Blick darauf. Dann nickte er.

»Ist was?«, fragte ich.

»Nein, alles gut.«

Despair ging hinüber zum Bett, zog seine Hose aus und legte sich in Shirt und Shorts hinein.

»Schlaf gut, Vic!« Ich drückte meine Freundin kurz an mich.

Dann gesellte ich mich zu Despair und schaltete das Licht aus.

»Was sollte das dann eben?«, fragte ich leise, so dass Vic uns – hoffentlich – nicht hören konnte.

Despair lag auf dem Rücken und seufzte. »Ich hatte dir doch erzählt, dass ich heute Love gesehen habe. Zumindest nahm ich das an«, flüsterte er zurück.

»Ja, und?«

»Na ja, da Love ja im Krankenhaus gelegen hat, ich aber definitiv jemanden gesehen habe, muss es demnach ein anderer gewesen sein.«

»Mmh, mmh«, machte ich zustimmend.

»Ich dachte, wenn er später gekommen ist, wäre er das gewesen, doch zehn Minuten reichen da nicht aus. Er hätte mindestens eine halbe Stunde wegbleiben müssen«, erklärte Despair.

»Du zweifelst immer noch an Treasons Absichten, hm?«, fragte ich ihn.

»Zumindest vertraue ich ihm nicht mehr, als ich muss«, entgegnete Despair.

»Ich versteh dich, Despair. Aber ich glaube, wir sollten uns auf euren Oberst konzentrieren. Er erscheint mir doch die realistischere Wahl zu sein.«

»In Anbetracht aller Umstände hast du vermutlich Recht«, gab Despair zu.

Ich legte meinen Kopf auf Despairs Brust und kuschelte mich an ihn. Er nahm mich daraufhin in den Arm. Dann schliefen wir ein.

15. Kapitel

Despair

Am nächsten Morgen weckte uns Treason wieder mit Frühstück. Anscheinend machte ihm das Freude.

Verschlafen rieb ich mir die Augen. Teufel nochmal, soviel Action hatte ich nicht einmal in den härtesten Phasen meines Trainings.

Vic war ebenfalls schon wach und stürzte sich gierig auf den Kaffee.

»Hier, Alter«, sagte Treason und reichte mir einen Becher.

»Ich mag keinen Kaffee«, lehnte ich ab.

»Es ist Tee. Für dich und Hope. Okay?«

Hope setze sich auf und rieb sich ebenfalls die Augen.

»Danke, Treason«, erwiderte sie und nahm einen der Becher entgegen.

»Bitte sehr«, sagte er übertrieben höflich.

»Teufel, wie kann man am frühen Morgen denn schon so eine verdammt gute Laune haben?«, fragte ich entgeistert.

»Ich bin schon eine gefühlte Ewigkeit wach. Hate und Cruel trainieren bereits seit sechs Uhr.«

»Sie trainieren?«, fragte Hope ungläubig.

»Liegestütze, Sit-ups ... und so weiter. Kennste?«

Hope rollte mit den Augen. »Vermutlich besser als du«, entgegnete sie frech.

»Manno!«, schmollte Treason, was bei mir jedoch einen spontanen Lachanfall hervorrief.

»Ihr seid doof! Euch bring ich noch mal was mit. Pfft!«

Ich grinste, während Hope sich gar nicht davon beirren ließ, sondern versuchsweise an ihrem viel zu heißen Tee nippte.

»Du hast angefangen«, machte sie Treason darauf aufmerksam.

»Und wenn schon«, erwiderte er, musste dann aber selbst grinsen.

»Ich hatte auch eher die Tatsache gemeint, dass sie überhaupt trainieren. Nicht, was genau sie tun«, erklärte Hope.

»Sie wollen übrigens gleich los. Wenn du also mit willst, solltest du dich beeilen«, wandte sich Treason nun wieder an mich.

»Auf jeden Fall werde ich mitfahren«, entgegnete ich. Bei solch einem wichtigen Unterfangen überzeugte ich mich lieber selbst von dessen Gelingen.

»Das habe ich mir gedacht«, antwortete Treason.

»Du hörst dich nicht so an, als wenn *du* mitmöchtest?«, fragte Hope.

»Ich wurde von den zwei Proletariern nebenan bereits ausgemustert. Sie sind der Meinung, ich würde ihnen nur im Weg rumstehen«, erwiderte Treason beleidigt.

»Das heißt, du bleibst bei mir?«, freute sich Vic.

»Und bei Hope«, antwortete Treason. »Dich wollen sie nämlich auch nicht dabei haben. Weil du ein Mädchen bist«, teilte er ihr schadenfroh mit.

»Wie gut, dass das keiner von euch zu entscheiden hat, ob ich mitgehe oder nicht«, antwortete Hope und trank weiter in Seelenruhe ihren Tee.

»Um ehrlich zu sein, wäre es mir auch lieber, wenn du hierbleiben würdest«, sagte ich ehrlich und schaute Hope dabei an.

»Was? Wieso das denn?«, fragte sie verständnislos.

»Ich sagte schon mal, dass der Oberst nicht zu unterschätzen ist. Was machen wir, wenn das alles nur eine Falle ist und sein einziges Ziel ist, dich in seine Fänge zu kriegen?«

Hope sah mich an. Sie schien zu überlegen, was sie darauf erwidern sollte.

»Ich kann mich durchaus verteidigen«, wandte sie schließlich ein.

»Das bestreitet auch keiner, Hope. Wir haben nur schlichtweg keine Ahnung, was uns erwartet. Was machen wir, wenn er plötzlich eine Hundertschaft hinter sich stehen hat? Da kommen wir auch zu viert nicht mehr weiter – gerade, wenn du das einzig erklärte Ziel sein solltest, wovon ich stark ausgehe. Jeder von ihnen wird alles daran setzen, dich zu erwischen«, versuchte ich sie zu überzeugen. Wobei das Wort »überzeugen« sich so nach Märchen erzählen anhörte. Das war es aber auf keinen Fall!

Alles, was ich gesagt hatte, war überaus realistisch. Leider.

»Ich gebe Despair nicht gerne Recht, aber in diesem Fall muss ich es tun. Du scheinst unseren Oberst maßlos zu unterschätzen. Er ist nicht nur kampferprobt und absolut tödlich, er ist auch schlau und gewieft wie kein Zweiter«, half Treason mir. Und was er sagte, stimmte voll und ganz.

»Und weil er so schlau und gewieft ist, hat er mich auch schon längst«, entgegnete Hope uneinsichtig.

»Weil ich dich gefangen nahm und dich vor ihm versteckte, hat er dich nicht. Wenn du jetzt allerdings freiwillig zu ihm läufst, wird er diesen Fehler korrigieren«, sagte ich.

Hope seufzte.

»Ich fände es auch viel besser, wenn du bei uns bleibst, Hope. Stell dir vor, die bösen Buben kommen hierher? Wer hilft mir dann?«, fragte Vic.

Gute Vic!

Treason ließ prompt ein empörtes Schnauben hören.

»Außer Treason natürlich«, fügte sie hinzu und schenkte ihm ein kleines Lächeln.

»Ja, komm ey. Spar dir das«, grollte Treason.

»Du weißt, ich würde wirklich lieber mitfahren«, bekräftigte Hope noch einmal.

»Und du weißt, ich würde dich viel lieber mitnehmen, als dich hierzulassen. Aber in diesem Fall, Hope, sollten wir beide über unsere Schatten springen und die Vernunft walten lassen«, antwortete ich.

Es war wirklich so: Ich ließ Hope nicht gern bei Treason. Doch im Gegensatz zu unserem Oberst war dieser auf jeden Fall das kleinere Übel.

»Na schön«, sagte Hope. »Ich finde es zwar nach wie vor nicht gut, dass du mit Cruel und Hate allein dahin möchtest, doch vielleicht hast du Recht, und ich sollte ausnahmsweise mal nicht meinen Dickkopf durchsetzen.«

Ich lächelte Hope an. Dann zog ich sie zu mir und begann sie zärtlich zu küssen.

»Oh Mann! Fängt das schon wieder an!«, beschwerte sich Treason.

Ich hielt meinen Mittelfinger in seine Richtung und ließ mich nicht beirren.

Nachdem ich mich von Hope wieder gelöst hatte, flüsterte ich ihr noch ein »Danke« ins Ohr.

»Würg! Alter, du bist so kitschig!«, kommentierte Treason.

»Halt die Klappe, Treason! Das hat rein gar nichts mit Kitsch zu tun. Wenn du nicht weißt, was es bedeutet, benutze dieses Wort einfach nicht«, schnappte Vic.

»Was?«, fragte Treason überrascht.

»Ich finde die zwei einfach nur unglaublich süß«, schwärmte Vic.

Ich warf Hope indes verstohlene Blicke zu, doch den Punkt, an dem uns dieses Geschwätz unangenehm war, schienen wir beide mittlerweile überwunden zu haben.

»Und ich finde dich einfach nur blöd«, murrte Treason und widmete sich wieder seinem Kaffee.

Vic lachte und kniff Treason in seine Wange. »Du bist so niedlich!«, kicherte sie.

»*Niedlich?*«, jauchzte Treason in hoher Stimmlage. »Herrjemine ... Was ist hier mittlerweile los? Man kneift mich nicht in meine Backe! Wenn du mich schon anfassen willst, darfst du gerne meine Muskeln berühren und mir erzählen, wie stahlhart sie sind. DAS sagen Mädchen im Normalfall zu mir! Nicht, dass ich *niedlich* bin!« Treason schüttelte fassungslos den Kopf. »Sollte Despair etwa demnächst ein aktiveres Sexleben haben als ich? Was läuft hier nur schief ...«, jammerte er und vergrub das Gesicht in seinen Händen.

Ich wollte gerade etwas darauf erwidern, als Hate und Cruel zur Tür hereinkamen.

»Bist du fertig, Despair?«, fragten sie.

»Sofort«, antwortete ich, sprang aus dem Bett, zog mir meine Hose an und verschwand kurz im Badezimmer. Keine fünf Minuten später war ich abmarschbereit.

»Und du kommst wirklich nicht mit?«, fragte ich Treason zum letzten Mal.

»Alter, nimm mir das nicht übel. Du weißt, ich habe noch nie gerne gekämpft. Und im Gegensatz zu euch bin ich auch nicht besonders gut darin«, entschuldigte er sich.

»Ich glaube, Treason war noch nie so ehrlich«, kommentierte Hate die Ausflüchte seines Bruders mit einem verschlagenen Grinsen.

»Lass ihn, Despair. Es ist sowieso besser, wenn wir die kleine Mimose nicht dabeihaben«, sagte Cruel.

»Kann ich dich denn wirklich mit ihm alleinlassen?«, fragte ich Hope. Mit einem Mal war ich wieder unsicher, ob das so eine gute Idee war.

Hope lächelte. »Ich weiß mich schon zu wehren«, entgegnete sie.

Seit ich Hope hatte kämpfen sehen, machte ich mir darüber nicht mehr allzu große Sorgen. Ich wusste, dass sie durchaus in der Lage war, sich zu verteidigen. Doch ich wusste auch, dass Treason extrem hinterlistig sein konnte.

»Haben wir das *immer* noch nicht überstanden?«, fragte mich Treason genervt.

Ich antwortete nicht. Es gab einfach Dinge, die vergaß man nicht von heute auf morgen. Und dazu zählte eindeutig jahrelanger Verrat.

»Wichtiger ist, dass dir nichts passiert«, sagte Hope und fasste mich an der Hand.

»Ich pass schon auf mich auf«, erwiderte ich. Ich nahm ihre Hand und führte sie langsam zu meinem Mund. Dann küsste ich sanft ihren zarten Handrücken.

»Habt ihr's?«, fragte Cruel ungeduldig.

»Nur kein Neid«, erwiderte ich, nickte dann aber.

»Wir sind bald wieder da«, verabschiedete ich mich von Hope und den anderen und verließ mit Hate und Cruel das Hotel.

»Schleichen wir uns an oder stürmen wir den Laden?«, fragte Hate mich auf dem Weg zum Auto.

»Ich würde sagen, das entscheiden wir situationsabhängig, oder?«

Cruel nickte beipflichtend.

»Wie du meinst«, kam von Hate zurück.

Ich wusste, dass Hate für die letztere Variante war. Reinstürmen, alles plattmachen, was ihm vor die Nase lief, und wieder abhauen. Aber manchmal war das eben nicht die cleverste Lösung – schon gar nicht, wenn wir es mit dem Oberst zu tun hatten.

Die Autofahrt bis zu unserem Quartier verbrachten wir alle schweigend. Jeder von uns schien gedanklich schon einmal die möglichen Szenarios durchzugehen und da störte sinnloses Geplänkel nur.

Nach einer Dreiviertelstunde waren wir angekommen.

Ich parkte ein paar Straßen weiter. Nicht, dass unser Oberst uns direkt sah. Obwohl wir nichts Genaues mehr vereinbart hatten, hatten wir uns alle wortlos auf die Anschleich-Methode geeinigt.

»Ich gehe links herum«, teilte ich den beiden anderen mit.

»Okay. Dann übernehme ich die rechte Seite«, erwiderte Cruel.

»Bleibt wohl nur noch der direkte Weg für mich«, sagte Hate.

Aufteilen war immer gut. Wenn einer von uns erwischt wurde und sich nicht mehr zu helfen wusste, konnten die anderen es immer noch schaffen.

Wie auf Kommando gingen wir los.

Vorsichtig sah ich mich um, doch ich konnte nichts Verdächtiges erkennen. Alles schien ruhig zu sein. Ob der Oberst überhaupt zu Hause war?

Ich sah, wie Cruel bereits durch den Haupteingang huschte. Vorsichtig folgte ich ihm. Hate war nur etwa zehn Meter hinter mir.

Cruel schlich die Treppe hinauf, die zur Wohnung des Obersts führte. Ich heftete mich an seine Fersen. Auch Hate war mittlerweile in dem Gebäude drin, doch er drehte sich immer wieder um. – Sehr gut. Hate sicherte uns nach hinten ab.

Inzwischen war Cruel nur noch wenige Schritte von der Tür des Obersts entfernt.

»Soll ich sie einfach öffnen?«, zischte er mir zu.

Ich nickte.

Cruel nahm die letzten drei Stufen und stand vor der Tür. Ganz vorsichtig drückte er die Türklinke hinunter und öffnete die Tür so behutsam, dass es wirklich kein Geräusch verursachte.

»Du wärst ein fabelhafter Einbrecher geworden«, flüsterte ich ihm zu.

Cruel grinste. »Das ist Unrecht«, entgegnete er.

»Sag das Greed«, erwiderte ich.

Hate kam dazu. »Wollen wir nicht einfach reingehen?«, versuchte er zu flüstern, doch sein Bariton ging durch Mark und Bein.

»Scht!«, entfuhr es Cruel und mir gleichermaßen.

»Ist ja schon –«

»Scht!«, machten wir noch mal.

Hate schaute uns böse an, blieb jedoch still.

Cruel öffnete die Tür ein bisschen weiter. Dann hielt er inne und horchte.

Ich strengte mein Gehör ebenfalls an, doch auch ich vernahm nichts.

»Er scheint nicht da zu sein«, flüsterte Cruel.

Ich zuckte ratlos mit den Schultern. Seit ich mich nicht mehr im Quartier aufhielt, hatte ich natürlich auch keine Ahnung mehr, was unser Oberst den lieben langen Tag so trieb.

Langsam betraten wir die Wohnung, stets auf der Hut vor einem möglichen Überraschungsangriff. Nur weil man unseren Oberst weder sah, noch hörte, hieß das noch langen nicht, dass er nicht da war.

Cruel schlich zum Schlafzimmer und schob die Tür langsam auf. »Safe«, flüsterte er, nachdem er einen Blick hineingeworfen hatte.

Hate ging zum Badezimmer und tat es Cruel gleich. Vorsichtig lugte er hinein. Dann zog er seinen Kopf zurück und nickte uns zu. Das Bad war also auch leer.

Blieben nur noch das Wohnzimmer, das Büro und die Küche übrig.

Ich tastete mich langsam zum Wohnzimmer vor. Auch hier öffnete ich ganz bedächtig die Tür und warf einen Blick hinein.

»Safe«, flüsterte ich.

Hate hielt auf das Büro zu. Seine Anspannung konnte ich mehr als deutlich spüren. Er öffnete die Tür und schaute sich kurz um. Dann nickte er wieder. Auch sicher.

Wir sahen uns an. Wenn der Oberst hier war, gab es nur noch einen Raum, wo er sich befinden könnte.

Cruel und ich platzierten uns links und rechts neben der Küchentür, Hate stand direkt davor.

Wir nickten uns gegenseitig zu. Ein Zeichen, dass wir bereit waren. Dann trat Hate die Tür mit voller Wucht auf!

»Schluss mit den Spielchen!«, schrie er, machte einen Schritt in die Küche – und blieb dann wie angewurzelt stehen.

»Was ist?«, fragte ich.

»Alter, warum gehst du nicht weiter?« Cruel versuchte Hate vorwärts zu schubsen, doch das war eher lächerlich. Wenn Hate sich nicht von alleine bewegte, bewegte er sich gar nicht.

Ich versuchte an ihm vorbeizuschauen, doch Hate war so ein Tier, er füllte meine ganze Sicht aus.

Dann machte er plötzlich wieder zwei Schritte rückwärts.

»Spinnst du?«, beschwerte sich Cruel, dem er dabei auf die Füße getreten war.

Mein Blick fiel hingegen in die Küche.

Unser Oberst. Da lag er. Festgezurrt auf dem Küchentisch. Die Gliedmaßen in den Ecken festgebunden, der Mund geknebelt. Blutüberströmt. Schnittwunden, wohin das Auge reichte, und Hämatome, so viel sie ein Mensch nur haben konnte.

Vorsichtig ging ich zu ihm und fühlte seinen Puls.

Tot.

Auf seiner Stirn war folgendes Wort eingeritzt:

Endlösung

Ich schluckte schwer. »Sagt mir, dass ihr das auch seht«, wandte ich mich an Hate und Cruel.

Cruel schluckte ebenfalls laut. Dann nickte er vorsichtig.

Hate sagte gar nichts mehr. Er schien zu schockiert dafür zu sein.

Cruel fand als Erster seine Sprache wieder: »Ich komm grad nicht so ganz mit. Wer führt die Endlösung durch, wenn nicht unser Oberst?«

»Ich habe keine Ahnung«, erwiderte ich. »Grundsätzlich würde ich ja Treason bei allem verdächtigen, aber er kann das alles nicht gewesen sein.«

»Warum nicht?«, fragte Cruel.

»Als wir gestern in dem Haus der Probas waren und dort Modesty und Greed ähnlich schlimm zugerichtet fanden wie unseren Oberst, meinte der

Sanitäter, dass der Überfall noch nicht lange her war. Also bin ich danach rausgegangen und habe das Gelände abgesucht. Ich habe im Wald auch jemanden gefunden, doch er war zu schnell für mich.«

»Treason ist schnell«, erwiderte Cruel sofort.

»Ja, aber er ist mit Hate und Vic ins Hotel gefahren«, erklärte ich.

»Er war Kaffee holen«, sagte Hate plötzlich.

»Nur zehn Minuten. Die Zeit hätte bei weitem nicht gereicht. Er hätte schon eine halbe Stunde weg sein müssen, damit es realistisch gewesen wäre. Ich habe Vic extra danach gefragt«, antwortete ich.

»Eine halbe Stunde«, erwiderte Hate tonlos.

»Was ist damit?«, fragte ich verwirrt.

»Er *war* eine halbe Stunde weg«, sagte Hate und schaute mich wie betäubt an. Sein Gesicht war blass geworden.

»Du meinst ...«, begann ich. Ich brach den Satz ab. Meine Stimme zitterte.

Hate nickte.

Cruel fuhr sich mit der Hand übers Gesicht. »Und Treason ist jetzt allein ...«

»... bei Hope«, vollendete ich Cruels Satz.

Mir wurde schlecht.

Ende von Band 2

Danksagung

Auch dieses Mal gilt mein größter Dank wieder meinen Lesern! <3

Seit »Hope & Despair – Hoffnungsschatten« erschienen ist, erreichen mich tagtäglich begeisterte Leserzuschriften. Viele von euch haben sich sogar die Mühe gemacht und ganz fantastische Rezensionen darüber geschrieben. Ich bin so baff ... Und unglaublich dankbar für eure tolle Unterstützung! Ich weiß gar nicht, was ich dazu noch schreiben soll ... außer einem ganz herzlichen und wirklich ehrlich gemeinten DANKESCHÖN! <3 <3 <3

Außerdem möchte ich mich ebenfalls wieder bei meiner weltbesten BAFF Tanja Voosen bedanken! Sie hat IMMER ein offenes Ohr für mich und wenn ich schreibe *immer*, meine ich *immer*!

Ihr ist nämlich völlig egal, ob ich sie morgens um sieben schon belästige oder zu irgendwelchen unmöglichen Nachtzeiten ... Sie hilft mir immer, wenn ich Rat brauche, und dafür hätte sie eigentlich wenigstens einen Orden verdient. ;)

Tanja, **jalan atthirari anni** xD – Du hast keine Ahnung, wie froh ich bin, dich zur Freundin zu haben! <3

Auch meine liebe Lektorin Konstanze Bergner darf hier natürlich nicht fehlen!

Jedes Mal, wenn ich ein Skript abgebe, denke ich: »Jetzt ist es perfekt«. Und jedes Mal, wenn es meine Lektorin noch mal überarbeitet und kommentiert hat, denke ich: »Nein, JETZT ist es perfekt!«

Vielen lieben Dank, Konstanze – mal wieder – für deine aufmerksamen Augen und dein feines Gespür für die richtigen Worte ... Die Zusammenarbeit hat wieder großen Spaß gemacht!

»Luke ... ich bin dein Vater ...« :D

Zum guten Schluss möchte ich mich noch bei allen bedanken, die ich vergessen habe. Das ist wirklich keine Absicht – aber schreibt selbst mal eine Danksagung ... gar nicht so einfach! ;)

© privat

Carina Mueller wurde 1984 im schönen Westerwald geboren, wo sie heute immer noch lebt und arbeitet. Neben ihrem Hund und ihren Pferden zählte das Lesen schon immer zu ihren größten Hobbies, woraus sich dann die Idee entwickelte, eigene Romane zu schreiben. Sie selbst liebt Jugendbücher und auch Fantasy-Romane, vor allem die ganz spannenden, weshalb sie auch in diesen Genres schreibt.

Tauch ein in romantische Geschichten.

Hol Dir
BITTERSÜSSE
STIMMUNG
auf Deinen
e-Reader!

E-Books von impress hier:
Carlsen.de/impress

impress

impress IST DAS DIGITALE LABEL DES CARLSEN VERLAGS FÜR GEFÜHLVOLLE
UND MITREISSENDE GESCHICHTEN AUS DER GEHEIMNISVOLLEN WELT DER FANTASY.

Per Schnitzeljagd zur großen Liebe

Tanja Voosen
Sommerflüstern
Softcover
308 Seiten
ISBN 978-3-551-30065-2

Fange an deinen Lieblingssong zu hassen!
Als Taylor an ihrer neuen High School diese merkwürdige Botschaft in ihrem Spind vorfindet, weiß sie zunächst einmal nichts damit anzufangen. Bis sie Monate später auf Hunter Reeves trifft, der nach längerer Abwesenheit seinen – ihren! – Spind wiederhaben will. War die Botschaft etwa für ihn bestimmt? Als sich der Spruch dann noch als Code herausstellt, der zu weiteren Hinweisen führt, ist Taylors Interesse geweckt.
Und Hunters auch.
Aber seines gilt eher Taylor als der aufkommenden Schnitzeljagd ...

www.impress-books.de

Lass dich fallen in eine Welt voller Märchen

Jennifer Alice Jager
Sinabell. Zeit der Magie
Softcover
220 Seiten
ISBN 978-3-551-30064-5

Es ist nicht leicht, eine von fünf Königstöchtern zu sein und kurz vor der Heiratssaison zu stehen. Statt nach Ehemännern Ausschau zu halten, streift Sinabell lieber durch die Gänge des Familienschlosses und verliert sich in den magischen Welten ihrer Bücher. Bis sie auf einem Ball dem jungen Prinzen Farin begegnet, der mit seinem zerzausten Haar und den Grübchen ihr Herz erobert. Doch ihr Vater entlarvt ihn als Prinz aus einem verfeindeten Königreich und wirft ihn ins Verlies. Um Farin vor dem sicheren Tod zu bewahren, muss Sinabell ihm helfen drei Aufgaben zu lösen und erkennt dabei, dass Magie nicht nur in Büchern existiert ...

www.impress-books.de

Mein Plan, mein Chaos, mein Leben

Amelie Murmann
Living the Dream.
Liebe kennt keinen Plan
244 Seiten
Softcover
ISBN 978-3-551-30063-8

Living the Dream – das ist Lillis Schlachtplan, als ihr zu Anfang des neuen Schuljahres aufgeht, dass ihr nur noch ein Jahr bleibt, um alles zu tun, was zu einem ordentlichen Teenagerleben dazugehört: rauschende Partys, jede Menge Drama und natürlich der erste Kuss! Ihre erste Mission lautet: Bringe jemanden dazu, sich gezwungenermaßen im Unterricht neben dich zu setzen, und verliebe dich dann in ihn. Dabei gerät sie ausgerechnet an Zachery Martinez, den Draufgänger der Schule. Gut, dass es noch weitere Missionen auf ihrer Liste gibt. Blöd nur, dass ihr Zach bei diesem Vorhaben immer wieder in die Quere kommt ...

www.impress-books.de